No puedo ver
las estrellas

Primera edición: Septiembre 2018

©Editorial Font, S.A.

© Derechos Reservados, Kato Gutiérrez 2013

Registro de autor
TXu 1-874-478

ISBN: 978-607-8557-24-0

Fotografía solapa
Juan Rodrigo Llaguno

Portada-Diseño Editorial
Jessica Ariadna Vallejo Huerta

Edición
María de Lourdes de León Cavazos

Impreso en México por Editorial Font. S.A. de C.V.

Junco de la Vega 357
Contry San Juanito, Monterrey, N.L. C.P. 64859
Tel. (81) 8342-0259 y (81) 8344-9727
editorialfont@gmail.com

Miembro de la Cámara Nacional de la Industria Editorial Mexicana
No. de Registro 2014

NO PUEDO VER LAS ESTRELLAS

Kato Gutiérrez

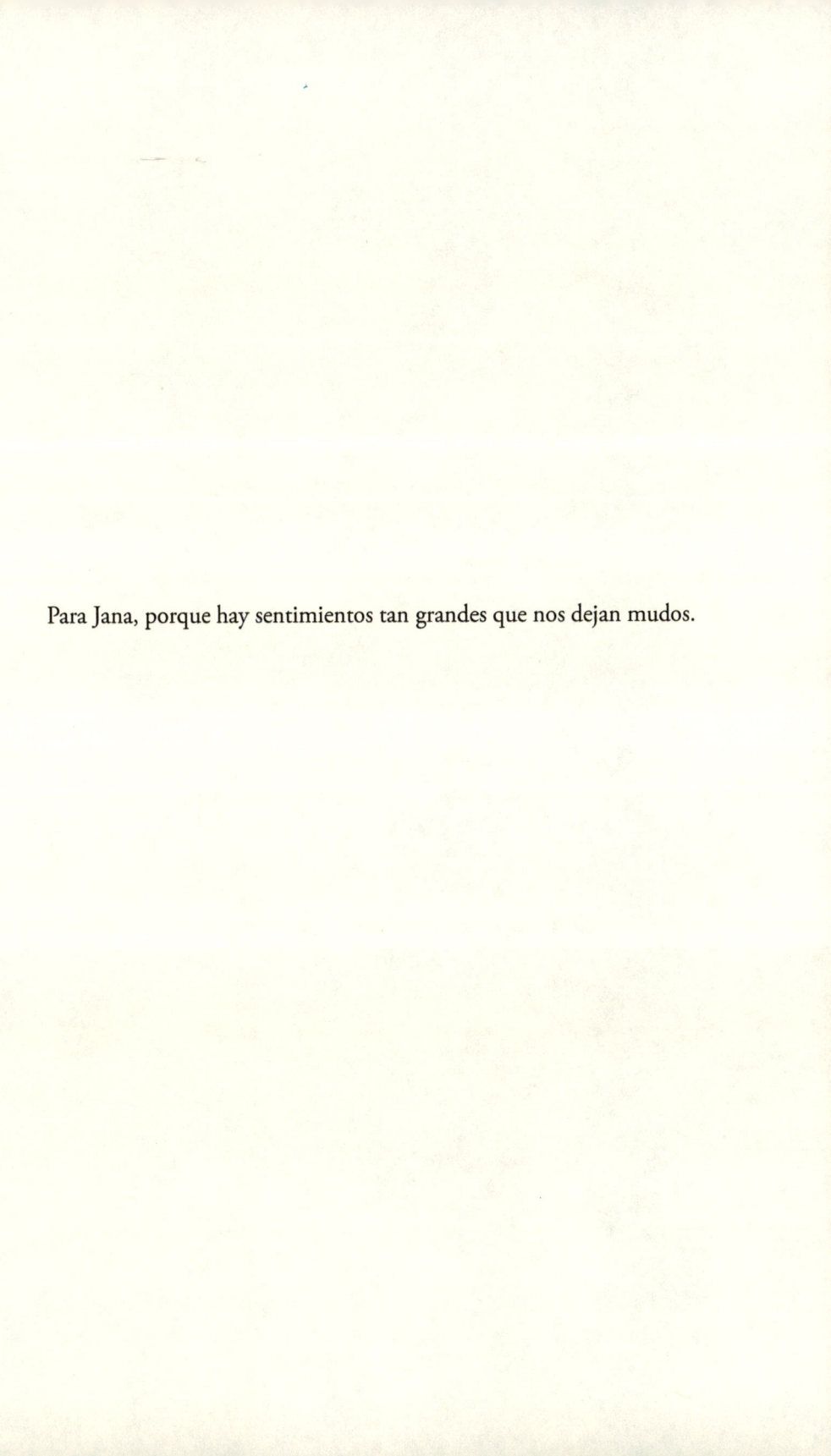

Para Jana, porque hay sentimientos tan grandes que nos dejan mudos.

¿Y si lo que soñaste por mucho tiempo no es tan bueno al momento de vivirlo?

Tengo miedo, me aterroriza poder vivir un momento muy esperado;

porque, capaz que no es tan bueno como lo había imaginado

por tanto tiempo. Prefiero quedarme segundos antes,

en la línea previa, en la expectativa; de esa forma,

el sueño sigue siendo sueño, sigue siendo mío,

a mi estilo, a mi gusto.

1.

Allá en la década de los ochenta, cuando era adolescente, era un puñetas para conocer mujeres. No me animaba a acercarme a alguna de ellas, no sabía qué decir. Veía que invitaban a bailar a las que me gustaban, y yo no tenía el valor para acercarme a una, tocarle el hombro y preguntarle si quería ir a la pista conmigo. Hasta que un día pasó un accidente que cambió mi vida. ¿Esta es la versión corta de tu historia, estimado Santiago? ¿Traes alguna prisa, Emilia? Es broma, sentido. No aguantas nada. Síguele, ándale. Era una noche de primavera; era un baile en el patio de una casa, tocaban las mejores cintas. El piso era de mosaicos color rojo mate. El lugar estaba muy iluminado; de seguro el señor de la casa no quería dejar ningún rincón a media luz.

Mis amigos bailaban con las más hermosas, yo los apoyaba invitando a la pista a las amigas menos atractivas. Ellos iban por las mejores; el pendejo, o sea yo, por la amiga fea. Ese día había comprado unos Moore, esos de cajetilla roja, y cigarros café oscuro. ¡Ves que siempre te desvías! El caso es que estaba harto de bailar con las feas. Ya no quería ir a la segura con las que todos ignoraban.

7

2.

Roberta intercambiaba lengüetazos y caricias con un joven. "Espérate, güey". "¿Qué pasa? ¿No te gusta?". "Sí". Les faltaba aire. "¿Le sigo?". Gemían. "No hagas tantas preguntas; quítate la camisa". Ella se dejó tocar la entre pierna. El joven se mareó al perder su nariz en la cabellera roja, ya quería penetrarla.

Le quitó la falda y la blusa mientras ella le desabrochaba el pantalón de mezclilla. El joven miraba de reojo cómo sudaban las caderas blancas de Roberta. No hubo besos; esos son para los enamorados. La abrazó por atrás. "Ya te la voy a meter". "¿Traes condón?". "¿Condón? ¡No mames!". Roberta sentía electricidad en el cuello mientras él le chupaba sus senos redondos, del tamaño de unas naranjas. "¿Si lo hacemos, nos seguiremos viendo?". "Ni nos conocemos; sólo queremos coger". "¿No hay una opción en donde podamos ser amigos?". La ignoró. La habitación olía a vainilla. El poco juicio que a ella le quedaba estaba desapareciendo en cada exhalación; estaba totalmente a su merced. Y él, engreído, sonrió cuando detectó que la mano, en lugar de estar estática, ahora cooperaba. Ella ya no era pasiva receptora, ahora también daba, y daba muy bien. No mames, qué rico.

El cuerpo de ella estaba tan caliente que sentía frío. Su piel estaba erizada. Por un momento olvidó el rostro del hombre con el que estaba. Sentía espasmos que le hacían temblar su pecho. No podía pensar en nada. Igual podía ser el hombre más feo de la colonia, lo importante es que ella estaba gozando. A veces soltaba unas carcajadas acompañadas con fuertes exhalaciones de aire frío. El ego del joven se encontraba tan elevado, que no imaginaba lo que estaba por sucederle.

Él era fuerte, tenía el cuerpo delgado. Decía que era actor y modelo, aunque no había destacado en nada. Lo que sí, es que tenía mucho éxito con las mujeres. Podía estar con quien quisiera; tenía una gran lista de admiradores: mujeres y hombres. Todos querían coger con él. Ni siquiera se tenía que esforzar, ellas se le acercaban como si fuera una celebridad, la verdad es que no lo era, ni siquiera se parecía a alguna; simplemente era demasiado atractivo y muy mamón: era la mezcla perfecta para muchas mujeres.

Estaba perdido en el marcado abdomen de Roberta. La piel de ella era blanca, salpicada por pecas en su pecho y clavícula. Disfrutaba ver cómo la hacía gemir con sus caricias y chupadas. El pendejo no dejaba de sonreír. Tenía que tener un defecto; era lo que esperaba el resto de los jóvenes que conocían a este modelito de hombre. Hasta entonces, no se le conocía nada. La lengua ahora fue a los lados y tocaba cada centímetro de las torneadas caderas de ella.

Estaba a punto de pedirle que ya la penetrara, pero las damas, y más las hermosas, siempre tienen un arma secreta, un último recurso, un plan de emergencia, y los hombres no: los varones no tienen ninguno de esos tres.

3.

"¿Así nomás ya no le importa? No sea grosero, José. Hasta cree, ándele, mañana no puede quedarse dormido. No sea huevón. Mañana tiene que ir a la ciudad por el fertilizante". El joven estaba harto de recibir órdenes. Él no quería sembrar. Quería estar en otro lado. Ese maldito sentimiento de querer estar donde sea, menos ahí, en ese ejido habitado por unas cien personas.

A pesar de tanta miseria, tanto calor, tanta piel cortada, manos duras y días eternos, a pesar de todo eso, su cerebro aún tenía un pequeño rincón virgen, protegido de la realidad. Un lugar minúsculo lleno de electricidad, de neuronas moviéndose alegremente, generando algo que muchos llaman sueños. Como en ese ejido sólo en ocasiones comer y coger daban algo de placer, entonces José no sabía cómo nombrar lo que sentía. Ese cosquilleo era como su amigo imaginario que lo mantenía con vida, sin cometer tanta pendejada, como hacían los demás. Es lo que le provocaba sonreír de vez en cuando, aun estando solo, aun a pesar de tanto sol, viento y tristezas.

Una vez más sería obediente, y se levantaría a las cuatro y media de la mañana para irse en la primera camioneta vieja que pasara rumbo a Navojoa, a recoger medio costal de fertilizante y regresar al ejido por la tarde. Pasar o sobrevivir un día más en el monte, sin importar si lo que ponía era fertilizante, semillas, insectos, veneno o lo que fuera. Sin importar si tocaba sembrar o cosechar o no hacer una chingada.

Si él viviera en una ciudad de más de cuatrocientos mil habitantes, y en un nivel socioeconómico medio, quizá lo diagnosticarían con algún problema de conducta o atención. Como en este ejido no había médicos, no había tecnología, no había nada, a él simplemente le decían que siempre andaba apendejado.

Era delgado y fuerte, siempre usaba el mismo pantalón de mezclilla, una camisa de manga larga de cuadros rojos con blanco y su gorra verde con el logotipo de John Deere, con la visera muy arqueada. Cuando alguien lo quería molestar le preguntaban por el significado de la imagen de la gorra, contestaba mientras se reía: "Sepa la chingada". La gorra se la regalaron en la tienda de semillas de Navojoa.

"Oiga apá: ¿toda su vida ha hecho esto de aventar las semillas, el campo, el agua, los frutos?" El padre no contestó nada a José. Caminaba unos pasos adelante, lento, espolvoreando con sus manos el fertilizante de muy dudosa procedencia. Por favor ni siquiera imaginemos la palabra orgánico.

En el ejido no se les daba atención ni consideración a los hijos, se les educaba a golpes y, si había mucha suerte, con el ejemplo. Si en ocasiones surgían conversaciones como, por ejemplo, tener una charla acerca de sus sentimientos, era un muy extraño accidente. Los hijos eran una consecuencia, tenían que dejar la infancia cuanto antes para ponerse a trabajar.

La tristeza era la fiel visitante del lugar, a tal grado que la muerte era más deseada, con tal de dejar de sentir el pinche desaliento, y sus fieles amigas: la rutina y la pobreza. Al menos, morir les llevaría a otro lado; que por más ignorantes que fueran en estudios de estadística, podían deducir que había mucha probabilidad de que fueran a dar a un lugar mejor, no creían que pudiera haber un lugar más caliente, ni tampoco más jodido.

Las tardes que alguien llegaba en alguna camioneta vieja y bajaba una caja de madera con dieciocho botellas de Coca Cola terrosas y calientes, era, por mucho, uno de los días más felices de la vida para quien tenía la suerte de ver ese evento; no se diga para quien, por azares del destino, le tocaba tomar al menos un trago de esa bebida. El mágico jarabe negro. El gas, al tronar en la garganta, los transportaba mentalmente a otros lugares hermosos. Aunque pocos podían imaginar algo diferente a lo que ahí existía, todas las referencias que tenían eran escenas como las que habían visto en ese pinche ejido de unos cien habitantes: brechas, chozas con pisos de tierra, polvo, sequía, señoras con delantales que tienen el ombligo caliente y que parecen de sesenta años, cuando en realidad tienen cuarenta; el sol las ha marcado. Todos esconden sus dientes, no sólo porque no hay mucho de que reír, sino porque los tienen amarillos, en los mejores casos. Ni siquiera hay borrachos, no hay dinero para comprar alcohol. Muy de vez en cuando llega un camión de la Corona, y habrá uno o dos suertudos con algunas monedas para comprar una cerveza cada uno; una botella cuesta lo que un kilo de lechuguilla, la cual les toma tres horas pelar. Ya entiendes por qué casi no hay borrachos.

En un ejido de cien habitantes todos tienen que ser familia de una u otra forma, los mismos genes están cruzados en todos los seres a los que les tocó habitar este lugar. A los pocos que muy de vez en cuando se animan a pensar de forma diferente los tachan de locos. Hace tiempo, un joven de ahí aseguraba que se comunicaba con los perros. Les hablaba, lo seguían y obedecían. Era fácil saber dónde estaban, ya que eran tantos los perros, que cuando se movían levantaban una polvareda como de tres metros.

La gente de ahí era tan desgraciada, que la falta de proteína les hacía racionalizar todo esfuerzo. ¿Para qué perder tiempo en criticar al Loco de los Perros? Los mayores, sentados en las mecedoras sobre el polvoroso camino, ya casi sin fuerza para hablar, sólo lo veían pasar y murmuraban entre ellos. Quienes en ocasiones tenían el valor de aguantar el sol e ir a las afueras del ejido para ver lo que hacía, regresaban asegurando que era cierto que los perros le obedecían.

El Loco nunca quiso sembrar; prefería pasar el tiempo solo. Desde niño se iba al campo, desaparecía en la pradera por días, a veces semanas. Decían que dormía en algunas cuevas, que era amigo de los indios yaquis. Que ya sabía su idioma. Decían que un brujo yaqui le había enseñado a encantar perros. Él era quien más sonreía. En ocasiones se encontraba con José y su hermano, bajo un solitario mezquite que estaba en las afueras del ejido. Ahí les contaba que los indios sí sonreían; que no eran pobres. Que hablaban con las estrellas; les pedían favores, dones, y los astros contestaban. Les decía, a José y al hermano, que tenía que haber un mundo mejor afuera de ese lugar. ¿Quién estaba más loco que quién?

José y su hermano estaban siempre tan cansados que no les interesaba averiguar si las historias sobre El Loco de los Perros eran verdaderas. Tan sólo compartían con él un espacio de la sombra de ese mezquite solitario. A veces pasaban más de cuarenta minutos sin hablar; sólo aventaban piedras al monte, sentados en cuclillas, como un receptor de un juego de beisbol.

El grupo de perros de El Loco permanecía quieto mientras los tres pasaban las horas en la pequeña sombra. Un día, el hermano menor de José le dijo al Loco: "Aquí nos tocó vivir y morir, César, no le busque más patas al gato". César movió su boca hacia el lado derecho mientras sonrió, lo cual pintó de ternura su rostro. Tenía una mirada apacible.

Una señora avisó que estaban llegando perros de otros ejidos para unirse al grupo de El Loco. Era tanta la desesperanza que muchos ni siquiera conocían Navojoa, la ciudad más cercana. Si acaso, algunos tenían dinero para pagar el transporte; pero nadie para pasar una noche allá. El ejido estaba tan jodido que ni siquiera tenía un líder o algo que se le pareciera. Simplemente la gente se despertaba con el sol y se dormía con la luna. Deambulaban. No había esperanza de una cosecha salvadora, nada parecía poder eliminar la rutina que por años habitaba el ejido. Triste, pobre, polvoso, olvidado. Ni sacerdotes, ni pequeñas capillas, ni Testigos de Jehová, mucho menos escuelas ni servicios públicos. Sólo dos familias tenían unos radios, en los cuales, y si habían logrado comprar pilas, muy de vez en cuando podían escuchar algunos noticieros o radionovelas de la capital del estado.

4.

Emilia, antes de que me reclames algo, por favor recuerda que eran los finales de la década de los ochenta. No podían faltar mis top-siders, los cuales rechinaban sobre el mosaico color rojo mate. Pocas mujeres me aguantaban la mirada. Ninguna me regresaba la sonrisa, así era siempre. Algunos pendejos me amenazaban con romperme el hocico si me les acercaba a las chicas que, según ellos, tenían separadas. Recibía más advertencias de hombres, que miradas amigables de mujeres. Iba perdiendo rotundamente.

Hasta que, de pronto, sucedió uno de esos momentos mágicos que cambian vidas: mi hombro derecho, por accidente, chocó con la espalda de ella. Cuando giró, se desplomó el cielo. Pareció que la música bajaba el volumen, que todo pasaba en cámara lenta; aún veía cómo su cabello rojo, cual fuego, venía girando hacia mí. Supliqué que algún mechón fuera lo suficientemente largo para que me tocara. Olía a gardenias. Su sonrisa me dejó mudo. No sé cuántos segundos pasaron desde que la toqué hasta cuando, súbitamente, sentí el rock and roll retumbar de nuevo en mis oídos. Ahora el volumen del bullicio era más intenso y sentía todo en cámara rápida. Rápido. Rápido. Rápido. En el trance, no supe siquiera si ella me había hablado o yo había dicho algo. Seguía colgado a su sonrisa; sus ojos color miel brillaban como relámpagos. Del mute total con cámara lenta, al ruido estremecedor en cámara rápida. No podía hablar ni dejar de mirarla; repartía milisegundos entre su boca y sus ojos hasta que, por alguna razón desconocida, ella dijo: Sí, sí quiero bailar contigo. Luego sonrió e hizo una mueca que me provocó un calambre en la nuca. Batallé para que no se me doblaran las piernas, y recé por no humedecer mi pantalón.

Giramos hacia la pista; ahora yo era otra persona, iba con la más hermosa de la noche. Si unos minutos antes, mientras caminaba entre la gente, disfrutaba la música de Eddie Money, ahora me era imposible percatarme de lo que estaba sonando. Mis esfuerzos estaban enfocados en no desvanecerme mientras caminaba atrás de ella hacia la pista. ¿Esta es la versión corta de tu historia, Santiago? Ya llevo dos cigarros. No jodas, Emilia. Dijiste que no tenías nada qué hacer. Escúchame. Después de controlar el temblor de mis piernas y de haber dado dos pasos relativamente firmes, en ese momento vi sus caderas. ¡Por Dios! ¡No jodas! Nunca había visto a alguien caminar así. A pesar de que su falda negra y su blusón blanco eran holgados, su cadera se las arreglaba para notarse; se meneaba de un lado a otro con tanta intención, con tanto ritmo. Era un meneo hipnotizante. Caminamos entre la gente hacia la pista. Que nadie la detenga. Que nadie se interponga. Que todos me vean con ella.

Intentaba tragar saliva, respirar, reactivar cualquiera de mis sentidos atrofiados, no podía; supuse que mi cara estaba roja. Tenía muchas cosas por hacer: recuperar el habla y el oído, estabilizar mi ritmo cardíaco, no humedecer mis pantalones y mantener mis piernas firmes, y en eso llegó mi debacle cuando giró su cabeza; su barbilla rozó levemente su hombro derecho, atrás venía su cabello rojo quemando el aire con desdén. Estoy seguro

16

de que traía chispas entre sus rizos; nunca un cabello había brillado tanto. Su hermoso rostro, atrás su cabello en movimiento, su barbilla sobre su hombro y sus ojos en los míos era mucho para mí. Era muchísimo para mí. Y apenas íbamos empezando. Sentía mis mejillas ardiendo. Cuando terminó su giro, estiró su brazo derecho hacia mí y me tomó la mano.

Teníamos quince años; eran los ochenta. En esas épocas sólo los novios se tomaban de la mano. Creí que el destino estaba cometiendo un gran error; quizá tanta oración de mi madre estaba surtiendo efecto. Por otros segundos pensé que era un sueño. Mientras nuestras manos se entrelazaban, el corazón se me salía por la boca. Sentí que ya la amaba. Secreté más humedad. Ya era una mejor persona que antes de conocerla: más seguro, más feliz, y sí, también más famoso.

Mi ego crecía rápido. Sentía en mi espalda las miradas envidiosas de todos los demás. Si esos eran los peligros de conocer mujeres como ella, sí los podría manejar. Volteen todos a verme, cabrones.

Finalmente, llegamos a la pista. Ahora tenía que lograr bailar y dejar de sonreír como idiota. Los hombres estaban en una línea, las mujeres formaban otra en frente. Poco a poco se corrió el rumor de mi osadía. Yo, con la más bella, con la más deseada de la preparatoria. El plebeyo bailando con la princesa más hermosa de todos los reinos. Todos nos miraban. Quienes bailaban a nuestros lados sacaban sus cabezas de la fila para vernos, como avestruces curiosas. No sabía qué canción sonaba. Desde que soltó mi mano, al llegar a la pista, sentía que estaba perdido. Me urgía tocarla de nuevo. El dj cerró su puño con el pulgar hacia arriba mientras sonreía. Luego me mostró tres dedos de su mano derecha, movió sus cejas y labios de forma extraña para muchos, no para quienes éramos sus amigos: Aguanta tres canciones, ya vienen las baladas. Con que duremos al menos una canción completa para evitar las burlas; ahora que, si duramos tres canciones, sería increíble bailar las calmadas con ella. Que el destino se siga equivocando, por favor, por favor, por favor.

5.

Roberta empezó a pujar; todo su cuerpo estaba húmedo. Olía a rosas. Pujaba fuerte. Exhalaba aire caliente. Tenía ritmo al mover su pelvis. De ser la mujer que al inicio dudaba; ahora llevaba el control. Era radiante. Al menos eso es lo que parecía. Cabello rojo. Labios rojos. Roberta.

Lo movía a su gusto. Lo miraba con malicia. Al supuesto artista, modelo o lo que fuera, al principio le gustó esa actitud. Disfrutaba cuando las mujeres tomaban la iniciativa. Déjate llevar, les decía.

Ella estaba contra la pared, con su espalda hacia el joven. Él ya estaba desnudo y le embarraba todo su cuerpo. De forma abrupta Roberta pidió silencio. "¡Shhh, cállate imbécil!". Se giró y le dio un beso apretado. Él, a pesar de su historial, nunca había sentido tanta excitación con un beso. Instantes después, ella lo separó de su cuerpo. "No entiendo por qué lo quieres hacer sin condón". "Es que eso a mí no me importa; no pasa nada. No me gusta con plástico". No había pasado ni un minuto cuando sintió que su erección estaba aun más firme. Notó que secretaba incluso más humedad y la piel en sus brazos se erizaba. No aguantó más y se lanzó de forma atrabancada sobre las tetas de ella, antes de que su boca tocara de nuevo esos pechos firmes y medianos, ella le dio una cachetada fuerte. Se detuvo, más por la sorpresa que por el dolor. "¿Qué chingados te pasa?". "A mí no me vas a hablar así, pendejo", y de nuevo lo golpeó en la misma mejilla. Ella dio unos pasos hacia su bolsa Coach de color rojo, y sacó varios tramos cortos de cuerda. El deseo seguía creciendo en él, tenía escalofríos, sudaba, le dolían los testículos, le urgía penetrarla. Al verla caminar sólo con esos pequeños calzones, pensó que fácilmente podría ser una modelo de Victoria's Secret. Cuando vio las cuerdas se preocupó por unos segundos, luego le valió madre e imaginó varias fantasías. "No son para mí, son para ti". Se sorprendió. Se preguntó qué era lo peor que le podía pasar, pero cuando uno anda así de caliente, uno piensa muy poco.

6.

Cerca del mezquite, como a unos veinte metros, empezaban filas de cactus, nopales y jarillas. Era de lo poco que osaba tratar de enverdecer el panorama; aunque resultaba un intento muy vano. Para las personas que viven en la ciudad, esta información les puede parecer totalmente intrascendente; con ello confirmarían su perfil. Sin embargo, para la gente de campo, para quien ha sufrido hambre, este dato es importante: los cactus grandes tienen unas flores, a veces rojas, a veces amarillas. Son pequeñas, de tallos muy cortos y de hojas suaves, éstas son el ingrediente favorito de la gente del ejido, es lo poco que tienen. Huevos revueltos con flor de cactus, le llaman algunos. Digamos que hacen la función del tocino o del jamón o de la salchicha, en un mundo urbano promedio. En ningún momento nadie ha dicho que el sabor sea bueno, ni siquiera aceptable; sin embargo, es mejor que comer el huevo solo. Además, hay historias entre los habitantes del ejido que dicen que esas flores tienen muchas vitaminas. ¿Les creeremos?, ¿o serán como esas historias que inventan las abuelas con tal de que sus nietos se terminen el hígado encebollado? Ese día ya no había flores en los cactus, sólo tenían marcas de piedras que los niños y jóvenes les aventaban, incluyendo José y su hermano. Eso le molestaba a César, y les preguntaba: "¿Por qué lastiman a la planta que les da de comer?". Quien lo escuchaba se sonreía en volumen bajo, como intentando respetar su locura. También era debido a la clásica reacción del mexicano de reírse después de haberse equivocado en algo, o al darse cuenta de que no sabe la respuesta. ¿Se ríe porque se apendeja o porque se apendeja se ríe?

Para los del ejido era difícil saber en qué día vivían, todos eran iguales, ¿para qué molestarse en llevar la cuenta del martirio? Para César no, él llevaba exactamente el calendario; incluso predecía los días de luna llena. Las semanas que pasaba con los indios yaquis le brindaban muchos conocimientos que los del ejido ni siquiera imaginaban. Si César les empezaba a contar lo que aprendía, corría el riesgo de que lo mataran por loco. Eso lo descubrió desde que era un adolescente, cuando dijo que la luna era lo que causaba la marea en los océanos. ¿Cuáles océanos, pendejo? Unos jóvenes, cuatro años más grandes que él, lo golpearon hasta tumbarlo, luego en el piso lo llenaron de patadas en el abdomen hasta que llegó un adulto. ¡Quietos! ¿Por qué le pegan, pues? Y al escuchar el motivo de la golpiza, les indicó que estaba correcto que le siguieran pegando, para que dejara de decir pendejadas. En aquella ocasión, los golpes siguieron hasta que la sangre le escondió el rostro, los ojos se le hundieron y su cuerpo quedó inmóvil. Desde esa vez, César juró que no iba a decir nada de lo que aprendiera.

En un lugar así también es difícil determinar la edad. Es tanto el sol, los mismos genes repartidos en pocos habitantes, tanto el polvo y la similitud de los cuerpos delgados, que de pronto todos se parecen. Había dos que no eran iguales: José y César. Físicamente sí eran similares al resto; sin embargo, en sus mentes guardaban armas poderosas que nadie más ahí poseía. Tenían sueños, intrigas, dudas, preguntas, lo que les provocaba un brillo en su mirada. El problema era que ni ellos mismos lo entendían. No sabían qué era ese cosquilleo que últimamente los entusiasmaba. ¿Cómo nombrar algo que jamás nadie te ha explicado? Ni siquiera entre ellos lo platicaban, a pesar de ser buenos amigos.

Volviendo al mezquite, César sabía que era viernes y que, según los signos del cielo, al día siguiente habría luna llena. Aseguraba que en el ejido sembraban el maíz de forma equivocada. Lo hacían una semana antes de lo debido. Cuando los indios le enseñaron eso hace unos años, regresó apresurado y, a pesar de los recuerdos de la golpiza en la adolescencia, era tanto su entusiasmo por ayudar a los del ejido que les dijo a los adultos lo que acababa de aprender con los indios: si se esperaban una semana más en la siembra del maíz, éste crecería más rápido y más grande. No le creyeron. Le dijeron que no le pegarían porque no querían gastar energías en eso, y le pidieron que no se volviera a meter en las cosas de los adultos. Pinche huerco metiche, algunos le dijeron.

Total, viernes en el mezquite; José, su hermano y César. Llevaban veinte minutos en silencio. Como de costumbre, los perros aguardaban serenamente a unos diez metros. El hermano de José aventaba piedras a un camino lejano mientras José silbaba una tonada ranchera, cuando de pronto César rompió el largo silencio con un tono de voz ronco y, de forma muy calmada, preguntó: "¿Por qué los indios son más felices que nosotros?". El hermano de José dijo: "Otra vez la burra al maiz", así, sin el acento en la i, y siguió aventando piedras. En ese momento, uno de los perros se levantó y ladró dos veces. Las miradas se conectaron, César extendió su brazo con el pulgar hacia el cielo, el perro ladró de nuevo, ahora en un volumen más bajo, y se echó a la tierra irresistiblemente caliente. "¿Qué te dijo el perro?", preguntó José. "Este vato loco", agregó su hermano. "Que me debo ir a vivir con los indios para aprender más". José lentamente asintió, mientras se ponía un pedazo de hierba en la boca y seguía silbando una canción. Minutos después José dijo: "Qué cura que el perro te dé consejos". César le sonrió a su amigo, luego volteó al horizonte deseando que no hubiera tanto sol. Vio a su grupo de perros, sonrió y se retiró con ellos.

7.

Quizá ella estaba pagando una manda al bailar con alguien como yo, capaz que le debía algo a la Virgen de Guadalupe. La realidad era que estaba bailando con ella, en ese patio de mosaicos rojos con vigas de concreto en el techo; o sea, en el mero centro del universo. ¿Y cómo se llamaba? Espérate, Emilia, aún no le preguntaba. Ay, qué tímido. ¿Vas a escucharme la historia, o no? Sí, ya, Santiaguito, anda, síguele, sentido. La primera canción terminó, y no me animé a hablarle. ¿Cómo hacerlo, si mirarla me dejaba sin aire? ¡Qué nena que no le preguntabas! Y eso que aún no volteaba a ver sus senos. Estaba totalmente perdido en su rostro; era como si estelas de cometas le hubieran maquillado la cara. La siguiente canción fue una de Billy Idol, yo quise brincar hasta bajarle todas las estrellas. Que naco te pones, Santiago. Sin importar lo que sucedería, yo ya tenía aseguradas al menos dos semanas de insomnio. Entre el cielo lleno de estrellas y su rostro no había diferencia.

Todos nos miraban sorprendidos. Dos de mis amigos estaban orgullosos de mí, y otro me envidiaba. Me hacían señas, movían la boca, brazos y cejas: ¡Háblale ya! El dj me confirmaba que sólo una canción más y empezarían las calmadas. Si yo lograba bailar con ella al menos media balada, sería inmortal. Tendría que controlar el temblor en mi brazo derecho para que su cadera izquierda no lo detectara. Si tan sólo pudiera unir sílabas para hablarle. ¿Habré mojado el pantalón? Tengo que hablarle. Tengo que hablarle. Háblale, cabrón. Tendría que pensar que no era hermosa, o que estaba bailando con una mujer de belleza promedio, con la amiga de la más guapa. Ahora yo tenía a la más bella bailando conmigo. La forma en que estaba maquillada era tan perfecta. Mi juicio estaba tan afectado, que quizá ni maquillaje tenía; capaz que era sólo su piel. ¡Mi aliento! Necesitaba cien pastillas de menta para hablarle. Tengo que hablarle. Háblale, pendejo. Mis amigos ya manoteaban descaradamente para reclamarme.

¿Por qué tengo miedo a hablarle? ¡Pinche joto, le tengo que hablar! Había murmullos con tonos de intriga y burla. ¡No le ha hablado!, el rumor ya corría. Mis ojos le gritaban al dj para que ya pusiera las calmadas. Que ansia que fueras tan tímido. Déjame seguirte contando. Mis amigos seguían con sus señales. Se acabó la segunda canción. Ni siquiera los cuatro segundos de silencio los aproveché para decirle al menos hola. Era muy probable que en las baladas me mandara a volar, y ni así me animaba a hablarle. Pensar en pedirle el teléfono era algo fuera de mi alcance; al menos necesitaba su nombre. Inició una canción de The Outfield. Yo estaba a unos segundos de su cadera, de sentir su mano de nuevo, de tenerla a unos centímetros de mí. Tenía que hablarle. Aaay, ¿qué? ¿toda esta historia es para dar una lección de qué? De nada, Emilia, cállate; apenas voy iniciando. Finalmente di un paso hacia ella, al verla más cerca entré a otra dimensión, con sonidos diferentes, otra iluminación, reflejos distintos, olores nuevos. Ahí era aún más bella. Fuera de este mundo.

8.

Lo que Roberta había dejado en la boca del joven al besarlo eran unas perlas miniatura que provocaban una descomunal excitación sexual. Eran poderosas, y rápidas para disolverse. Los ingredientes ya corrían por todo el torrente sanguíneo. Orgulloso, veía el tipo de erección que había logrado. Sentía calambres en el cuello, sudor frío, arritmia. Estaba perdido entre tantos placeres, cuando finalmente se dio cuenta que estaba inmóvil en la cama; boca arriba y con las extremidades atadas a cada una de las patas. "¿Con que te puedes acostar con quien quieras?". "Ajá". Su corazón latía más rápido. Se sentía fuerte, intenso, lleno de energía. Su abdomen se contraía sin control. Roberta caminaba con seguridad alrededor de la cama. Con toda intención se mojaba sus labios rojos. Cruzaba su mirada con la de él, para luego llevar sus ojos hacia el pene. El joven estaba sorprendido. De su bolsa Coach, Roberta sacó unas velas de color rojo. "¿Qué pedo? ¿Por qué traes velas?". "¿Es cierto que has estado con más de ciento cincuenta mujeres?". "Creo", contestó, aunque ya no tan entusiasta. Roberta se paró en el frente de la cama y se inclinó un poco hacia él. Puso su rodilla derecha sobre el colchón. "Ven, súbete ya". "Aah, aah, ¿es cierto que lo has hecho con jovencitas y hasta con abuelas?". "¡Sí, chingados! ¿Eso qué tiene que ver? ¡Súbete ya!". "No me grites". "¡Ya no aguanto!". "¿Cómo? ¿Eres precoz? ¿Aún ni arrancamos y ya no te aguantas? Sería un gran espectáculo ver cómo te vienes incluso antes de empezar". "No es eso, ya no aguanto las ganas de cogerte". "Yo no tengo ganas de cogerte. ¿Pasaré a la historia como la primera mujer que te ha rechazado?". "¡Pinches bromas de mierda, güey!". "¿Siempre eres así de pendejo?". "¿Eeehh?". "A eso me refiero. ¿Lo que tienes de atractivo, lo tienes de pendejo?". "No te entiendo". El joven tenía la cara roja y el cuerpo empapado en sudor. Las perlas mágicas seguían causando efectos. Sentía que su cuerpo hervía.

"¿Te acuerdas de una mujer a la que, al quitarse su pantalón, le dijiste que mejor no querías coger porque no te gustó que tuviera celulitis en sus glúteos?". "¿Eh? ¡No!". El tramo de cuerda que Roberta tenía en su mano surcó de manera rápida y repentina el aire, hasta golpear fuerte el colchón, justo al lado del musculoso cuerpo del, ahora, asustado joven. "¿Qué chingados te pasa, pendeja?". A lo que muy despacio y con voz ronca Roberta contestó con una pregunta: "¿Peeeeendeeeja yo?". Sonrió como sólo las villanas saben hacerlo, para luego rematar con otra pregunta: "Perdón, ¿quién es el que está amarrado?".

Ella sabía que las perlas, en unos segundos, causarían otro síntoma más. Tenía un control perfecto de la situación. Cuatro, tres, dos, uno: y empezaron los espasmos en el cuerpo del supuesto modelo. Primero en sus muslos: se contraían presumiendo su forma y fortaleza, luego, se aflojaban como víctima del síndrome de fatiga crónica. Él pujaba en las contracciones; luego exhalaba al sentir sus músculos relajarse de forma extraña. Luego siguió el abdomen bajo, justo arriba de su sexo. Le causaba esto unos grandes deseos de orinar y de eyacular. Gritó. Ahora ya no parecía tan joven, ni tan controlador, ni tan pode-

roso. Ahora parecía un niño asustado. "¡Ya, chingadamadre!".
Roberta caminaba alrededor de la cama, golpeando levemente
con la cuerda la orilla del colchón y formulando pregunta tras
pregunta. El joven ya no escuchaba. Los espasmos ahora estaban
en sus bíceps. "¡Ya, güey!". "¿Ya qué?". "¡Ya súbete! ¡Vamos a
coger!". "De plano no entiendes, ¿verdad?". "¿Qué?". "¡Que eres
un pendejo! Tú y yo no vamos a coger". "¿Qué pedo contigo?
¡Pinche vieja loca!".

Roberta seguía tranquila. El joven seguía desorientado. Parecía
no captar lo mal que estaba la situación. "Eres un grosero y un
pendejo". Los espasmos habían pasado. Seguía excitado; le urgía
eyacular. "Por todas las mujeres a las que has lastimado. Por todas
las mujeres de quien te has burlado. Por todas a las que abusaste.
Por todas a las que has ofendido, hoy te vas a arrepentir".

9.

César caminaba entre los perros. Se perdieron detrás de una loma de una pequeña presa que tenía dieciséis años seca. A lo lejos sólo se veía la polvareda que iban levantando. En el mezquite, el hermano de José dijo mientras aventaba una piedra hacia el camino: "Este vato y sus mamadas". José seguía silbando mientras en su boca todavía tenía un pedazo de hierba. Se escuchaba el siseo del viento; como si la tristeza aullara. Los de ahí ya ni lo notaban. "¿Y qué? ¿Vas a tirar piedras así toda tu vida?". Silencio. Los del ejido hablaban despacio ya que no había urgencia de nada. Estaban seguros de que ya no podían estar peor. Sentían que si hablaban mucho o rápido acelerarían el desenlace de cada día. Uno pudiera pensar que, ante tanta tristeza y desolación, sería bueno agilizar el proceso diario; pero ellos no pensaban de esa manera. Así que hablaban lento, con muchas pausas, como si dijeran algo trascendental o lleno de sabiduría, aunque en realidad realizaban cualquier comentario sobre la pereza, el calor o el cansancio crónico que sentían. "Sabe", fue la respuesta que luego llevó a otros minutos de silencio. "¿Y no quisieras saberlo, pues?". "La mera verda, no". Y aventó otra piedra que pasó cerca de una lagartija que ni se inmutó.

José se preguntaba al menos doce veces al día, si todo lo que se hacía en el ejido era correcto. Se sentía mal por hacer lo mismo que todos. Le molestaba ver cómo la pereza abundaba. Le fastidiaba ver que todos los días eran idénticos. Todo se repetía día a día, vida a vida, muerte a muerte; y nadie hacía nada por cambiar; a nadie le importaba deambular sobre ese lugar de mierda. Al parecer a él sí. Cada vez le molestaban más cosas, criticaba a más personas, tenía más peleas por discutir cualquier tema. Le decían los mayores que así se hacían las cosas ahí; porque así se habían hecho siempre. Le irritaba tener que obedecer a los adultos y no poder aportar alguna idea nueva. El ejido fácilmente se pudiera llamar Status Quo. Lo único que cambiaba eran las flores que crecían en los nopales, sólo para ser arrancadas y terminar mezcladas con huevo en un triste desayuno.

El tiempo que pasaba César fuera del ejido era aún más desastroso para José. Al verlo más triste, algunos le decían: "¿Extrañas al novio?". Ante tanta desolación, ellos eran inmunes a la burla, por eso casi nadie la usaba, por eso el lugar era tan callado; sólo se enfocaban en deambular, en aguantar el insoportable calor. José era el único que soñaba con una lluvia de caramelos. Cuando esto sucedía, José se levantaba antes que todos; alcanzaba a ver las estrellas por la madrugada, recordaba los comentarios de su amigo sobre los indios y sus diálogos con el cielo. Dudaba si realmente ahí arriba había secretos gratis para los que voltearan y vieran. Estaba más inquieto que nunca.

En sus esporádicos viajes a Navojoa, se dio cuenta de que no había nada malo en mirar todo lo nuevo que había para él, al cabo nadie lo observaba. Cuando entraba al supermercado que estaba en la esquina de la plaza principal, caminaba despacio por los pasillos, sorprendido por la cantidad de comida que vendían. Con las yemas de sus dedos rozaba las bolsas de frijoles y de arroz, los litros de leche fríos, las botellas de Coca Cola. Metía su mano a unas hieleras enormes donde había tortillas recién hechas, con su palma sentía los paquetes aún calientes, y regodeaba su olfato con el olor del maíz. En ocasiones, no tenía el valor de pasar por la esquina donde vendían la carne y el pollo, ya que, ahí sí, era un martirio. Jamás había comido un pedazo de carne ni de pollo como los que ahí vendían. La carne era tan grande y tan roja que sentía que esas sábanas de milanesa se le estampaban en la cara, y soñaba con esa imagen por semanas. Percibía el olor de la carne cruda en su cuerpo por días. Una ocasión, frente al refrigerador viejo y con el vidrio opaco en donde se mostraban las carnes, José miró fijamente un montón de milanesas. Lo vio por más de un minuto; el encargado, desde el otro lado, le preguntó tres veces qué quería, y José no lo escuchó. Después de ochenta y cuatro segundos viendo las milanesas, giró y se fue callado. Desde entonces el carnicero se da cuenta cuando José lo visita; y ya no le pregunta nada. Ya sabe que sólo va a ver.

10.

¡Ash, eres un rollero, Santiago! No jodas, Emilia, déjame seguir. Dale, dale, no tenemos nada mejor que hacer esta noche. Total que, estaba a menos de una canción de las calmadas, en donde nuestras manos se unirían de nuevo. Si alguien estaba mal ese día, era el destino. Ya me imaginaba con ella toda mi vida, a pesar de que las únicas palabras que le había escuchado eran: Sí, sí quiero bailar contigo. Esa frase no había parado de repetirse en mi cabeza.

Los que no estaban en la pista, hacían apuestas acerca de si ella aceptaría bailar conmigo las calmadas, y si me animaría a hablarle. ¿Por qué era tan difícil? Ante semejante belleza, me parecía imposible sincronizar mi lengua con mi mente. Sin duda, ella sería modelo, si no es que ya lo era. Mis amigos se habían colocado atrás de ella, sus manos revoloteaban al mandarme señales. ¿Cómo podía alguien como ella estar con un güey como yo? ¡Háblale, pinche maricón! Me decían con señas mis amigos. ¿Cómo le hablo? Ni siquiera me puedo mover. Creo que ya no estaba rojo. Al parecer, todas las mujeres conocían al dj porque empezaron a retirarse de la pista a pesar de que aún estaba sonando The Outfield. Sabían que las calmadas se acercaban y que a esa edad era muy difícil controlar una erección. Hay humedades que no se ven pero se huelen. ¿Qué te pasa, naco? ¡Válgame! ¡No me dejas aderezar la historia! ¡Ya! ¡Ándale, síguele! Tenía que saber su nombre antes de las calmadas. Di dos pasos con mi

33

mirada clavada en la pared que estaba a lo lejos, atrás de ella, como un estúpido que avanza sin ver los primeros metros que tiene enfrente. Quizá pensó que, además de mudo, podría ser ciego, por la forma tan rara en que fijé mi mirada desorbitada atrás de ella. Mientras caminaba hacia ella, dudé qué tanto tenía que acercarme para hablarle. Creo que lo hice bien, un poco de lado, para que no se sintiera invadida, y a unos cuarenta y cinco centímetros de distancia, para hablar fuerte sin tener que gritar. Con la lengua pesada, las corvas humedecidas, las rodillas temblorosas, sin Listerine ni mentas y con calambres en mis pies, pude decir algo así como: holcmotellms. Además, la acentuación con que lo había dicho había parecido más una afirmación que una pregunta. Mientras daba un paso para atrás se hizo el silencio esperado; sentí que se abrían las puertas del nirvana. Fue una situación extraña; mi cuerpo alejándose. Ella hablaba algo, y de fondo nada de música. La calma antes de la tromba. Fue tanto el silencio que no la escuché. Fue tan inmaculada su voz que no entendí. Su tono fue tan dulce que me perdí. Mi cara de estúpido se había convertido en una de pendejo. El momentáneo silencio musical significaba el inicio de las calmadas. Me había convertido en un vegetal; sólo respiraba y estaba a la disposición del aire, de la lluvia y de ella.

Todavía no sonaba ningún acorde de la primera balada, y de reojo vi cómo unos cobraban sus apuestas. Mis amigos ahora preguntaban su nombre. Yo quería recuperarme, sólo sonreí. ¡No la escuché! ¡No sabía su nombre! ¡Eres un güey, Santiago! Ya sé. En las grandes bocinas empezó a sonar *The Angel Song*, de Great White. Ahora tenía que bailar con ella. ¡Qué joto!

¿Qué tanto problema bailar una calmada? Eso lo dices ahora, Emilia, pero en ese entonces teníamos unos quince años. Era un gran logro. Pareció que el piano de esa canción me inyectó valor. Me le enganché a sus ojos y así me le fui acercando. Dos pasos cambiaron mi mundo. Cuando puse mi mano derecha en su cadera, el piso rojo tembló. Tembló duro, seco. Como si dioses, ángeles, arcángeles y demonios hubieran tomado las esquinas de ese patio, y a un mismo ritmo lo sacudieran tres veces: ¡Bang! ¡Bang! ¡Bang! Se ha de haber estremecido varias veces, quizá nos estábamos hundiendo. No me importaba, sentía el corazón atorado en la garganta. Su mano derecha se entrelazó a mi izquierda, y el aire del planeta desaparecía. Sentí su mirada pesada sobre mí. Y yo no podía corresponderle. Esos luceros miel eran mucho para mis nerviosos ojos.

Pasó la primera canción. Ahora escuché otro sonido familiar. Un teclado sonó lento, como un buen presagio: Here I am at six o'clock in the morning... Y el dj me saludó orgulloso con sus dedos índice y medio en la frente, como cadete a su comandante. *I Need You Now More Than Words*, de Alias, retumbaba en ese bendito patio. Hay instantes que duran para siempre. Hay requintos tan conmovedores que parecen avisos de muerte. ¿Cómo podré mantenerme de pie cuando la suelte? Hay coros que te gustaría gritar, hay canciones que desearías fueran oraciones. Como te llames, por favor no me sueltes: quédate aquí conmigo.

11.

"¡Yo no le he hecho daño a nadie!", gritaba el joven amarrado. Roberta, que con su poblada cabellera roja y esas pecas en su cara era una mezcla del bien y el mal, caminaba con fuerza para que sus tacones negros Louboutin retumbaran en el piso de concreto brillante. Su estela dejaba un olor a madera. Nadie sabía que mezclaba sus perfumes favoritos, dependiendo del día de la semana y del humor en que se encontraba. Difícilmente tenía lunes buenos; creía que nadie en este mundo pudiera preferir ese día. Su favorito era el sábado. Se cuestionaba quién había hecho la organización de las semanas. ¿Quién fue el estúpido que decidió que el fin de semana sólo tuviera dos días? Cuando era más joven, amaba la mañana de ese día, porque era cuando no tenía nada que hacer, y ahí era cuando más pensaba, y entre más lo hacía, se descubría muy diferente a la mayoría de las personas. Ya más grande, la noche del sábado, era su parte favorita. Era cuando decidía tener sexo. Con uno sólo, con el mejor. O con muchos, por turnos, o con varios al mismo tiempo. O con el peor. O con el más solitario. O con el más inadaptado. Le gustaba tomar decisiones inesperadas.

Le encantaba hacer el mejor día de la existencia de un ser miserable, y en ocasiones seleccionaba a los más desafortunados, y por una noche los convertía en la envidia de todos. Los transformaba a caricias y tocamientos en la esquina de la disco, sobre unos sillones rojos. Les aparecía un universo diferente. Les regalaba su cuerpo. Les empañaba sus lentes de pasta negra y cristales gruesos; les revoloteaba sus peinados llenos de brillantina. Les presentaba mundos nuevos: los de la belleza, el sexo, el placer y el poder. Quien pasara una noche con ella podría no volver a tener sexo en toda su vida, y, estaría bien, podría sobrevivir y estremecerse al recordar lo que ella le hizo a su cuerpo esa noche. Eran noches intempestivas, aleatorias. A donde ella asistiera siempre había un grupo de desafortunados, inseguros y demás, sentados, soñando ser elegidos, esperando que esa fuera una de las noches en que Roberta quisiera salvar a uno de ellos.

"No te creía tan pendejo." "Negarme a coger con alguien no es una agresión." "¿Por qué hacerlo hasta que las tenías desnudas en la cama?" "Es que…, es que..." "¿Es que qué, estúpido?" "Es que no me acuerdo de lo que dices". "Te tienes que acordar de todas". "Soy un caballero, no tengo memoria". "¡No, pendejo! Lo que tienen que hacer es no contarlo, pero jamás deben olvidarlo". "No te he contado nada y ya me estás jodiendo; no te entiendo". Era extraño hablar con una mujer estando atado a una cama, desnudo, boca arriba. Sin embargo, era aun más raro seguir erecto. Estaba bien que imaginaba que se cogía a Roberta en ese mismo cuarto, contra el peinador modernista de acero inoxidable que estaba en la esquina; sin embargo, esa erección era monumental. ¿Por qué sigo erecto?, se preguntaba en los pocos segundos que le quedaban entre desearla y discutir con ella. "¿Y si lo discutimos sudando?"; giró un poco su cabeza hacia su derecha mientras mantenía sus ojos en ella, encogió los hombros e hizo una sonrisa tan repentina como falsa, dejando ver su reciente blanqueo de dientes. Roberta se despojó de sus zapatos, despacio se desabrochó la gabardina y la dejó caer por encima de sus hombros. Dejó a la vista su piel blanca, sus pecas, su brasiere de encaje negro y su diminuto calzón del mismo color. Se subió a la cama por la parte de en frente, se fue gateando muy despacio hacia él. Se montó sobre su cintura. El joven se sentía orgulloso de que sus frases siguieran funcionando. Ella se movió un poco más hacia adelante hasta que quedó sentada sobre el pecho del joven. Desde ahí, desabrochó su brasiere por el frente y, mostrando sus redondas tetas, preguntó: "¿Quieres?". Aún no terminaba la pregunta cuando el excitado joven ya estaba gritando que sí, mientras movía ansiosamente su cabeza hacia arriba y abajo. Ella se fue inclinando poco a poco. Tomó el cuello del joven y, con un movimiento sagaz, lo rasguñó profundamente. Gritó. Se movió como caballo salvaje. Ella rio. Chorreó sangre. Entre el ruido, ella le regaló dos puñetazos y dos cachetadas. Los ojos que antes brillaban ahora estaban morados e hinchados. La confusión crecía en El Atado, ya que, a pesar de las agresiones, seguía erecto. ¿Por qué, chingados? No le afectaba la humillación ni la extraña conversación; ni ahora los golpes ni los rasguños. Él seguía erecto y deseándola. Hermosas uñas largas y rojas. Uñas con historia. Uñas cortando piel, rasgando tejidos. Majestuosas uñas manchadas de sangre. Gritos. Brincos. Protestas y quejas cuando le hacía una segunda herida en el rostro. Desde la orilla del ojo derecho hasta la boca. Adiós rostro perfecto; aunque eso no sería lo que más le dolería ese día. Dicen que hay dolores más grandes que los físicos.

12.

José quería ir más seguido a la ciudad. Ahí era en donde muchas cosas interesantes sucedían. Seguía sintiendo inquietud, como cuando una sombra te persigue día y noche, y sin saber el motivo, de pronto sonreía. Nunca había escuchado la palabra esperanza, nadie en su ejido sabía de ese sentimiento. No entendía lo que le causaba traer esa cara de pendejo, como le decía su hermano, ¿de qué te ríes, cabrón?, y él más sonreía. Su escudo era el silencio, el arma era su mente.

La desolación golpeaba con mayor fuerza a eso de las tres de la tarde cada día, cuando entraba una tormenta de polvo. Vientos secos y calientes que traían puras tristezas. El ambiente se pintaba de color café; hasta los pocos animales e insectos huían espantados. A esa hora parecía que estaba más cerca el sol, incluso caminar con guaraches era casi imposible. Aire y calor insoportable. Lo más espeluznante era el sonido del viento. Era como un coro que gritaba lamentos. Era un murmullo aterrorizador. Cada quien lo sentía silbar justo en su oreja. Otros temían al polvo alterado que dejaba la tormenta; se les metía por cada poro y orificio de su cuerpo. Cada día, durante la tormenta, todos lloraban; decían que era por el polvo en sus ojos, aunque en realidad era por la desesperanza. Lo más doloroso era saber que al otro día todo iba a seguir siendo igual. Aguantaban su dolor veinticuatro horas para llorarlo a la tormenta del siguiente día.

Al momento de las tormentas, el arma de José era su mente. Recordaba sus viajes a la ciudad, el refrigerador de las carnes. Los pasillos llenos de comida. El olor de las tortillas de maíz recién hechas que le duraba unas horas en sus manos; por eso, esos días no se las lavaba. Cuando el viento chillaba con más fuerza, José pensaba en la paz que habría en la noche y en el cielo estrellado que podría ver. Sabía que las tormentas de polvo siempre acababan. Sabía que no iban a durar para siempre, aunque siempre volvieran.

Una tarde, en medio del ventarrón, José sonrió más. Se encontraba en la choza de sus padres, donde vivían más de quince personas: padres, hijos, hermanos, nietos, primos y amigos, todos conviviendo con la tristeza de haber nacido ahí. Estaba sentado en el piso de tierra, recargaba su espalda en la débil pared de troncos unidos por alambres, sus piernas flexionadas y hacia el frente, sus manos en las rodillas. Escondía su cabeza en el hueco que dejaban sus brazos, viendo hacia abajo, y con una sonrisa en su cara. Pensaba en la Navojoa.

En sus últimos viajes a la ciudad, seguía visitando el supermercado, aunque lo que más disfrutaba era lo que sucedía alrededor de la plaza. Se sentaba en una banca ancha de concreto después de sorber agua de un grifo viejo que goteaba en una jardinera seca. Mojaba su paliacate desgastado y su gorra verde. Desde ahí, y con sus cabellos duros al aire, veía, feliz, todo lo que sucedía en los alrededores. A unos metros de él, un viejo tocaba un sucio acordeón. Sonaba triste y sin ritmo. Veía cómo gente de diversa estampa se subía a camiones con destinos desconocidos. Unos aburridos, otros tristes, unos hablaban entre ellos. Traían dinero para pagarle al chofer. Nadie llegaba en los camiones, sólo se iban. ¿A dónde irían? ¿Qué motivos los hacían viajar? ¿Cómo serían sus vidas?

Las mujeres eran bellas, estaban limpias, brillaban. Usaban vestidos largos de tela de algodón con flores pintadas, medias y fondos. Se veían felices, hablaban mucho entre ellas. José miraba a una en especial. Ya la había visto varias veces. Tenía un cabello dorado con pliegues elegantes a pesar del calor; lo traía suelto. José se preguntaba qué tan lejos estaría de esa vida, de esos alimentos, de esas mujeres.

El simple hecho de preguntar la hora, para no perder la camioneta que iba de regreso al ejido de los corazones tristes y las caras iguales, ya lo hacía entristecer. Lo que veía en la ciudad era tan poderoso que le hacía sonreír a pesar de la monotonía, la tristeza, el polvo, el calor, las tormentas y los espíritus. A pesar de todo, tenía un rincón en su ser en donde podía pensar lo que fuera, ser lo que fuera, decir lo que fuera. Por eso no quería que la tormenta terminara, porque la normalidad volvía: agachar la cabeza, obedecer a los mayores, hacer lo que generaciones previas habían hecho, aunque nada cambiara. Deambular.

¿Qué tan lejos estarán los indios? ¿Verían esa noche las mismas estrellas que él? ¿Qué estaría aprendiendo César? No sabía qué hacer para cambiar las cosas. Quería destruir las costumbres que le habían sido impuestas a golpes. Tendría entonces que golpear a todos, empezando por sus padres. Sí estaba desesperado, sin embargo, jamás había pensado golpear a su padre, a pesar de que recordaba todos los golpes que recibió desde su infancia. Al jefe ni siquiera se le acerca uno. José aquí,

José allá. Tráigame esto. Córtele aquí. Levántese, córrale. Siéntese. No se sirva tanto huevo. El agua es para los adultos; usted puede correr y buscarla en el monte. José: súrquele, siémbrele, tápele. Rápido. José, ¿qué tanto habla con su hermano? José, ¿de qué se ríe tanto solo? Seguía atrapado en la monotonía, pero iba reuniendo fuerzas. Iba tratando de entender cosas.

13.

Las uñas de Roberta habían dejado dos rayas en la mejilla del joven, quien seguía erecto. "¿Por qué en la cara?". "¿Las quieres en los huevos, o qué?". "Yo no te hice nada". "A mí no, pero sé todo lo que hiciste".

Al joven le dolían más sus testículos que las cortadas en la cara. Tenía mucho tiempo erecto. "Por favor, ayúdame". "Así quería verte, rogando". "No estoy rogando: es una petición. Es que te deseo un chingo". El joven bufaba como toro de lidia. Su cuerpo estaba completamente mojado. Le salía vapor por la boca. Gemía. Trataba de zafarse de las cuerdas, y sólo lograba apretarse más. Roberta había aplicado un nudo que entre más se estiraba, más se apretaba.

¿Quién va a un bar de hotel en miércoles? ¿A quién no le parece sospechoso que una belleza como Roberta aparezca en un hotel de cinco estrellas? Ella no pertenece a esos bares, en donde tríos de guitarras acústicas interpretan canciones de Napoleón y Mocedades; su nivel es mucho mayor. "Tan guapo y tan puto". "No soy puto". "Humillar a las mujeres es de putos". Empezaba a dar unas excusas cuando Roberta lo interrumpió; sus ojos se abrieron más, sus pobladas cejas rojas se arquearon y su índice le apuntó: "¡Cállate, pendejo! Lo que les has hecho a las mujeres, te hace un criminal y un pinche cobarde". Iba a intentar defenderse cuando ella lo detuvo. "¡Que te calles! No te voy a golpear ahora porque hasta eso te ha de excitar. ¡Sufre, imbécil! ¡Hasta que se te revienten los huevos!".

Sin importar lo que sucediera, él seguía excitado, como si tuviera trece años y estuviera viendo su primera película pornográfica. La humedad secretada ya le escurría por el escroto y llegaba hasta la cama. Roberta llegó a pensar que se había orinado del miedo. Se acercó a ver, y luego emitió roncas carcajadas al descubrir que eran secreciones.

¿Miedo? ¡No! El joven, a pesar de todo, no tenía miedo. Tenía una necesidad inmensa de eyacular. Difícilmente eso iba a suceder pronto. "Te vas a hacer famoso". "¿Eh?". Roberta ya estaba vestida. Él ya no sabía qué era peor: si verla directamente o bien cerrar sus ojos y dejar que cualquier tipo de pensamiento sexual lo invadiera.

Hasta ese día conoció lo que era desear a alguien con locura. Podía entender que Roberta era majestuosa; pero, después de todo lo que ha pasado, ¿aún desearla? No sabía cómo desaparecer esa erección. Pensaba en paredes blancas, basura, pordioseros, e invariablemente acababa pensando que se la estaba cogiendo. ¿Sería su olor? ¿Sería su mirada bordeada de mechones rojos? Su ego de conquistador lo había perdido totalmente y eso le dolía más que los testículos, los rasguños y los moretones en sus ojos. Jamás había rogado por una mujer como lo estaba haciendo ese día.

14.

No sé cuántas canciones siguieron; aún estábamos en la pista. Esa noche yo pudiera haber sido lo que ella pidiera; qué bueno que no pidió nada. Por más cascadas de estrellas fugaces en el cielo, no podía dejar de verla. Por momentos me sentía seguro. Al parecer, ser visto y envidiado por tantos me estaba cayendo bien. Si ya había logrado llegar hasta ese momento, entonces, quizá, podría seguir conquistando más metas. Aunque por momentos reconocía que yo no había hecho nada; no la había sacado a bailar, el choque fue accidental. Nunca dije ni una palabra para que ella aceptara bailar conmigo. Mi mayor logro había sido llegar a la pista sin orinarme de la emoción o del miedo, sin que me tronaran las rodillas en pedazos. Mi intento de pedirle su nombre había sido fallido; aunque ella no lo sabía. De hecho, nadie lo sabía.

Y resulta que bailábamos bien. Sonaba Foreigner, Whitesnake y John Waite. Era el mejor día de mi vida. Nuestras manos. Su cadera. Su olor. Me contuve las ganas de girar mi cabeza y besarle la mano que tenía sobre mi hombro derecho. Su aliento. Su aliento. No mames con su aliento. Me sentía el hombre más afortunado del mundo. Desde esa noche no ha pasado un día que no piense en ella. ¡Aaay tú! ¡Super tierno, el Santiago! Te voy a ignorar, Emilia. Total que, ya nadie me miraba con desprecio ni con envidia. Ahora había miradas idólatras. Finalmente, pude disminuir un poco la sonrisa. Fingía que tomaba el control de la situación; aunque en realidad lo tenía todo ella. Y sonaba Warrant. Detecté vagamente alguna canción de Richard Marx y otra de Bryan Adams. Esa noche hubiera podido bailar lo que fuera. La música era lo de menos. Mi corazón latía rápido y sin ritmo. En la pista había unas diez parejas. Todos los hombres cerraban continuamente los ojos y ponían cara de mamones. Yo no quería dejarla de ver ni un segundo. Cada quien intentaba ganarle alguna frontera a su novia: un centímetro más cerca los cuerpos, para los novatos. Un centímetro más abajo la mano de atrás, para los intermedios. Las dos manos atrás rodeándola era para los expertos. Phil Collins sonaba, y varios empezaron a besarse, los avanzados ya se daban lengüetazos. Las mujeres veían a sus parejas con cara de ternura, pocas cerraban los ojos, muchas ladeaban su cabeza para acentuar su mirada tierna. Unas aventaban miradas engreídas al resto de sus amigas.

Era un aparador. Todo era tan increíble que incluso juré que REO Speedwagon nos estaba cantando una balada ahí en vivo. No me importaba lo que seguiría en mi vida ni lo que hubiera tenido que vivir antes, si el tortuoso camino de la madreada de los años previos era el precio para estar esa noche bailando calmadas con ella, lo merecía totalmente. Cuando me sentí un poco más cómodo, y creí tener el valor de hablarle de nuevo, justo en ese momento llegó una canción que me golpeó. ¡Eres un naco! ¡Qué caco es decir que una canción te golpeó! ¡Haces mucho drama! ¡Güey, qué poco romántica! Escucha, Emilia. La verdad, esa canción me mandó a volar. Se escuchó el sintetizador, un ritmo calmado en la batería y un coro como si fueran ángeles. ¡Ay, ya naco! ¿Cuál canción? Escuché a Chris DeBurgh cantar: I've never seen you looking so lovely, as you did it to-night. ¡Fuck, güey! Casi me caigo; mi rodilla derecha temblaba como si se fuera a salir de mi pierna. ¿La de *Lady in Red*? Sí, güey: esa. ¡Aaay, quéee! ¿A poco estaba vestida de rojo? No, no estaba. Lo importante era el ambiente que esa canción creó. Ella hizo algunas preguntas para saber si estaba todo bien. Todo parecía un sueño. Ya no quería que ella hablara; su tono de voz y su acento me impactaban como ondas de choque que me atrofiaban aún más. No importara lo que ella dijera, lo más seguro era que no le iba a entender.

Sus ojos me emocionaban. Me empecé a sentir valiente. Ahora la veía con un vestido rojo; definitivamente, la canción la habían escrito para ella. Veía pequeñas joyas rojas en las líneas de los mosaicos. Brillaban como focos. Todas alrededor poseían ropa en tristes colores grises. ¡Y aún no sabía cómo se llamaba! El dj, a lo lejos, me indicó que sólo quedaba una balada, la cual era *Almost Paradise*, no sé cómo mis piernas seguían aguantando. Lleno de la energía del momento; con la seguridad que me daba estar tomado de su mano y su cadera, con el ego altísimo por haber bailado tantas canciones con ella, rompiendo todo pronóstico, y con la autoestima elevada, me lancé a preguntarle su teléfono. 83783931, creo, o 83783139. O incluso dudé con 83783331. ¡Qué güey eres, Santiago! ¿Cómo puede ser posible que no le entendiste el número? ¿Cómo querías que manejara tanta información estando tomado de su mano? Me lo tengo que aprender; me lo tengo que aprender. Por estarlo repitiendo sin parar, me perdí algunas otras palabras que dijo. Se acabaron las baladas, llegó un silencio y volvió la música llena de ritmo.

Se desprendió de mí. Intenté mantener mi mano unida a la de ella el mayor tiempo posible. Sentir cómo los dedos dejaron de tocarse fue doloroso, verla sonreír me ayudó. Luego, sólo dijo: Gracias, hablamos. Se dio la media vuelta y se perdió entre la multitud. Yo me quedé unos segundos en la orilla de la pista, intentando poder caminar hacia donde fuera; sin importar lo que pasara más adelante, mi vida iba a ser mejor después de co-nocerla. ¿Sabría lo que había causado ella en mí esa noche? Güey, ¿qué rollo con tus historias?

15.

Mientras tanto, en el ejido de los corazones tristes y las caras iguales, José hacía lo que la rutina indicaba. Trabajar, comer, coger, dormir. A pesar de que en ocasiones escuchaba a los espíritus durante las noches, normalmente dormía bien. Trabajaba en lo que se le pidiera. Arar, regar, acarrear agua, sembrar, ir, venir, corta, basura, anda, ve, corta, pela, prende, apaga. Sólo bajaba la cabeza y obedecía. Se alimentaba con lo poco que quedaba después de que sus padres, hermanos y demás menores comían.

El tema del sexo le era complejo, por eso se burlaban de él, sobre todo después de una, muy extraña para el lugar, borrachera reciente. De hecho, esa borrachera será recordada durante mucho tiempo. Había un joven del ejido que se llamaba Mario, a quien nunca le había gustado usar sombrero ni gorra. Tampoco le gustaba trabajar en el campo, por lo tanto, no hacía nada. Usaba una pañoleta negra con plateado amarrada en su cabeza, hasta casi cubrirle los ojos. Traía los pantalones de mezclilla abajo de la cadera, holgados, dejando a la vista unos viejos calzones rojos. Su imagen y comportamiento eran suficientes para catalogarlo como El Malo. Peleaba con quien fuera, por cualquier motivo. Robaba comida. Molestaba a las mujeres. No respetaba a los mayores.

Semanas antes de aquella borrachera, Mario había desaparecido del lugar. Pensaron que se lo habían llevado los espíritus de la noche. Por fin alguna bendición para el ejido, dijeron muchos. Durante tres semanas nadie supo de él. Hasta que un martes cualquiera, a lo lejos se escuchó un motor potente; no era del tipo que usaban las camionetas viejas que rodaban esas brechas. La polvareda que levantaba ese vehículo era mayor a la normal. Llegó una camioneta café, doble cabina, de mil caballos de poder, a juzgar por cómo se escuchaba el motor. Vidrios polarizados. Adentro retumbaba música de banda. De la caja saltó Mario. Traía una enorme hebilla plateada con sus iniciales en dorado. Usaba un brillante sombrero vaquero marca Resistol. Botas Montana de piel de avestruz, negras, con una serpiente dibujada en color rojo. Bajó una hielera grande y limpia de color rojo, y, por último, mostró un cartón de cigarros; diez cajetillas de Delicados. Ese era el primer cartón de cigarros que jamás hubiera estado en ese lugar. Normalmente nadie fumaba; quien lo hacía era porque encontraba alguna moneda tirada y eso le permitía comprar un cigarro suelto cuando hubiera alguna diligencia a la ciudad. Nadie vio a quien iba en la cabina de la camioneta. Aceleraron en cuanto Mario bajó sus cigarros. El Malo había regresado cambiado. Un grupo de gente se había acercado a ver el acontecimiento. Los adultos desaprobaban moviendo su cabeza, y se retiraron de inmediato. Los niños pisoteaban, sorprendidos, esas botas tan raras y nuevas. Su pantalón y camisa estilo vaquero aún olían a nuevo.

Minutos después, sólo quedaron los jóvenes. Con todos ellos se había agarrado a golpes alguna vez. El que se anime a abrir la hielera trae mano; fue lo que dijo. Nadie se animó. Entonces Mario abrió la hielera mientras gritaba: ¡Tepache! ¡Tepache! ¡Tepache frío! De puritita piña y de varios días de guardado. Nunca antes se había visto ahí una bebida así. La hielera estaba pulcra por dentro y por fuera. Que estuviera helada ya era una bendición. Nadie pensó que Mario fuera a compartir, a todos sorprendió cuando sacó de un morral una torre de vasos blancos de hielo seco. ¡Chúpele, pichón! Gritaba feliz. ¿Y, pues, a quién le dan pan que llore? Entonces, obedientes se pusieron a chupar, y a cantar, y a gritar. Se llevaron la hielera al mezquite. La noche llegó rápido. De esas cosas tan bellas que trae el alcohol; se sentían contentos de contarse como amigos. Las carcajadas retumbaban hasta las chozas donde los adultos, que inicialmente reprobaron la llegada de Mario, ahora esbozaban unas muy pequeñas sonrisas. Menos mal, algo había causado un momento de alegría, eso ya era un milagro para ese lugar.

Era mucha bebida para ocho jóvenes, pero no iban a parar. Las estrellas, la bebida helada, las carcajadas y las historias que se contaban no iban a terminar pronto. Mario, además, compartió cigarros. Para la mayoría fueron sus primeros tabacos y primeras bebidas. Ya no sabían ni de qué se reían. Unos con el alcohol se llenaron de deseo y fueron a buscar a alguna mujer del ejido; la que fuera. Lloraron de la risa. Tosieron al intentar fumar. Tuvieron visiones; otros, en pleno éxtasis, corrieron sin dirección alguna hasta caer agotados y regresar gateando por más bebida milagrosa. Querían esperar la madrugada para invitar a tomar a los espíritus. Vómitos, y como en toda fiesta, hubo un pico de alegría, luego el entusiasmo bajó.

Hasta ese momento era una noche memorable. El volumen y el tono de las voces fueron disminuyendo. Ahora hablaban calmados. Veían las estrellas. Se preguntaban quiénes eran. Revelaban secretos muy íntimos. Unos se retiraron, otros ahí se quedaron dormidos. Las estrellas cooperaban con la alegría que se sentía alrededor de ese mezquite. Ninguno de ellos le preguntó a Mario cómo había conseguido todo eso. Entendían que algunas preguntas era mejor no realizarlas. A pesar de que César no estaba, andaba con los indios, la plática se fue cargando a tonos existenciales. Reclamos a la suerte. ¿Cuál suerte?, dijo otro, y todos rieron. Reclamos entre ellos. Encontraron los momentos más lúcidos de su vida; incluso algunos cuestionaron su futuro, algo que José llevaba ya mucho tiempo haciendo. Todo parecía ir dentro de lo aceptable para una situación tan extraordinaria como ésta, hasta que José hizo algunas preguntas: "¿No se supone que tenemos que coger con la que queramos?". Unas carcajadas tímidas, y luego silencio. Hasta que alguien contestó: "Pues eso hacemos, ¿qué no? Coges con la que sea, con la que quieras". José había bajado la guardia, pinche alcohol, y habló como si estuviera con César, y dijo: "No hablo de eso, pues; digo que sólo deberíamos de coger con una pues, con la que queramos de quererla, queramos de sentir cosas por ella, ¿qué no, pues?". Los adultos tenían sus parejas a largo plazo, por decirlo de alguna forma, pero a los jóvenes les era difícil saber cuándo elegir a una, incluso no entendían por qué habrían de hacerlo.

Últimamente, las jóvenes del ejido veían algo diferente en José y César. No sabían qué era. Esto causaba que pudieran coger con la que quisieran. Lástima que todas se parecían. Estaban igual de marcadas que ellos por el sol, el polvo y la tristeza. Coger con una era lo mismo que coger con otra al siguiente día.

Hubo un silencio y luego muchas carcajadas, hasta que el Mario sentenció en tono fuerte: "Eres un pinchi joto, José. Siempre lo has sido". Todos rieron con el patrocinador de esa fiesta. A José no le importó la burla. A pesar de tener el lujo del tepache y el cigarro, esa noche confirmó que estaba totalmente fuera de lugar. Sintió que merecía más que eso. Más que todas las damas idénticas que estaban tatuadas por la soledad y los miedos, y que habían sido de todos. Pensó que merecía a alguien como la mujer que veía en la plaza de Navojoa: blanca, limpia y hermosa, aunque también lejana e imposible.

Le iba quedando claro que cada vez encajaba menos en ese sitio. Iba entendiendo más, iba juntando más fuerzas. Quería más. Sin saberlo, lo que realmente quería era amor. Llano, directo y rudo amor.

16.

"Si ahorita traigo a mi hermana, ¿hacemos un trío?", así rompió Roberta el prolongado silencio. El modelo tendido en la cama se cansó de estirar las cuerdas. Tardó mucho en entender que lo único que hacía era apretarse más y perder energía. No es de sorprendernos que le haya tomado tanto tiempo darse cuenta de eso. Ya vamos sabiendo lo pendejo que estaba.

"¿Es cierto que siempre has querido ser famoso?". "¡Necesito que me toques!". Roberta sabía usar cada detalle en su favor: cuando entraba la corriente de aire fresco por la rendija de la moderna ventana que iba desde el piso al techo, se interponía para que el viento, cargado con olor a ella, le llegara al modelo. La música que ambientaba el lujoso cuarto era el sonar rítmico de los tacones de sus zapatos Louboutin. Ocasionalmente, hacía un pequeño suspiro que parecía más el inicio de un gemido. Ataques finos a la libido del joven. "¿Que si es cierto que quieres ser famoso?". "Sí". "Pues sonríe a la cámara, pendejo". Así de cabrona. "¡No mames! ¿Cuál cámara?". "Búscala, imbécil. Encuentra el foco rojo; de ahí va directo la señal a YouTube". "¿Qué chingados quieres?". "¡Que sufras!". "¡Ya estoy sufriendo!". "No, no, no, no. Esto es sólo el inicio. Quiero que pierdas tu orgullo. Quiero humillarte". El joven por fin hizo algo sensato y se quedó callado. Alguien tocó la puerta de la habitación de ese hotel cinco estrellas. Toc, toc. Silencio, y luego toc, toc, toc. Roberta era una perfección de mujer, sin embargo, la que entró estaba aun más hermosa: no tenía más de treinta y dos años; piernas torneadas, mirada profunda, pómulos elevados, barba partida. Pechos firmes y piel tostada. Y como si hiciera falta, sus ojos tenían un descomunal color turquesa. Se llamaba Victoria. No me estés chingando con esa mujer, pensó el joven. Al menos tenía otra razón para estar erecto. Victoria ni siquiera lo volteó a ver, se fue directo a darle un abrazo a Roberta.

Las mujeres se sentaron en una pequeña mesa redonda, prendieron dos Marlboros, y platicaron viendo hacia afuera. Ocasionalmente, la nueva invitada volteaba a ver al joven; sólo unos segundos. No mostraba ninguna emoción, meneaba un poco la cabeza mientras le dirigía de regreso la mirada a Roberta.

Se terminaron el cigarro. Las dos bellezas se pararon al frente de la cama. Clavaron su mirada en el joven, quien llegó a tener esperanza de que ambas se tiraran sobre él. No le podemos reclamar su optimismo. "¿Te acuerdas de ella, pendejo?", le preguntó Roberta. Unos segundos después, el joven negó. Victoria reprochó moviendo su cabeza hacia los lados. "Tres años antes, en el bar del Camino Real de Polanco, en la Ciudad de México. Victoria iba por el pasillo principal del hotel, después de estar ahí todo el día en una conferencia sobre calidad total. Tú estabas en un sillón en la orilla del bar. Era el mejor lugar para ver las personas que entraban y salían del hotel. Viste a Victoria cuando ella subía los últimos escalones hacia la salida. Había ambiente de fiesta en el hotel. Era jueves en la noche. El ruido de la fuente de la entrada agitaba los sentidos. Además, para quien viaja tanto, como los que estaban ese día ahí, todas las noches son jueves.

Minutos antes, fuiste al baño y te metiste una línea de coca. Estabas solo, como ladrón de antaño. La mesera no te cobraba los whiskys, porque normalmente le tocabas la entrepierna por abajo de la falda. Pobre estúpida: por unas manoseadas te regalaba bebidas. Días después, por el mismo detalle con otro imbécil como tú, la descubrieron y perdió su trabajo. Desde la banqueta, ella lanzaba acusaciones sobre los servicios que ofrecía el concierge. Los clientes que ya la conocían, la veían gritar, y entonces la acusaron de loca y, sin remordimiento alguno, se sintieron los ganadores de los intercambios que habían hecho con ella.

Afuera, con el tradicional olor del drenaje de Polanco mezclado con la brisa fresca oxigenada por los grandes árboles, la mesera se cansó de gritar acusaciones, y luego rio como loca. Muchos de los tragos que regalaba a los que la manoseaban, rara vez eran solamente whisky. El color amarillo de la bebida no sólo era provocado por el alcohol, sino que también había una aportación del barman; del cuerpo del barman. Entre el hielo, el agua mineral y lo alcoholizado que normalmente estaban los clientes, no detectaban ese amargo sabor de la orina, que quienes la han probado aseguran que dista muchísimo del sabor de un whisky. ¿Quién se madreó a quién?.

El joven atado sólo cerró los ojos, jaló su cabeza hacia atrás llevando su barbilla al aire. "¡No mames!". "Exacto: no mames. Lo mismo pensamos nosotras. Total que, al ver a Victoria, saltaste sobre el respaldo del sillón. Según tú, ese brinco daba una buena impresión. Si Victoria hubiera visto tu salto, ni el saludo te hubiera regresado. La saludaste mientras ella, para variar, caminaba con su mirada fija en su celular. Sabías cómo se llamaba porque el concierge te había pasado el dato. Al saludarla por su nombre, ella bajó un poco la guardia. Está por demás decir que tu bello rostro ayudó muchísimo. ¿Qué haría tu cerebro sin una cara y un cuerpo como los que tienes ahorita?

El concierge pagaba con sexo los favores que la ejecutiva del front desk le hacía. Ella observaba información confidencial; a veces sólo nombres, a veces números de tarjetas de crédito. Cogían en sus recesos de comida, en el pasillo de la pequeña bodega donde los botones guardaban las maletas. Ese era otro misterio que nadie se explicaba: ¿Si la ejecutiva era muy atractiva, por qué cobraba con sexo, si podía conseguirlo con quien quisiera? Ante esa duda, corrieron rumores que decían que el concierge era un excelente amante. Semanas después, tenía un ejército de mujeres ofreciéndole información, datos, mentiras, historias, verdades o, simplemente, su cuerpo. Él, como un buen villano, era feliz. Lo que nadie sabía era que la ejecutiva no siempre hacía algo ilícito. Era más lista de lo que parecía. Por las mañanas, en los seminarios y demás eventos que había en los salones del hotel, caminaba entre los asistentes, entre los auditorios, pasillos y mesas, y fotografiaba a las mujeres más bellas. Invariablemente, todos los asistentes portaban un gafete con su nombre. Más tarde, durante el día, cuando le llegara la petición de información del concierge, sólo tenía que ver las fotos en su celular y obtener el nombre de la bella dama que le solicitara. Así te hicieron llegar el nombre de Victoria". "¿Qué pedo? ¿Qué chingados es esa historia?". "Lo mejor que puedes hacer es callarte". El joven atado estaba excitado-enojado-preocupado; los tres sentimientos al mismo tiempo. "Como la mayor parte de las veces: lo que le pedía a la ejecutiva era saber en qué congreso estaban, o bien los nombres y números de cuarto de bellas mujeres. Ella, a su entender, no estaba arriesgando mucho. Al parecer, lo hacía por el simple gozo de coger con el concierge. Como sabías el curso en el que Victoria estaba, ya habías googleado el tema, lo que te permitió decirle lo entusiasmado que estabas con las teorías de Deming. Después de la primera sonrisa de Victoria, cerraste con una buena frase cuando dijiste que: si Deming viera cómo se aplican los sistemas de calidad en México, se volvería a morir. O sea, pendejo, pendejo, no estabas. Como tenías experiencia para conquistar mujeres, no le invitaste un trago sino un café. La sorprendida Victoria estaba tan distraída con tu belleza e interesada en tu comentario sobre calidad, que ni siquiera se preguntó cómo sabías su nombre. Un café suena inofensivo. Cuando te conviertes en un hijo de puta más grande, es cuando dices las palabras adecuadas para ir quebrando a las ingenuas. Muy amable y educado le dijiste que si con café a esa hora se le iba el sueño, podías conseguirle un descafeinado".

Roberta le aventó una mirada a Victoria, como de regaño y advertencia a la vez. "Habías superado la primera meta. Aceptó tu café. Ahí en el bar, ahí donde estaba tu supuesta amiga, la mesera. Un café descafeinado para ella. Un litro de Evian para ti. Sentados en esos viejos sillones blancos, con una velocidad y pericia de manos que hasta Copperfield envidiaría, colocaste una pequeña pastilla en su café. Como no traías prisa, decidiste aplicar sólo una. Puesto que tus conocimientos de calidad se limitaban a dos párrafos que esa tarde habías visto en Google, llevabas la conversación con mucho cuidado para que no surgiera de nuevo ese tema.

La noche intentaba vencer los últimos rayos del sol que se desparramaban sobre las largas paredes amarillas, rosas y moradas del hotel. Entre los grandes ventanales viste reflejos oscuros y sombras amorfas. De algún lugar llegaba el molesto sonido de la narración de un partido de futbol. El tono de voz de los comentaristas aburría, como homilía en iglesia de pueblo. También se escuchaban los golpeteos del agua en la gran fuente de la entrada. Dicen que en las noches suena más fuerte, como si se excitara. Capaz que todas las noches, en lugar de una moneda de la suerte, le aventabas unas pastillas como la que le dejaste en el café a Victoria.

Tenías que dejar pasar el tiempo. Sus sentidos iban perdiendo función, no tenías que ser muy divertido en tu conversación. Sólo tenías que inspirar un poco de confianza y aguardar a que la pastilla empezara a causar efectos. Victoria, a pesar de que casi nunca lo hacía, guardó el celular en su bolsa Michael Kors. Tu visión de donjuan captó cómo sus cejas ya no estaban arqueadas; ahora estaban relajadas. Minutos después, al verle sus pupilas, confirmaste que todo iba bien. A pesar de que con tu atractivo físico pudieras conquistar a muchas mujeres, eres tan hijo de la chingada y un pinche inseguro de mierda, que tenías que ayudarte con pastillas y redes de cómplices. Sin la ayuda de nada hubieras podido conquistarla. Tu inseguridad te cegaba, como hoy.

La parte difícil del trabajo ya estaba hecha, pero Victoria era preciosa, por lo que no quisiste que la noche terminara tan rápido. Cambiaste la duración de tu plan, por eso la invitaste al concierto de esa noche en el Hard Rock Café. A unas cuadras de ahí tocaría Bunbury. Con los efectos que la pastilla ya había provocado a Victoria, ella te hubiera aceptado la invitación a cualquier lado; incluso directo a tu cuarto, pero, como eres un hijo de puta, la invitaste al concierto. Se levantaron, y te impactó lo portentoso de su cuerpo. Ella se sentía relajada. Una regia feliz en la capital. Se había soltado el cabello, el cual hacía volar con gracia. Se desabrochó el saco de su traje sastre color beige y, a los primeros pasos saliendo del bar, te abrazó. Grandísimo hijo de puta. Salieron rumbo a la calle. Pasaron al lado de la fuente que los vio en medio de su marea de placeres".

17.

La verdad, no fueron segundos los que me quedé en la orilla de la pista intentando moverme; fueron minutos. Lo bueno es que era el héroe de la noche. Me veían con envidia. A partir de ese día nadie se iba a burlar de mí. Ya estaba en la élite de los que bailan las baladas con las más hermosas.

Veía el lugar mucho más bello, lleno de luz. El rock and roll volvía con Van Halen, y yo estaba aún parado en la orilla de la pista. Cerré mis ojos deseando que pudiera recordarla para siempre. Incapaz para escuchar su nombre y retener su teléfono: sordo y pendejo. Capté que sería difícil volverla a ver, a menos que la encontrara de inmediato. Llegaron mis orgullosos amigos. En el primer minuto sólo escuchaba halagos; sin embargo, luego aparecieron reclamos y preguntas. ¡Qué pendejo que no te le acercaste antes! ¡Hubieran bailado más pegados! ¿Cómo se llama? ¿No tiene novio? ¡Te tardaste un chingo en hablarle! Luego los dejé de escuchar. Sonreía. Sentía más humedad en el ambiente, olía a tierra mojada, deduje que así olía la felicidad. Eso era una noche perfecta, a veinticuatro grados centígrados y estrellas cayendo por todos lados.

Sonreía ante los halagos y callaba ante las preguntas. No les dije que no sabía su nombre ni su teléfono. Tenía que encontrarla de nuevo y confirmar su existencia: asegurarme de que no había sido una alucinación. Me zafé como pude de mis amigos. Me perdí entre el tumulto. Falda negra, blusón blanco, ojos color miel. ¿Dónde estaba? ¿Dónde estaba? Recorrí el patio de esquina a esquina, mujeres que antes me ignoraban, ahora querían platicar conmigo. Personas que jamás había visto, ahora me saludaban. Me ofrecían cigarros. Digamos que era la sensación de esa noche. No la encontraba. Entré a la casa, la busqué en la cocina, en la sala donde platicaban los papás con algunos jóvenes aburridos; nada. Volví al patio, me paré sobre una jardinera de concreto y desde ahí alcancé a ver su cabello rojo perderse por el pasillo lateral rumbo al frente de la casa. Brinqué, corrí, golpeé cuerpos. No sabía cómo gritarle pues no sabía su nombre. El pasillo de servicio estaba lleno de inadaptados que jamás han ni siquiera rozado alguna pista de baile. De esos que sólo iban a los bailes para pasar la noche platicando con sus amigos sobre deportes, inventos y videojuegos. Cuando pasé entre ellos, uno me avisó que mi princesa se me estaba escapando, y no se le había caído una zapatilla. Así de malas sus bromas. Los esquivé lo más rápido que pude, salí al frente de la casa. Había mucha gente esperando a que los recogieran. Llegué a la banqueta, y a mi derecha, a lo lejos, vi que se subía a un New Yorker color negro. No supe qué gritarle, y lo único que se me ocurrió fue un tímido: Oyeee. No volteó. Al menos confirmé que era real.

Ahí estaba yo, en una banqueta agrietada, viendo cómo ese auto negro se llevaba al amor de mi vida. Volteé al cielo: lo poblaban ochocientos millones de estrellas. Olí mis manos y aún percibía su aroma. No me las lavaría en días. Luego olí la camisa, y en el hombro también había dejado su olor. Ahí fue donde empecé a perder mi lucidez. Me sentí poderoso e invencible, como un superhéroe. Sólo pensaba en ella. Desgraciadamente, esa sensación de placer fue momentánea. No sabía lo que iba a empezar a sufrir por ella apenas a minutos de su partida. O sea, está muy bonita tu historia; pero, con todo respeto, ¿por qué carajos me la estás contando? Es una buena historia de amor, Emilia. ¡Por Dios! No jodas. Te pones muy romántico. Ni siquiera le preguntaste el nombre, y ella tampoco a ti. O sea, toda esta historia y ni siquiera sabían sus nombres. A lo mejor ella sí me lo preguntó, pero yo no capté. Es probable que lo haya dicho en algún momento. Yo te aguanto tus historias de las videntes, el té mágico, la lectura de las estrellas y las cartas. Ash, ¡qué chantajista!. Escucho tus relatos sobre celebraciones exóticas en el desierto de Arizona. Soporto cuando me cuentas de tus cientos de citas fallidas con pretendientes a los que desprecias por diversos motivos a veces imposibles de creer. Ya, pinche Santiago, no me sermonees. Que te valga madres cómo me llevo con mis pretendientes o no pretendientes. Que te valga madres mi relación con los hombres y con la sociedad en general. Sólo déjame decirte, una vez más y antes de que le sigas con tus historias del pasado, que me es imposible entablar una relación en esta sociedad de hueva, llena de gente falsa y presumida ¿Por qué hay gente tan mamona? ¿Cuál es la necesidad, güey, de subir todo a Facebook? Me caga esa actitud de presumir todo. Dónde andan, qué comieron, qué compraron, qué hacen, qué cagaron. Como si para todos fuera necesario y urgente saber su pinche vida. El problema es que siempre hay un ejército de lambiscones que están listos para contestar cualquier nota, y así mantienen el círculo nefasto de falsos halagos: Qué padre. Qué buena onda que andas allá. Está bruto. Qué guapos. Yum. Que flaca. Deli, y cientos de elogios, los cuales son como gasolina al fuego para el ego de los pinches mamones. Y me siento sola, a la deriva. Como un pequeño velero, naufragando en mar abierto, a veces en aguas calmadas, a veces en medio de una tormenta. Con una pequeña vela en lo alto. Y, pues, la verdad, no siento la presencia de Dios en muchas cosas. No siento la presencia de nadie. Digo, estás tú, pinche Santiago; que de pronto puedo contar contigo. Tus historias, tus sermones y lo que creo que es tu buena voluntad, pero eso no me ayuda mucho, o al menos no lo que quisiera. A ver, Santiago: ¿tú sabes qué quieren los hombres? ¿Sólo quieren sexo para cuando andan de desmadre y una pendeja cuando se quieren casar? Pareciera que nos quieren tontas, que sólo tengamos unas nalgas hermosas pero nada en la cabeza. Ante la mínima sospecha de inteligencia, huyen. Tienen miedo a una charla retadora. Ni qué decir de los compromisos, por pequeños que sean. Nos quieren encerradas en nuestras casas, sumisas, pendejas, guapas, dispuestas para coger cuando sea. Para el desmadre, ¡ah!, ahí sí con madre, chingos de viejas; tetotas operadas, desmadrosas, borrachas, escotadas, putas y golosas, pero que no piensen ni una chingada. ¿Por qué sólo quieren coger? ¿Por qué no se pueden guardar el pito ni un pinche minuto? Has tenido mala suerte, Emilia. ¡Güey! ¿Mala suerte todo este tiempo? Yo creo que sí, te estresas mucho, metes más presión y eso no ayuda. Además, tú tampoco eres auténtica con ellos, sé que nadie lo es en esas primeras interacciones en donde parece que ahora se trata de mentir lo más y lo mejor posible. Intentar ser otra persona, una que crees que la contraparte quiere. Nadie dice lo que realmente piensa, porque obviamente todos saldrían espantados. Entonces son concursos de simulación, de engaños, de sonrisas con la boca chueca y apretada, de carcajadas fingidas. De historias que jamás sucedieron y que en realidad son listas de deseos. Y se mienten desde el principio; todos se mienten, todos actúan, entre el deseo sexual y el ego surgen todas las falsedades. Poses, mentiras, presunciones, engaños; todo con tal de deslumbrar, de impresionar tratando de ganar algo; muchas veces no saben ni siquiera qué quieren obtener. No saben si lo que quieren es irse a la cama y tener doce minutos de sexo, o hallar una pareja para recorrer el camino juntos y tratar de encontrarle sentido a esta vida. No saben ni madres. Y, mientras en sus cabezas hay miles de procesos mentales para tratar de fingir una mejor versión de ustedes mismos, están perdiendo momentos claves para conocerse; para descubrir ese brillo en sus ojos. Piensan en cómo están vestidos, si tendrán dinero, si serán buenos en la cama, sus trabajos, sus parejas anteriores, si estarán dispuestos a hacerse pruebas médicas por ti, si te estarán viendo la falda, si no son depravados; o sea, que sí te vean la falda y la pierna, pero no tanto, porque si no te ven las piernas entonces pueden ser gays. Analizan lo que el otro pidió de comer, en lo que significa que se haya manchado los labios de mostaza, en por qué habla con la boca llena de alimentos, en sus hábitos de limpieza, en cómo tendrá su casa. Se fijan en pendejadas. Y se les van los momentos mágicos para descubrir si les brillan sus ojos al verse. ¡Ni al caso! ¡Eres un rollero sentimental! ¡Eso no existe! ¡Claro que existe! Lo que pasa es que ustedes nublan con estupideces todos esos momentos. Todo es falso, todos tienen máscaras, escudos por tanta herida sufrida; están preocupados por lo que el otro pensaría de ustedes si realmente dicen lo que creen en ese momento. Entonces siguen las actuaciones, las pequeñas mentiras, las simulaciones, esperando que más adelante se terminen y surjan las verdaderas personas. Luego descubren que sus actuaciones han sido tantas, que están muy lejos de quienes son en realidad, y se dan cuenta de que ya no podrán mostrarse tal como son, porque, de hacerlo, espantarían a la contraparte con su nueva persona, que en realidad es la verdadera. Entonces siguen con la actuación, mienten, hasta que se acostumbran a la nueva persona que han inventado, se creen sus propias mentiras, y así avanzan en sus relaciones, sin ser auténticos. Hasta que algo falla, algo truena en algún lugar sensible, y ahí salen sus verdaderas personalidades, y ya con eso es suficiente para causar problemas. Y empiezan las preguntas ¿No te reconozco así? No sabía que ese era un valor importante para ti. No sabía que te importaran tanto estos temas. ¿Por qué ahora sí te preocupas por esto? Ni idea de que amaras tanto a las mascotas. ¿Por qué nunca me lo habías dicho? Y así se inicia un recital de preguntas, sorpresas y reclamos, y truenan fácilmente porque nadie era el que dijo ser. Y las relaciones terminan en ese momento sin importar el tiempo que llevaban. Cuando uno intenta ser real después de ser falso, ahí acaba todo, ahí es el punto de inflexión y terminan, y jamás nadie fue quien realmente era. Siempre tendrán la duda de saber qué hubiera pasado si jamás hubieran usado máscaras y falsedades. Es uno de los males de estos tiempos. Se han inventado competencias, prejuicios y metas inalcanzables. Piensan que pueden y que se vale hacer de todo para encontrar el amor, pero están equivocados. Sólo se necesita ser muy valientes para atreverte. ¡Aaaasssh! Ahí vienes otra vez con tu romanticismo, Santiaguito. El amor no se encuentra llenando formularios en sitios de internet. No es el resultado de una ecuación, ni del cruce de variables. Es muy poderoso como para encerrarlo en una fórmula dentro de un servidor. No hay conexión sin cruce de miradas; por más textos que intercambien, si no se ven, nunca van a saber si se interesan. El amor brilla y se desborda por los ojos, y ustedes están tercos en no mirarse fijamente. Textos, mensajes, mails, lentes, pantallas, fotos... nada de cruce de miradas. Un día leí sobre una tradición oriental, en donde las posibles parejas se paraban frente a frente para percibir su olor y, en base a eso, determinar su nivel de atracción. ¿Te imaginas eso aquí? Ya no se ven, no dejan nada a la química, no se huelen. Si se vieran a los ojos, se darían cuenta de tantas mentiras, tantas tristezas, pero también de tanto amor. Se les olvida verse; ya no se usa, es anticuado, da vergüenza, hasta es mal visto. Y es una gran tristeza, porque así es como se inician las buenas historias. Todos los amores son a primera vista. Siempre ha sido así, sólo que no todos se dan cuenta. Y luego reclaman que ya no hay buenos prospectos. Aaay ya, ¡equis! Ya no quiero tus discursos ni regaños. No me hagas caso, ándale, sigue con tu historia; me da hueva ponerme a discutir.

18.

En el ejido de José, los días pasaban unos tras otros. Parecía una competencia entre el sol y la luna. El calor no fallaba. Pobreza, tristeza y abandono. Era un cementerio de ilusiones.

Últimamente se escuchaba más fuerte el sonido de las víboras de cascabel, al menos eran una opción más de alimento. César no había regresado, capaz que ya no estaba con los indios y había tomado otro rumbo. A Mario se le veía poco. Ya no volvió nunca a llevar tepache ni cigarros, si acaso un paquete de seis cervezas para él. Siempre traía la misma ropa. A veces llegaba lastimado, con moretones en la cara y los ojos inflamados.

Ya casi nadie sembraba. La sequía agobiaba toda la zona. Surcos destruidos por motivos desconocidos. Heladas sorpresivas. De un día para otro amanecía todo congelado, para el mediodía ya estaba un calor de cuarenta grados, y a las tres de la tarde llegaba la tormenta de siempre. Muy pocos frutos lograban sobrevivir. Cada vez había menos motivos para ir a la ciudad, y José se moría lento. Un soñador más que caía en las garras de la rutina y la mediocridad.

Se peleaban las pocas plantas de lechuguilla que quedaban disponibles para pelarlas y obtener la fibra. Les tomaba horas juntar algunos kilos que luego cambiarían por pocos pesos. Los expertos salían de madrugada, con la luz de la luna ayudándoles a no pisar víboras. Caminaban por horas hasta encontrar algunas plantas que no estuvieran peladas. Horas, sentados al sol, con las nalgas en la tierra caliente. Todo a cambio de algunos kilos de fibra. Ya no sabían qué más quitarle a la naturaleza para sobrevivir.

José se había ofrecido a llevar a Navojoa los costales llenos de fibra que juntaban todos los del ejido; les dio un precio más barato que el señor que normalmente los llevaba. O sea, se ofreció a casi no cobrar nada; lo que quería era ir a la ciudad.

Para que José pudiera pagar su transporte, una torta y un refresco, tenía que caminar casi la mitad del camino de ida para que la camioneta le cobrara menos. Había inventado una empuñadura hecha de mecate y de un pedazo de madera; eso le permitía arrastrar hasta seis costales llenos de lechuguilla. Iniciaba su recorrido por el camino de tierra, de madrugada para ganarle al sol. Avanzaba una hora y media hasta llegar a un cruce de brechas; ahí tenía que haber máximo tres personas porque, si no, no cabría en la camioneta junto con los costales. No había forma de saber ni de comunicarse con nadie; tenía que arriesgarse a la buena del destino.

En ocasiones tuvo que regresar del entronque de las brechas al ejido porque no había encontrado lugar en la camioneta. Habría que intentar hasta el siguiente día, si es que el cuerpo deshidratado y los pies ampollados aguantaban la misma travesía.

Cuando lograba llegar a la ciudad, lo primero que hacía era ir a vender los costales antes de que algún pandillero lo asaltara, como alguna vez sucedió. La camioneta lo dejaba en la plaza, y tenía que caminar una cuadra para llegar a una vieja y concurrida bodega, en cuya entrada había varias básculas. Ahí mismo, en minutos, se hacía el trueque: fibra de lechuguilla por unos pesos. A partir de ese momento, José tenía libres las siguientes horas del día, hasta que la camioneta se regresara, alrededor de las cinco de la tarde. Nada era exacto en la ciudad tampoco, mucho menos las horas de salida de las camionetas que recorrían la triste terracería del oeste del país.

El dinero que recibía lo escondía rápidamente adentro de su bota derecha. Regresaba a la plaza, feliz. Eran las pocas ocasiones en que José sonreía. Ya sin los costales no corría riesgo de ser asaltado, ya que, si juzgaban por su muy humilde y triste apariencia, nadie pensaría que trajera más de algunos pesos. Escondía bien su empuñadura para no dar ninguna idea de lo que había vendido. Ese era un día feliz.

Apenas se sentó en una banca de la plaza cuando escuchó que retumbaba: "¿Dónde estás? ¿En dónde te has metido? ¿Por qué te has olvidado tan pronto de lo prometido? ¿Dónde estás? ¿En qué te he faltado? Me siento como el peor de los tontos, un pobre olvidado". Giró y vio al centro de la plaza una gran bocina de madera pintada de color negro, desde donde venía esa canción que jamás había escuchado y que tenía atractivos ritmos de acordeón y batería.

A unos metros de distancia estaba el bolero, quien ya reconocía a José. Los boleros casi siempre saben todo, y si no, lo inventan. Saben más que los peluqueros, porque ellos sí ven a los ojos a sus clientes; los peluqueros ven a la cabeza y los espejos distorsionan las verdades. El bolero vio el asombro de José. Le dijo que era un grupo que se llamaba Intocable. Nunca había escuchado esa canción. No sabía qué significaba esa palabra. Segundos después, el bolero le comentó que eso quería decir que no se podía tocar. Y a José le pareció extraño que un grupo que tocaba música se llamara Intocable.

Todo le gustaba de la ciudad: los olores, la gente, ahora la música, sus paseos a la tienda, ver el refrigerador lleno de carnes. Le sorprendía ver lo rápido que caminaban las personas; la cantidad de niños, tan fuertes, tan correlones. Le asombraba que tuvieran tanto dinero. La gente compraba muchas cosas. Los pequeños restaurantes y puestos de tacos alrededor de la plaza estaban llenos. Todos comían, compraban, bebían, fumaban; puros lujos. La ciudad le brillaba; era un lugar mágico, era limpio, atractivo. Uno de los beneficios era ver tanta mujer hermosa. Aunque, realmente, verlas le dejaba un sabor agridulce cuando reconocía que jamás iba a pertenecer al mundo de ellas, cuando captaba que nunca podría estar con alguien como esas bellezas que caminaban por ahí una mañana cualquiera en la ciudad.

No tenía el valor para alejarse de la plaza; temía descubrir peligros o paraísos nuevos, entonces se quedaba ahí. Entre sorpresas y música se le pasaban las horas, hasta que tenía que partir en la camioneta, de regreso a su mundo real. Ya de vuelta al ejido, se perdía en las tristezas de la zona.

En lugar de juntar fuerzas, las iba perdiendo. Era muy difícil luchar. Su vida consistía sólo en deambular. Tormentas, espíritus, surcos rotos, heladas sorpresivas, hambre, sed y harto calor. Todos los días eran iguales, el dolor era constante. Después de las tormentas, se iba al mezquite para ver si lograba ver el arcoíris que, según César, existía en otros lugares. Ni eso lograba. José se quedaba bajo el frondoso árbol, en cuclillas, con pedazos de hierba en la boca, silbando melodías. Ya no tenía humor para hablar con su hermano ni con nadie que llegara; sólo estaban ahí. Ya hasta había olvidado la canción que tanto le había gustado en la plaza de la ciudad.

Una tarde, José estaba en el mezquite tratando de cazar víboras con la mente. El resto de los jóvenes lo intentaban a pedradas. Se rumoraba que ya no iba a ser conocido como El Raro, sino como El Loco. Un loco más. No sabía el motivo, pero estaba seguro de que, si se paraba y se quedaba quieto en un lugar cercano al ruido de los cascabeles, con su mente las atraería. Sin embargo, eso ya no sorprendía a nadie, ya que últimamente había muchas víboras. El problema para José es que una vez que se aceraban, no podía cazarlas con su peculiar método. Intentaba verlas a los ojos; les sacaba la lengua de la misma forma que lo hacían los reptiles, pero no lograba nada. Sólo obtenía sustos al esquivar mordidas. De hecho, nadie podía cazarlas, aun utilizando los métodos que en otros ejidos usaban: ni con palos, trampas o piedras. Parecía que los únicos seres felices ahí eran las víboras.

Había una leyenda de un viejo brujo que rondaba por las noches con un gran bastón de madera en su mano derecha. Se decía que podía espantar los espíritus, que podía cazar lo que quisiera, que era fuerte y usaba túnicas sucias y viejas. Decían que por donde él anduviera, no se acercaban los espíritus. Que siempre lo seguían cientos de víboras de cascabel, que por donde él pasaba dejaba cosas buenas para los de ahí; mejoraba la siembra, había más agua, y las gallinas ponían más huevos. Era seguro que el viejo brujo no andaba cerca del ejido de José, ya que nada de esas cosas buenas sucedían ahí. La única señal era la gran cantidad de reptiles que nadie podía cazar.

Los habitantes del ejido de los corazones tristes y las caras iguales, en las noches escuchaban con atención, intentado detectar el caminar lento del brujo o el golpeteo del bastón de madera, pero no escuchaban más que a los espíritus. Estaban tan tristes que ni las continuas ráfagas de estrellas fugaces los sorprendían. Ni siquiera el carnaval de estelas lograba que elevaran su vista al cielo.

Después de una hora intentando cazar víboras, José y el resto de los jóvenes se dieron por vencidos. Cansados, fueron llegando al lugar más hermoso: ese mezquite que con sus ramas les regalaba una valiosa sombra y que, con su brillante color verde, hacía un contraste con el entorno lleno de polvo café. El verde de la alegría, pensaba José. A él, ese verde le recordaba los árboles que estaban en la plaza de la ciudad donde todo brillaba.

Estaban en cuclillas bajo sus ramas. Ya casi ni entre ellos hablaban. De pronto, vieron venir a un joven que hasta que lo tuvieron a unos metros lo pudieron reconocer, era Mario. Su ropa estaba rota y sucia. No traía botas, andaba descalzo. Tenía golpeado el rostro y batallaba para caminar. Lo recibieron como héroe de guerra, como si fuera el mejor amigo, como si nunca hubieran peleado con él. Se levantaron a ayudarlo y lo llevaron al mezquite. Alguien corrió por una vieja cantimplora y con gusto le dio el agua que le tocaba para el siguiente día. Le limpiaron unas heridas que aún sangraban; sacudieron un poco su ropa. Otro corrió por una botella de Coca Cola que había escondido por meses para una ocasión urgente; uno más fue por un cigarro viejo. Dijo que era un Delicado de la fiesta del tepache. De pronto, y sin planearlo, tenían actos de compasión como éstos. Quizá se debía a la alta probabilidad de que todos fueran familiares; seguramente traían los mismos genes, y al verse amenazados hacían que todos se unieran a defenderse. Otro llevó un té de yerbas y plantas que utilizaban para los fuertes dolores de parto o para cualquier tipo de sufrimiento. Para los males del alma no funcionaba ese té, por eso José no lo tomaba.

Pasó una hora; el té, el cigarro y la Coca Cola ayudaron de alguna forma para que Mario se sintiera mejor. Aunque lo que más le sirvió fue sentir el cariño de los de su ejido. Otros de los jóvenes, que no tenían con qué ayudar, se dedicaron a poner el ambiente un poco más alegre. Ver a Mario les recordaba aquella fiesta del tepache, la cual, por mucho, fue la noche más feliz que en siglos había sucedido ahí. Olvidaron sus dolores del momento y recordaron la alegría que sintieron cuando tomaron ese tepache frío, lo satisfactorio que fue que una bebida tan refrescante y tan helada entrara por su boca, pasara por su garganta y, además, dejara un efecto anestésico. Al ver a Mario golpeado, unos pensaron que la mejor forma de ayudar era tararear algunas melodías, otros contaron historias de aquella noche alegre. Incluso, algunos de nuevo sonrieron. Querían ayudar de alguna forma. Y lo lograron. Unas horas después, ya bajo la luz de la luna, Mario se sentía mejor.

Esa noche, a pesar de que nadie hizo preguntas, tal y como ahí acostumbraban, Mario empezó a contarles una historia. Guardaron silencio, dejaron de aventar piedras y agrandaron sus ojos mientras escuchaban cuando Mario decía que una mañana, en la ciudad, fue cuando un camionetón nuevecito se le acercó. Había ido a comprar algunas semillas y estaba haciendo tiempo para la hora del regreso. Se había alejado unas cuadras de la plaza. Estaba parado en la banqueta intentando cruzar la calle, cuando una camioneta brillante se paró justo enfrente, el vidrio polarizado bajó; quien manejaba era un hombre robusto, usaba bigote muy poblado, lentes de sol enormes y un sombrero vaquero color beige muy limpio. Le preguntaron que si tenía hambre, que si tenía trabajo, que si quería ser pollero. Él les contestó que en su ejido casi no había pollos ni gallinas, que sí tenía mucha hambre y que sí quería trabajar. Los de la camioneta soltaron fuertes carcajadas. Mario no entendió por qué su respuesta les había causado tanta risa y sintió vergüenza de ser humilde. Los de la camioneta le aventaron una bolsa con dos tortas de carne deshebrada. El puro olor de la carne hizo que Mario salivara en exceso. Mientras daba la primera mordida, los de la camioneta le explicaron que el trabajo era en rumbos lejanos, que tardarían semanas en volver. Mario tenía más de ocho años de no probar carne de res; mientras masticaba y tragaba lleno de placer, aceptó las condiciones del trabajo. Le pidieron que se subiera a la caja de la camioneta y se fueron. Ahí, atrás, se terminó en minutos las dos tortas. Podía haber comido muchas más. Por la pequeña ventanilla que se comunicaba a la cabina de la camioneta, le pasaron dos latas de Coca Cola heladas y una cajetilla de cigarros Raleigh. Mario creyó estar en un sueño.

La camioneta se fue hacia el norte. Avanzó por caminos de tierra durante horas, luego carreteras y luego brechas, adentrándose en un valle desértico enorme. Ya cerca de que la noche apareciera, llegaron a un lugar en donde, en medio de la nada, había una propiedad protegida con una reja de alambres de púas. Una enorme casa de concreto al centro parecía una hacienda vieja de la época de la revolución. Al centro de la casona había un patio. Adentro de la propiedad, también había una bodega de ocho metros de altura con vigas de acero y paredes de láminas de aluminio; fácil cabrían tres camiones. Atrás de la casona estaba una noria y una pila llena de agua. Un papalote de viento se elevaba sobre varios mezquites y aportaba un sonido que se mezclaba con ladridos de perros y chirridos de chicharras. Había poca iluminación; se escuchaban voces y carcajadas adentro de la casona. Mario estaba agotado por tantas horas sentado en la caja de la camioneta; incluso ya tenía hambre de nuevo.

Estaban al norte de Magdalena, al sur de Nogales, muy cerca de la frontera norte, pero él no lo sabía. Apenas bajó de la caja y le aventaron un rifle que atrapó por instinto. Le pidieron que vigilara la puerta de la entrada a la bodega. Las instrucciones habían sido simples: nadie debía entrar, nadie debía salir. Si alguien salía, había que dispararle. Si alguien gritaba desde adentro, había que entrar a dispararle. Había que estar atento a los alrededores. Si se veía que alguien se acercaba al lugar, había que correr al patio de enfrente de la casona y hacer sonar una campana que colgaba de una de las columnas de la fachada. Mario no entendía nada. No había pollos que cuidar. Sus piernas le temblaban; nunca había tocado un rifle. A pesar de haber sido violento toda su vida, en ese momento se sintió el más cobarde y tímido de todos. En cuanto los nuevos patrones se metieron a la casona, caminó hacia un lado de la bodega y lloró; le temblaban las manos y las piernas. Se arrepintió de haberse subido a esa camioneta. La última instrucción había sido, quizá, la más difícil: no podía quedarse dormido ni un segundo. Después de unos minutos de llanto rodeó la bodega y, finalmente, volvió al frente. Justo en el centro del enorme portón de acero había un banco de madera. Arriba, una lámpara salía de la fachada apuntando directo hacia la cabeza de Mario, como si la luz lo quisiera señalar. El miedo y esa luz le impidieron ver la hermosa noche estrellada; además, estaba acostumbrado a no voltear al cielo. A pesar de sólo tener pocas horas lejos, extrañaba su ejido, por más raro que pudiera sonar esto. Le era demasiado incómodo tener un rifle en sus manos. Bien dicen que nunca debes hablar con extraños.

La noche era fresca, muy diferente a las de su ejido. Estaba cansado, sin embargo, no durmió ni un minuto. Sentía que su pecho explotaba. El viento traía aullidos lejanos, seguramente coyotes hambrientos.

Pasaron algunas horas; dio varias vueltas a la bodega. Ocasionalmente, el miedo le traía otras lágrimas. Tomaba el rifle como si fuera una escoba. Jamás había sabido qué hacía en este mundo, esa noche, mucho menos idea tenía de lo que hacía ahí. No se escuchaban espíritus. No se escuchaban cascabeles. De pronto, a lo lejos, se escuchó el ruido del motor de una camioneta. No se veían luces, sin embargo, Mario, por ser gente de monte, detectó que se iba moviendo una polvareda entre la oscuridad. Una camioneta o un auto iba hacia la propiedad. En un instante su cuerpo estaba empapado de sudor. Se tallaba los dientes. Dudó qué hacer. No se atrevió siquiera a acercar el dedo al gatillo. Se sintió el hombre más cobarde de todos los ejidos. Recordó la instrucción que le habían dado y corrió hacia la finca. Cayó dos veces en el trayecto. Se trompicó al levantarse. Se cortó un labio. Por poco accionaba el gatillo de forma accidental. Llegó sin aliento a la columna donde estaba la campana. Sin dudarlo, y con el corazón brincándole en la boca, la hizo sonar con todas sus fuerzas. Y la campana gimió. De inmediato, varias habitaciones se iluminaron. Sintió un alivio, no tanto por haber cumplido su tarea sino porque alguien pronto estaría con él. En menos de diez segundos salieron de la casa los dos hombres. Les explicó lo que había visto y escuchado. Ellos, que en ese momento se enteró que eran hermanos, se vieron con alegría; arquearon la boca hacia abajo y, parando las cejas, dijeron: "Mire nomás: sí jaló el vato nuevo". Tomaron unos rifles. Los tres se escondieron tras las columnas frontales de la casona. El ruido se acercaba; estaría a unos metros del portón de la propiedad. Mario se orinó del miedo. El rifle lo traía aún como palo de escoba, apuntando sobre uno de sus pies. Los hermanos ya habían cortado cartucho y se miraban fijamente mientras se hacían señas con las manos. Mario tenía la esperanza de que todo fuera un sueño. Unos segundos después, el motor se apagó. Por un instante, un silencio abrumador invadió el lugar hasta que drásticamente un grito retumbó: "¡Compadres!". Los dos hermanos exhalaron, reconocieron la voz y salieron de su escondite entre sonrisas. Mario no se podía mover; le dolían los huesos. Era el compadre Fidencio, gran amigo de los dueños de la finca. Abrieron el portón. Entró la camioneta; se abrazaron, rieron, se maldijeron y planearon tomarse unas botellas de tequila, empezando esa misma madrugada. Mientras se dirigían al interior de la casona, pasaron al lado de la columna donde aún estaba Mario, orinado y débil de tanto temblar. Le dijeron que había hecho un gran trabajo, que nunca nadie había detectado el ruido de la camioneta de Fidencio. "Le va a ir bien, vato. Sólo no se duerma".

La noche trajo la mañana, y Mario cayó rendido en el catre de su cuarto, el cual estaba en la esquina de la propiedad. Su habitación tenía el piso de concreto liso, puertas de madera, cocina, baño, o sea, todo un lujo. Horas después, cerca del mediodía, unas voces infantiles lo despertaron. Por la ventana vio que tres niñas corrían entre una huerta en la que abundaba el color verde; una elegante señora, de unos cuarenta años, las veía de manera tierna. La señora portaba unos pantalones de mezclilla ajustados que resaltaban su hermoso trasero, y camisa vaquera de cuadros con un nudo por el frente, a la altura del ombligo. Para completar su vestimenta, usaba un sombrero vaquero que le daba un toque sensual.

A un lado de la huerta había columpios y resbaladeros, del otro; una fuente de mosaicos azules y blancos con un chorro de agua que brincaba orgulloso, como saludando la tierra seca de los alrededores. Ver niñas ahí le hizo sentirse seguro; sin embargo, llevaba tantas equivocaciones en las últimas horas que ya no quería confiar en nada.

Al abrir la puerta de su cuarto por poco pisa una charola con una tapa de aluminio que cubría unos huevos revueltos con chorizo, machaca, tortillas de harina gigantes, una jarra de café y un vaso de leche. Mario jamás había tenido una comida como esa en toda su vida. Sin embargo, en ese momento su desconcierto era mayor que su hambre, y caminó hacia la huerta. Ahí conoció a la esposa y a las hijas del que lo había contratado. Su patrona era bella; las niñas parecían princesas en unos vestidos de algodón color rosa y zapatos de charol blanco.

Unos gritos lejanos le ordenaron que abriera los portones de la propiedad. Llegaron varios camiones con adecuaciones para llevar una carga especial en su caja. Se acercaron a la bodega, y el patrón le pidió que abriera esas puertas también. Mario obedeció, y, al ver lo que había en el interior, sus ojos se secaron. Trató de terminar de abrirlos sin voltear de nuevo hacia adentro. Jamás había visto algo así. Es más: nunca había creído que algo así fuera capaz de existir en este mundo. Adentro de la bodega no había pollos. Adentro de la bodega tampoco había personas. Adentro de la bodega había toneladas de granos de maíz. Del piso al techo, de pared a pared. Miraba el maíz con desconcierto. El patrón lo notó, y entre carcajadas dijo: "¿Se creyó lo de entrar a dispararle al que hiciera ruido? Hasta donde yo sé, el maíz no habla aún. Era una broma para que no le fuera a ganar el sueño, morrito. Usted es mi portero, el mejor portero que he tenido". ¿Portero? Mario había entendido pollero cuando lo reclutaron en la plaza la mañana previa. Ahora le quedaba claro que no iba a ser pollero; iba a ser un portero, el que cuida las puertas. Y Mario sonrió. Mario se convirtió en El Portero.

Sus patrones le daban de comer sin descontarle de su sueldo. Le permitían dormir durante el día para que en la noche aguantara despierto. Mario se sintió querido, y cada vez era un mejor empleado; presto y obediente. Al llegar la primera semana le preguntaron si quería ir al pueblo más cercano, pero no quiso. No veía motivos para salir. Cada semana le pagaban. Él lo guardaba. Ya se había hecho amigo de las sirvientas de sus patrones. Había también por ahí un sembradío de rosales, una represa y hasta un gallinero. Él sólo tenía que cuidar en la noche; no sabía por qué se necesitaba su vigilancia, pero no iba a preguntar.

Ya estaba acostumbrado a dormir poco en su ejido, donde el calor calaba duro. Acá, su pequeño cuarto tenía un aparato de aire lavado que le causaba unas enormes carcajadas al sentir el golpe del aire frío en su cuerpo. Las dos sirvientas de la casona hacían la limpieza y estaban a cargo de la cocina. Mario y ellas habían pasado tardes maravillosas en su catre; si jamás había imaginado el placer de sentir el aire lavado en su cuerpo, mucho menos la cantidad de placer que sentía al tener sexo con dos mujeres al mismo tiempo. Era muy entendible que no se quisiera salir de ahí. Era su paraíso. Hasta que un día decidió acompañar a su patrón al pueblo más cercano. Fue a la única tienda que vendía ropa, al salir, llamaba tanto la atención que lo asaltaron. Lo bueno es que el dinero lo traía distribuido en varias partes del cuerpo; sólo le quitaron algunos billetes. Caminó alrededor de la plaza mientras esperaba a su patrón, y descubrió una tienda que vendía carne seca.

Unos meses después pidió unas vacaciones para irle a contar a su madre lo bien que estaba, para llevarle unos kilos de carne seca y para decirle que, si no volvía, era porque estaba allá muy bien. Esa primera vez que volvió a su ejido fue la noche de la famosa fiesta del tepache.

Luego regresó a su hacienda de ensueño, donde pasó mucho tiempo; estaba convencido de que toda esa aventura era por pura suerte, por lo que decidió siempre andar vestido de los mismos colores que traía cuando conoció a su patrón, sólo que ahora con ropa decente. Se compró doce pantalones de mezclilla y doce camisas idénticas, además de cuatro sombreros igualitos. No tenía en qué gastarse todo lo que ganaba; por eso, cuando volvía al ejido, lo veían vestido igual. Hasta que un día, en una de esas visitas a su ejido, llamó la atención de unos ladrones que lo vieron muy arreglado y no perdieron la oportunidad para golpearlo. Aun así, golpeado y con muy poco dinero, llegó porque quería ver a su madre, y llevarle, aunque fuera, unos billetes y unas bolsas de carne seca que se escondía en las botas.

Él no había querido contar antes lo que estaba viviendo, porque temía que alguien le quitara el trabajo, además pensaba que no le iban a creer todo lo que estaba viviendo en la hacienda. Era como contar de un enorme valle verde con ríos celestes a alguien que estaba atrapado en una hoguera. Esa noche, quizá por la tremenda golpiza que traía, había compartido sus aventuras. La historia de Mario dejó callados a todos en el mezquite.

19.

"Sonreíste cuando la brisa de la fuente tocó tu ardiente cara y se escucharon unos pequeños tronidos. Ibas de la mano de la hermosa Victoria. Afuera ya te esperaba un taxi, supuestamente aleatorio, y muy pronto llegaron al Hard Rock. No hicieron fila, no pagaste nada. En unos cuantos minutos ya estaban en el auditorio; tú, esperando al tiempo; Victoria, esperando a Bunbury. Tenías una gran red de cómplices, de los cuales algunos ni te cobraban; sólo lo hacían por ver con morbo el tipo de mujeres que llevabas. Victoria era la más bella que habías conocido, por eso habías querido llevarla al Hard Rock; para que te vieran con ella". Dicen que la vanidad es el pecado más popular; nadie se le puede resistir. "Unas cervezas, champaña y manoseos en tu mesa semiprivada, a un lado del escenario, un poco elevada del resto del área. Victoria ya estaba sin control. Sentía tanto deseo que hasta besó apasionadamente al mesero; no es que te haya confundido, sino que la pastilla que le habías puesto ya había hecho efecto. El mesero era nativo de Oaxaca, con piel tostada lisa y brillante, cara redonda, cabello negro corto, picudo y levantado, que le brillaba y le apestaba por el gel barato que utilizaba. Cuando Victoria lo vio, le dio un jalón en el brazo causando que tirara la charola. El pobre, hasta entonces, no sabía a qué paraíso iba a entrar. Los labios de Victoria se conectaron con los del mesero; se quería comer la lengua del oaxaqueño. Le agarró las nalgas, y el suertudo hombre no podía reaccionar; fueron los mejores segundos de su pobre vida. A partir de ahí, el mesero iba a ser más infeliz que nunca por haber probado el nirvana y luego ser expulsado al momento que las bocas se separaron. ¿Y tú qué hiciste, imbécil?". El joven atado sonrió. Roberta tronó las cuerdas sobre el colchón, Victoria se asustó con el ruido. "Pues, como todo un pendejo que eres, sólo te reíste. Victoria estaba descontrolada. Ella regresó a su silla, tenía el lápiz labial corrido alrededor de sus labios. De inmediato dio un trago largo a la copa de champagne y chorreó bebida sobre su blusa casi transparente, lo cual realzó la hermosa forma de sus pechos y de su brasiere beige de encaje. Como ya nos queda claro que eres un hijo de la chingada, en lugar de ayudarla, le tocaste el seno, y ella empezó a desabrocharse la blusa. En algún rincón tuyo quedaban milímetros de pudor y la detuviste, le ayudaste a ponerse el saco.

Para variar, el concierto llevaba una hora de retraso, como ya había pasado el tiempo suficiente, decidiste regresar al hotel; ya no tenías que esforzarte en dar explicaciones. La pastilla le causaba un alto deseo sexual. Caminaron los amplios pasillos del hotel con esas paredes rosas, amarillas y azules. Por algún motivo decidiste no utilizar el elevador, y, despacio, subieron las escaleras al tercer piso. Esa sección del hotel era la más antigua, olía a viejo. Las alfombras azul marino con líneas naranjas recordaban a películas de los setenta. Las paredes de esa sección eran de tiras verticales de madera.

Entraron al cuarto; Victoria se dejó ir sobre ti de inmediato. Te chupó el cuello. ¿Ya te acordaste, estúpido?". El Atado ya no reía; se había acordado de esas paredes viejas de madera que no

84

concordaban con el resto de la ambientación del lujoso hotel. Parecía que sólo ese pasillo era el olvidado. "Obviamente no eres bueno en la cama. Te la cogiste a lo pendejo, sin tocarla, sin besarla. A pesar de la pastilla y del champagne, te pedía que fueras más lento; por supuesto que no hiciste caso. Sólo duraste dos minutos, eso ni se debería de llamar sexo. Ella muy apenas sintió cuando la penetraste. Ni siquiera la desvestiste por completo; habías hecho todo ese desmadre para abusar de ella, y quitarle su efectivo y sus tarjetas de crédito. ¡Pinche pendejo! Saliste sin decir nada. Victoria se quedó en la cama borracha, drogada y deseando un orgasmo; tuvo que masturbarse para desatar tanta energía contenida. Pujó, sonrió, sus músculos se contrajeron, la piel se le erizó hasta que llegó un alarido final.

Victoria despertó ciento ochenta minutos después. Tenía náuseas y un fuerte dolor de cabeza; apenas llegó al baño a vomitar. En su boca tenía un sabor extraño a plomo, incluso, más fuerte que el del vómito. Al darse cuenta de que no traía su calzón empezó a recordar algunas escenas. Como si trajera una mina de plomo en su boca, vomitó nuevamente, ahora camino al baño. Vio su bolso y entendió lo que pasó. Te maldijo. Se maldijo. Aventó una botella de agua contra la lámpara que estaba en el buró de la cama.

Se dio un baño de agua caliente en la tina. Tomó unos Advils y mucha agua. Sentía miedo, pero sentía más coraje. Verificó su cuerpo. No tenía ninguna cortada. Empezó a dudar de todos. No pudo volver a dormir en lo que quedaba de la noche. Lo que le preocupaba antes de conocerte, esa mañana ya no tenía ninguna importancia". "¡Pinche vieja loca!". "Eres un pendejo;

no tienes idea de lo que te espera. Lo mejor que puedes hacer es quedarte callado". El Atado-erecto no se acordaba de Victoria, aunque ya empezaba a recordar esa noche. Sin embargo, su mayor preocupación era liberar el deseo sexual; le dolían los testículos. Nunca había estado tanto tiempo excitado sin eyacular. "Donde en realidad te equivocaste, pendejo, fue en menospreciar la inteligencia de Victoria. A pesar de sentir el alma destrozada, se vistió como pudo; un poco antes de que el primer rayo de luz venciera la oscuridad. Salió de su cuarto. Vio las miradas extrañas del conserje y de la ejecutiva del front desk. En el cuarto, recolectó unos cabellos que claramente eran tuyos, pendejito. Nunca imaginaste que unos cabellos te iban a meter en problemas. Hizo unas llamadas y pronto le recomendaron a un doctor que trabajaba en un hospital privado. Fue directo con él. De inmediato, se hizo diversos estudios de recolección de fluidos y de sangre. Tu destino se licuaba en tubos de ensayo, pendejito. El resto del día estuvo lleno de miedos, incluso, más que de tristezas. Siendo ella tan perfeccionista, no entendía por qué había sido tan estúpida. Lloró. Sólo quería ser la de antes. Quería regresar el tiempo. Horas después llegaron los resultados de todos los estudios que le hicieron en el hospital. Charcos de llanto la acompañaron ese día. Pinche pendejo. Lo único que le habías contagiado era su mente; de odio puro. Otra amiga le habló de mí, y desde entonces somos grandes amigas. Hubieras deseado jamás conocernos".

Ambas se pararon frente a la cama. De nuevo los espasmos habían aparecido. Su piel caliente estaba mojada. Con tan sólo sentir el aire que entraba por la pequeña rendija de la ventana,

El Atado-erecto sentía un placer extraño. Las perlas mágicas que Roberta le dio eran del mismo tipo que las que él había usado con Victoria. Estaba totalmente extasiado. Su deseo le hacía sentir como si estuviera en una orgía, cuando realmente estaba en un cuarto de hotel que parecía haberse convertido en uno de interrogación, en donde se utilizaban métodos de tortura tan excéntricos que muchos servicios secretos de la guerra fría envidiarían.

La fama de Roberta era grande. Tenía miles de admiradores dispuestos a dar mucho con tal de tocarla. Otros cambiaban sueños por sus besos. Quienes habían sentido sus labios en alguna parte de su cuerpo decían que podían morir cuando fuera, que no había nada como sentir los labios de Roberta en su cuerpo. Sus mayores problemas habían sido por no poder encontrar un hombre tan inteligente como ella. Casi todos son unos pendejos, decía.

Ambas trataron de juntar la mayor cantidad posible de saliva en su boca y luego la vaciaron sobre él. Escupitajos de desprecio. Sin embargo, ya sabes, lo que ellas hacían con odio, a él le causaba placer.

"¿Ya me recordaste?". El Atado se quedó callado. Intentaba pensar. Roberta le acercó un cigarro encendido a la planta de uno de sus pies. Esto hizo que, por primera vez en esa tarde, ajá, tienes que creerlo, que por primera vez El Atado pensara que quizá algo estaba mal. No es que ese dolor no hubiera sido placentero, sino que con la cantidad de perlas mágicas que traía encima todo le iba a causar placer; sin embargo, lo extraño de ese dolor y la cara que Roberta hizo en ese momento le hizo pensar que quizá estaba en problemas.

Victoria caminó al lado de la cama; se detuvo a la altura de la cara de El Atado y lo vio por minutos, quizá incluso por horas. Roberta y otras mujeres que entraban y salían del cuarto respetaron ese momento. Victoria quería grabarse esa mirada. Pasó sesenta y tres minutos viéndolo. Él sintió el peso de esos hermosos y extraños ojos turquesa; se calló, se sintió invadido, incluso quitó esa sonrisa pendeja.

Cuando crees que eres feliz te llegan tristezas inexplicables, te llegan días inesperados, lluvias en miércoles, llamadas de muertes en mañanas soleadas, perdones que jamás pediste. La vida de El Atado había sido buena, de hecho, en algunos momentos pensó que estaba mal que todo estuviera tan bien. Era tan pendejo que no lo pensaba con frecuencia. Siempre llegaba la mirada de alguna mujer que lo distraía. Su vida no había sido lo suficientemente bella para lo mal que le iba a ir ese día.

20.

No sé cuántos minutos me quedé en la banqueta agrietada, viendo hacia donde ella había partido. Justo ahí entendí que el amor duele. Su nombre no me era necesario para desearla. Ahí empecé a sufrir. Aprendí que hay cosas que al vivirlas no puedes volver a tu entorno previo, que hay eventos tan gozosos que parecieran malditos, porque son momentáneos y sólo exaltan la monstruosidad del resto de nuestra monótona vida. Ya quería volver a verla. Mis prioridades cambiaron. Quería tener un mejor cuerpo, quería dejar de fumar, convertirme en una mejor persona, en alguien digno de ella. El amor. El amor. El amor. ¿De qué me servía estar más flaco, si no la iba a volver a ver? Ahora me pregunto, por qué intentar ser alguien diferente a quien ella ya había conocido. Pero bueno, a esa edad uno comete muchos errores. Sólo quien se atreve a vivir más, comete más errores.

Mientras el amor empezaba a lastimarme, habían pasado varios minutos y yo seguía parado en esa banqueta chueca y agrietada por un gran roble que a unos metros había crecido. En mi mente había dejado de fumar, corrido maratones, bajado ocho kilos. En realidad, sólo había estado ahí parado con cara de estúpido viendo hacia donde ella había partido. Por fin, algunos de mis amigos se apiadaron de mí, y al darse cuenta de mi estado me tomaron de los brazos, me ayudaron a cruzar la calle y, en la banqueta de enfrente, sobre una jardinera que permitía que nos sentáramos cómodamente, empezamos a fumar. No me dieron ganas de contar los detalles de lo que había pasado; por primera vez decidí quedarme con mi historia y mi versión para mí solamente. No quería compartir nada de ella. Mejor les pedí que me contaran lo que ellos habían visto, y entonces me comentaron que se rumoraba que ella sólo había bailado una vez antes, por lo que yo ingresaría al Salón de la Fama por haber logrado bailar con ella tanto tiempo, incluyendo las calmadas. Que alguno vio cuando la besé en la boca. Incluso otro se atrevió a decir que me vio chuparle el cuello. A los últimos dos, les dije que controlaran sus historias, ya que hablaban acerca de la mujer de mi vida. Pensé que se burlarían de mi comentario, pero, al parecer, lo que había hecho esa noche era realmente grande, ya que todos callaron ante mi petición. No hubo burlas, sólo respeto. Así de increíble era la historia. Otros contaron que hubo un grupo de hombres que fueron con el dj a ofrecerle dinero para que quitara las baladas. Entre tanta historia, carcajadas y alabanzas, alcancé a escuchar cuando alguien dijo: Dicen que tiene novio. Intenté simular que no había escuchado. Sentí un bote de doscientos litros de hielo y agua helada sobre mi cabeza. ¿Por qué la vida no podía ser tan perfecta? No creí. Como pude, llegué a mi casa. Estaba seguro de que alguien como ella no sería capaz de tener novio y a la vez andar ilusionando a otros.

Pasé la noche dormitando y girando en mi cama, los minutos patinaban antes de avanzar. Con los primeros rayos de la siguiente mañana empezó mi plan para encontrarla. Sin importarme que fueran antes de las ocho de la mañana, llamé al teléfono que creía me había dado. Nada. Una, dos y hasta diez combinaciones diferentes. Nada. ¿Alguna vez te has arrepentido por no poner atención en algo? Diez intentos más. Nada, veinte familias fueron despertadas esa mañana en vano.

Un amigo tenía carro. Le ofrecí unos cigarros a cambio de un aventón a la casa donde había sido el baile. Aún no eran las diez de la mañana y me atreví a tocar fuerte la puerta. Todo lo que me sucediera era justo, merecido y necesario con tal de volverla a ver. Llevaba unos segundos frente a la puerta, cuando mi amigo puso a todo volumen, en el estéreo de su Caribe color blanca, la canción de *El extraño de pelo largo*, de los Enanitos Verdes. Apenas iba a reclamarle cuando, en ese instante, abrieron la puerta. Giré y me topé con una imagen que, aun esperándola, me asustó. Era un señor como de cincuenta años, gordo, canoso, con pelo en sus pómulos, mas no en su cabeza. Estaba serio. Vestía una bata roja brillante, fácilmente de la época de los setenta, tenía el periódico bajo una axila y en su mano derecha sostenía una taza de café. Como si fuera mi psicólogo, le conté mi problema. Le dije que no conocía a su hija, que alguien me había invitado al baile de la noche previa, también le dije que anoche, en el patio de su casa, había conocido a la mujer de mi vida, y que, para mi desgracia, no sabía su nombre. Aventé cuanta palabra pude; una tras otra, casi conectadas, sin respetar ninguna regla de redacción. Nada de punto y seguido, nada de comas, mucho menos puntos y aparte. Incluso le dije cómo había temblado el piso rojo de su patio cuando la tomé de la cadera. La sucesión de palabras era tan larga como mi capacidad pulmonar. El señor aguantó mis dos minutos de oratoria. Cuando terminé, pasaron tres segundos de incómoda tensión, y luego, para mi sorpresa, sonrió y dijo: El amooor. Fue extraño sentirme entendido por un adulto desconocido. Déjame despertar a mi hija a ver si ella te puede ayudar a encontrar a tu amiga. Seguía retumbando la canción de los Enanitos Verdes.

El señor regresó y me dijo que en unos minutos su hija vendría. No estaba molesto, incluso me ofreció un café. Me llegó el olor a barbacoa y tortillas de harina. Alcancé a ver unas bolsas de plástico en la cocina que decían Super Mode. Apareció su hija. Ni siquiera recordaba haberla visto la noche anterior; al menos no la podía reconocer así recién levantada y sin maquillaje. Mira, imbécil. No me importa lo que le hayas contado a mi papá; no le entendí nada. Yo sólo te voy a decir que tengo novio, y cuando se entere de esto te va a partir el hocico. No me cerró la puerta después de su amenaza porque se dio cuenta que su papá estaba unos metros atrás. El señor le hizo un gesto y ella me preguntó en qué me podía ayudar. Le conté mi historia en sólo un minuto. Me dijo que no tenía idea de quién era la mujer que buscaba, y que no me recordaba a mí. Me dio algunos datos de escuelas y lugares de reunión. Antes de que cerrara la puerta le alcancé a preguntar su nombre; se llamaba Sofía.

Recorrí todas las escuelas de mujeres; a cada una iba dos o tres días seguidos. Falté a mis clases con tal de buscarla. Coloqué hojas en los postes alrededor de cada colegio de mujeres: ¿Dónde estás? Ahí ponía una explicación de nuestra historia y le pedía que me fuera a buscar a la plaza de la Iglesia de Fátima al siguiente domingo. Iré con pantalón blanco y camisa roja. Eso era lo equivalente a las redes sociales de ahora. En esa plaza pasé muchos domingos buscándola, esperándola. Me paraba en la parte alta de las escaleras con la esperanza de que me viera.

Llegaron varias mujeres y tres hombres queriéndose aprovechar de la situación, proclamando ser ellas y ellos a quienes yo buscaba. Tras unos meses, los conocidos habían olvidado mi proeza de aquella noche en aquel patio de piso rojo. Me quedaban sólo mis tres amigos de toda la vida. En aquella época era tan afortunado que podía decir que tenía tres grandes amigos: ahora ni eso puedo decir.

Todos los viernes y sábados asistía a bailes de quinceaños, bailes de paga, fiestas y cumpleaños. Parecíamos un comando en busca de una víctima, cuando en realidad la víctima era yo. Me estaba muriendo de tristeza. Entrábamos como estampida a las fiestas a recorrer cada esquina en busca de esos ojos. Hablaba tanto de ella, la describía con tanto detalle que temí que mis amigos también se estuvieran enamorando. A esa edad todo es posible.

Pasaron varios meses buscándola y nadie sabía nada de ella; como si hubiera desaparecido. La había pensado tanto que me daba miedo que cuando la viera de nuevo no la fuera a reconocer. Recorrí muchas iglesias; los postes alrededor tenían mi hoja: ¿Dónde estás? Fui en distintos horarios, desde las misas familiares de la mañana, hasta las de la tarde que supuestamente eran para jóvenes. Mi apodo había cambiado. Ahora me decían "El Dónde estás". El dueño de la papelería donde sacaba copias a mi anuncio ya no me cobraba; le daba lástima. Un día me regaló una novena de un Santo para encontrar las cosas perdidas.

Recorrí las escuelas vespertinas de inglés; no la encontraba. Ya para entonces no sólo preguntaba a los alumnos que esperaban afuera, sino que dejaba algunos anuncios en las oficinas. Causaba ternura o risas en los adultos que se enteraban de mi aventura. Dejé de comer. Perdí seis kilos. Tuve que actualizar mi anuncio porque mi camisa roja ya se había decolorado. Fui a los restaurantes en donde se juntaban los jóvenes. Mis amigos ya no me acompañaban en mi búsqueda. Decían que estaba sacrificando todo por ella. Uno de ellos dijo que quizá había sido un sueño colectivo de nosotros cuatro; no era normal que nadie supiera nada de ella.

En la plaza, los domingos, algunas mujeres hermosas se acercaban a preguntarme si ya la había encontrado. Les enternecía mi romanticismo, pero para mí no había romance en mi búsqueda, sino sólo dolor. Estaba tan aturdido que no me daba cuenta de que muchas hermosas mujeres me buscaban.

Descubrí que había ligas femeninas de basquetbol, voleibol, softbol y futbol. Recorrí cada una de ellas. Canchas, entrenamientos, juegos, torneos los sábados muy temprano. ¡No estaba, carajos! Incluso me registré como árbitro en la liga de futbol y en la de basquetbol, con tal de ver la mayor cantidad de mujeres. En todos esos meses no tuve ni siquiera un momento de emoción o de confusión al creer que la había encontrado. Obviamente, vi muchas mujeres hermosas pero nunca a ella.

Con el paso de los meses la búsqueda disminuyó, el dolor ya era una costumbre. En algún momento de honestidad me pregunté si realmente la quería encontrar. Quizá sólo el recuerdo de ella sería mejor que encontrarla. Quizá mis memorias estaban sobrevaluadas; capaz que no era tan bella como lo creí aquella noche, varios meses atrás. Pensé que no la había encontrado porque realmente, muy en el fondo, no la quería encontrar; ya que, si lo hacía, no iba poder seguir imaginándola. Me dio un pánico enorme la posibilidad de que, al verla, la fuera a olvidar; al conocerla, la fuera a perder. Y dudé si era mejor vivir con su recuerdo y su dolor. No sabía si aceptar esas dudas era darme por vencido, capaz que eran mi sistema de defensa personal o mi mediocridad.

La primavera ya se había convertido en verano, y yo seguía sin ella. Un sábado, estaba muy agotado para salir a buscarla y nos quedamos en casa de Rodrigo; uno de mis amigos de toda la vida. Estábamos en la palapa haciendo una carne asada y tomando cerveza. Un invitado dijo que era un honor conocer al famoso El Dónde estás. Su comentario hizo que por poco nos peleáramos. Sería la octava pelea en el transcurso de mi frenética búsqueda. Nos separaron, y Rodrigo le explicó las reglas sobre cómo se debía tocar el tema, la molestia del apodo y demás protocolos que mis amigos habían desarrollado para no hacerme sentir mal. Regresó la calma y este güey dijo: ¿Y ya la buscaste en el Club de Tenis San Agustín? Dicen que ahí juegan muchas viejas buenísimas, con unas piernas hermosas. Se hizo un silencio, todos voltearon a verme cuando yo le contestaba que no, que no sabía eso. Sí, hay una academia especial para chavas. De hecho, el siguiente fin de semana hay un torneo en el que todas las alumnas van a participar. Le contesté que yo no era socio de ese club. Dijo que él sí, que me invitaba el próximo sábado. Unos segundo antes casi nos agarrábamos a golpes, ahora era Ramón, mi nuevo amigo.

¿Te imaginas cómo pasé esa semana? Parecía que el tiempo no quería avanzar. Fui a cortarme el cabello. Esos días transcurrieron tan lentos que no los percibí. No tengo idea de la cantidad de cosas que mis padres me dijeron. No supe si eran regaños o felicitaciones. La escuela era un desfile de minutos iguales con algún maestro al frente del salón recitando sílabas sin sentido. Mis ojeras eran enormes; no dormía más de cuatro horas por noche. Entre las ojeras y lo que había adelgazado, era muy probable que no me reconociera. ¿Que no te reconociera, güey? ¡Que no se acordara de ti, Santiago! Estabas haciendo demasiado drama con tu búsqueda, y ella de seguro no te recordaba. Pues no sabes aún el final, Emilia. Pues no, Santiaguito, ándale, síguele. Cuéntame tu amor platónico con la chica sin nombre. Cuéntame tu historia, ya no te voy a interrumpir. No tengo nada que hacer este fin de semana; te puedo escuchar hasta el domingo. Ándale, maricón, síguele. Pues, llegó finalmente el sábado del torneo de tenis. El sol brillaba, el cielo estaba despejado con un color azul que ahora ya no existe. Ramón sonreía, me dijo que era un honor poderme ayudar. Varias personas mencionaron mi apodo mientras entrábamos a las gradas.

El rechinido de los tenis tallando la cancha peleaba con el canto de unos pájaros chileros. Eran veinte canchas. Casi todos los espectadores iban vestidos de color blanco. ¿Por qué? Parecía que lo hacían con toda la intención de dificultar mi búsqueda. Había muchas personas entre los pasillos que dividían las canchas. Hacían silencio mientras se disputaba un punto. Se escuchaban murmullos continuos. Y a mí que me daban unas ganas enormes de gritar: ¡Mi amooor! ¡Aquí estoy! Aún me recriminaba lo pendejo que había sido por no haberle preguntado su nombre. La búsqueda hubiera sido mucho más fácil. A pesar de que Ramón me dijo que no llevara mis anuncios porque estaba prohibido cualquier tipo de publicidad o propaganda en el club, yo creía que mi anuncio no caía en ninguna de esas dos categorías: el mío era una búsqueda desesperada, era un grito. Sin que se diera cuenta, puse unos anuncios en las mallas de las canchas. Otras en las columnas del restaurante de la casa club. Mi esperanza era que su hermosa cabellera roja brillara más con la vestimenta blanca. Pasaban las horas, el sol estaba más al centro del cielo, y no la encontraba. Ramón ya me había abandonado; prefirió el aire acondicionado del restaurante.

Yo traía unos shorts blancos y una camisa roja; tenía esperanza de que ella hubiera leído alguno de mis anuncios. Una hora pasó sobre la otra; cada vez había menos jugadoras y espectadores. Las perdedoras se iban. Ella tenía que ser de las ganadoras; para mí ella era tan perfecta que tenía que ser la campeona. En ocasiones aseguraba escuchar que alguien me llamaba; volteaba de inmediato y no encontraba a nadie. Sólo en una ocasión un señor me habló en voz baja, y me dijo: ¡Joven! ¡Guarde silencio! Ni cuenta me di cuando hablé.

Y seguía mi búsqueda alrededor de las canchas, el ruido de las raquetas al golpear las pelotas me arrullaba; aunque eran arrítmicas, eran monótonas. Veía a cada jugadora, a cada par de piernas, y ninguna se parecía a ella. Obviamente había algunas hermosas. Ya sé, tú estabas loco por la mujer sin nombre, mi estimado Santiago. No sabía que alguna vez habías estado así de loco por una mujer. Total que, ya eran las cuatro de la tarde; sólo había tomado unos tragos de agua caliente de un bebedero. Sentí que me ardía el cuerpo y la cara. Confirmé en el espejo del baño que tenía el rostro quemado.

Había pensado tanto en el momento cuando la volviera a ver, que me empecé a preocupar por lo que tendría que hacer o decirle en este instante ¿Le tendría que contar sobre los anuncios que hice? ¿Le declararía mi amor de forma inmediata? ¿Se sentiría orgullosa por todo lo que había hecho a fin de encontrarla? ¿O le daría vergüenza? No paraba de caminar, de ver, de ver, de ver, de ver. De caminar. De girarme. Escuchar. Meterme entre grupos de personas; estaba seguro de que reconocería su voz. ¿Cómo? No sé, pero creía recordar su voz.

Pensé que mi plan no había sido el más inteligente; lo mejor hubiera sido quedarme en la entrada de las canchas y ver el paso de todas las personas. Lo malo fue que esa idea se me ocurrió después de ocho horas de caminar como imbécil alrededor de las canchas. Apestaba a hamburguesas que, decían, eran hechas al carbón, aunque las cocinaban en una plancha de acero. El olor de las pelotas nuevas se había ido con la mañana. Eran las cinco de la tarde y no la había encontrado aún.

Algunas personas leyeron mis anuncios y me reconocieron; me miraban desde lejos mientras sonreían y se burlaban. Ya se jugaban las semifinales, y ella no estaba. Busqué en el público; tampoco. Me di por vencido y me fui a comprar lo único que me alcanzaba: una Coca Cola helada, servida en vaso de hielo seco blanco, hasta arriba de hielo de máquina. Eso era exquisito. Salí del área del restaurante y me senté bajo un árbol. Mi vaso y yo.

El partido final se estaba terminando, a lo lejos se escuchaban las exclamaciones del público. En ese momento, y por primera vez en todos los meses de mi búsqueda, me pregunté qué carajos estaba haciendo. Me recriminé haber hecho algo tan estúpido.

La esperanza se me estaba desapareciendo. Me tendí boca arriba en el césped. Rendido, insolado y agotado. Veía el cielo a través de los huecos amorfos que dejaban las ramas del árbol. Si bajaba mi mirada al oeste alcanzaba a ver el atardecer. De pronto una sombra tapó la puesta del sol; una mujer estaba a unos metros de mí y me hablaba. Los bordes de su curveada silueta brillaban y el resto de su cuerpo lo veía oscuro. Dijo algo y seguí con mi costumbre de no escuchar, pero ya había aprendido la lección, entonces contesté: ¿Mande? Algo dijo, yo estaba mareado por lo rápido que me había levantado, el sol me encandilaba, ¡y no le había entendido! Intenté una vez más: ¿Perdón? Ella repitió: ¿Eres El Dónde estás? Sí. Ya no tenía fuerzas; estaba tan acalorado como para pensar si me convenía contestar con la verdad o con mentiras. ¿Todavía la estás buscando? ¡Sí! Ya estaba de pie frente a ella. ¿No la viste hoy aquí? ¡No! ¿Aquí estuvo? Ella va a estar esta noche en el baile de clausura del torneo, aquí, en el gran salón del club. Es una broma, ¿verdad? No. ¿Sabes su nombre? Sí, se llama Roberta. En ese instante comprendí que venimos a este mundo a ser felices. El atardecer se detuvo. Las chicharras cantaban una ópera. Sentí fuego en mis pulmones, y en una lágrima se me fue la tristeza. Estuvimos en silencio unos cuatro segundos; todo fue perfecto. Ella mojó en dos ocasiones sus labios rosas. Sonrió levantando un poco más su mejilla izquierda que la derecha. Ahora todo, absolutamente todo, tenía sentido. Olía a bosque a pesar de que estábamos rodeados de construcciones. ¿Y cómo te llamas? Mi nombre es Andrea. Me dio un abrazo. Me preguntó mi nombre y se fue con una sonrisa en su rostro. Apenas me recuperaba de esa conversación, cuando llegó Ramón y dijo que nos teníamos que ir.

Esa noche tuve que caminar de casa de mis papás al club; eran diez kilómetros, me tardé noventa minutos. Me puse una playera vieja y la elegante la llevaba en una bolsa de plástico. No me importaba ir solo; de hecho, me agradaba, así ningún conocido vería mi reencuentro. Nadie vería la cara de estúpido que pondría. Nadie vería cuando me diera por vencido y, por vergüenza, no me acercara a ella.

21.

No es que Mario llegara con la misma ropa vieja puesta; lo que pasa es que todos los días vestía igual. Y siempre, en su viaje al ejido, lo asaltaban. Esa tarde lo habían golpeado y robado, incluso hasta sus botas le quitaron. Era creativo para esconder el dinero y la carne seca que le llevaba a su madre, nunca se le ocurrió cambiar su ropa. Decía que no podía dejar de vestirse como el día en que conoció a sus patrones.

Todo lo que vivía en el viaje valía la pena, con tal de ver la cara de su madre cuando le entregaba el dinero y la carne seca. Mario ignoraba que esa cara era por el simple hecho de verlo, y de saber que había regresado con bien. Con tanta carne, ella no sabía ni qué hacer. Sus viejos dientes ya no eran capaces de morder; se entretenía chupando la carne. Por lo mismo, en el estante de madera se iban acumulando las bolsas de carne, a Mario no le importaba, él le iba a seguir llevando; era la forma de decirle que traía dinero. La madre jamás pensó en compartir carne con el resto de la gente del ejido. No sabía lo que era la caridad. Nadie en el ejido lo sabía. La noche del tepache había sido la única en que alguien compartió algo. Habían sido tan pobres toda su existencia, que no sabían que el compartir era algo bueno.

Con el dinero que Mario le llevaba, tampoco sabía qué hacer; entonces, lo escondía en pozos que hacía en su cuarto de piso de tierra. Ya eran tantos agujeros que parecía guarida de topos. Cuando alguien entraba a ese oscuro cuarto, la mamá decía que eran las víboras que se querían meter. Pensaban que se estaba volviendo loca. Y lo triste es que no era tan vieja: sólo tenía cincuenta años. En el monte, con ese nivel de pobreza y con esa joroba en la espalda, aparentaba setenta y cinco años, como mínimo. Mario le decía que pusiera un estanquillo, pero luego recordaba que nadie ahí tenía dinero para comprarse al menos una Coca Cola.

Normalmente, Mario sólo pasaba una noche con su madre y luego emprendía el viaje de regreso con sus patrones, al paraíso, a cuidar la bodega de granos de maíz. Sentía que tenía todo el dinero del mundo. ¿Cómo culparlo si tenía mucho más de lo que alguna vez soñó? Él había estado preparado para ser pobre y triste toda su vida, y ahora tenía tanto dinero que no sabía qué hacer con él. No le importaba lo que su madre hiciera con el dinero, él ya sentía que cumplía. No es que no le importara, sino que no se le ocurría en qué utilizar el dinero. No se le ocurrió comprar semillas en la ciudad para venderlas o regalarlas a los de su jodido ejido. Nunca se le ocurrió comprar un papalote de viento para extraer más agua. Ni siquiera le pasó por su mente comprar algunos animales; unos pollos, aunque fuera. Nada. Su nivel de ignorancia le indicó que lo mejor era esconderlo en pozos.

Pasaron las horas y Mario ya estaba más recuperado de la golpiza. Le habían ayudado los remedios que le dieron sus amigos. La mitad de los que escucharon la historia, no se la creyeron; era demasiada fantástica, era complicado creer que un golpe de suerte le hubiera cambiado así la vida al cabrón del Mario. Los incrédulos se fueron del mezquite; no les interesaba nada nuevo. Ellos no pensaban salir jamás del ejido. Estaban conformes con estar y morir ahí. Para ellos, las malas siembras, las tormentas de las tres de la tarde, los espíritus, las víboras, el brujo, la miseria y la desesperanza era lo que les había tocado. Sin embargo, a la otra mitad sí le gustó; les pareció divertido escuchar una historia que parecía venir de otro mundo. Aunque no le entendieron a muchas cosas, su mente había quedado encantada cuando escucharon que Mario tenía tanto dinero que podía comprar doce camisas.

El más emocionado era José, quien no paraba de hacer preguntas; sin embargo, Mario pensó que ya había contado suficiente, y dejó de contestar. Tenía miedo de que le quitaran su trabajo. Por eso sólo se quedaba una noche en el ejido y al amanecer siguiente se regresaba. Además, porque extrañaba las tardes que pasaba en su catre con las dos sirvientas. Tener sexo al mismo tiempo con las dos morenas de pechos chicos y abdomen delgado, le llenaba de gozos que jamás había imaginado. Cuando su cuerpo se estremecía era al pensar que la hermosa esposa de su patrón se les unía en su acto, para convertirla en una exclusiva orgía, en una hacienda perdida en pleno monte mexicano. Al terminar de coger con las sirvientas, se sentía un poco culpable por desear a la esposa de quien le había cambiado su vida, pero ese sentimiento se le quitaba ciento veinte segundos después. Por eso Mario quería regresar pronto a la hacienda del maíz; si pendejo no estaba. La hacienda era el paraíso. La siguiente mañana, fiel a su costumbre, Mario ya no estaba. En el cuarto de su madre había un pozo más en el suelo.

José seguía ahí, en la monótona espera de una siembra que al menos les diera de comer unas semanas. Mientras esperaba, pensó que si lograba cazar una víbora con la mente, le podría cambiar la vida. Podría ir a otros lugares a ofrecer sus servicios a cambio de unos pesos. Podría ir a la ciudad, a la que ya tenía meses de no visitar, o, de alguna forma extraña, quizá, eso le permitiría llegar a un paraíso como el que contó Mario. ¿Por qué Mario sí y yo no? Entonces, a las doce de la tarde de un día cualquiera, fue a las orillas del ejido y buscó a las serpientes. La leyenda decía que las víboras chupaban leche a las vacas; en otros ejidos incluso se rumoraba que chupaban la leche materna directo del pecho de las madres, y que el bebé, mientras se amamantaba del otro pecho, le tomaba la cola a la víbora en un armonioso manjar lácteo. Este ejido era tan miserable que no había vacas y las pocas mujeres, que por algún extraño milagro habían logrado convertirse en madres, estaban tan desnutridas que nunca tenían leche materna; entonces, las víboras que estaban cerca de este ejido se decía que lloraban.

José descubrió un pequeño vado en donde había veinte víboras. El sonido de esos cascabeles era lo más alegre que se había escuchado desde la noche del tepache. Se sintió exaltado por ese ruido; respiró hondo y lentamente entró al vado. Las serpientes, educadas, se hicieron a un lado, como dándole la bienvenida. Quería hacer contacto visual con ellas, y no lo lograba; suficiente suerte era que no lo hubieran picado.

Hasta ese día nadie había tenido éxito en cazarlas de ninguna forma. José se concentró en una que se salió del vado. Si no la iba a cazar con la mirada, la iba a cazar de cansancio; al cabo él no tenía nada que hacer. La siguió durante horas, hasta que la víbora se detuvo. José temblaba de la emoción; si lograba matarla, su vida cambiaría. El cascabel de esa víbora ya no sonaba. Sin pensarlo, indicó con su mano derecha hacia el mismo lado y la víbora obedeció. Un murmullo de sorpresa se escuchó entre el grupo de jóvenes que se le habían unido. Luego, con la mano izquierda hacia aquel lado, y hacia allá rápidamente el reptil fue a dar. Sintió que tenía poder sobre ella, pero no el suficiente para matarla. Si ya le había hecho caso moviéndose hacia los lados, ¿por qué no pedirle que levantara su cabeza? Hizo un movimiento de abajo hacia arriba con su mano derecha y, cuando parecía que la víbora iba a obedecer, tres truenos rompieron el silencio de ese triste mediodía. Nunca había truenos ni relámpagos fuera de la tormenta de las tres de la tarde, y jamás tan fuertes como los tres de esa ocasión. Parecía que se hubieran quebrado tres montañas. Todos se volteaban a ver entre ellos. José miró al resto de los jóvenes, y cuando volvió su vista a la víbora ésta ya no estaba. Volteó a todos lados; corrió y nada. Fue al vado y no había ninguna. Regresó con el grupo, nadie entendía lo que había pasado, ya que para ellos eso no era tan importante como para salir del letargo constante en el que vivían. No les importaba, no les afectaba, no les ayudaba. Esas eran las cosas que le molestaban a José: la apatía, ante todo; nada sucedía, y si por alguna extraña razón algo pasaba, a nadie le importaba o nadie lo percibía. Entonces, es como si no hubiera sucedido, por eso nunca pasaba nada. Él sabía que la víbora le había obedecido. De pronto, parecía que el cielo se elevaba, como si el espacio lo estuviera succionando, y a pesar de que, normalmente, había muy poco ruido, ahora se sentía un silencio muy pacífico, diferente. Y de pronto empezó a llover. Esta era una lluvia muy suave, serena, fresca. El agua estaba limpia, transparente y tenía sabor a jamaica. Las gotas eran de dos centímetros y no golpeaban con nada; parecía que bajaban flotando y suavemente se depositaban en el suelo seco o en la boca de alguien que, sorprendido, probaba el sabor tan extraño. Ahora los jóvenes holgazanes corrían felices con la boca abierta hacia el cielo y reían de una forma torpe y estúpida. Nunca habían tomado algo tan dulce.

José seguía recordando lo que le acababa de pasar con la víbora. Estaba sorprendido por el movimiento del cielo, como si se alejara de la tierra. Probó la lluvia y menos entendía. Pero, como toda su vida había sido enseñado a no cuestionarse ni sorprenderse con nada, pues bajó la cabeza como lo había hecho toda la vida. En ese lugar nunca pasaba nada, y cuando pasaba, nadie lo detectaba.

Con la cabeza gacha, José caminaba despacio, arrastrando los pies. Repasaba lo que había sucedido: quería despertar de ese letargo histórico. Quería sentir. Quería saber. Quería hacer. Pero no sabía ni cómo, ni qué, ni cuándo. No era normal que la víbora le hubiera obedecido ni tampoco que lloviera agua de jamaica. ¿O sí? Pensó que esa lluvia era lo mejor que ahí había sucedido. Sin embargo, como era costumbre en su ejido, las malas noticias mataban los efímeros esfuerzos de, no digamos felicidad sino ausencia de tristeza. Nadie había tragado más de trece gotas, cuando de una de las chozas salió con prisa una vieja señora que traía un palo largo en su mano derecha, y gritaba que nadie debía tomar de esa lluvia, que nadie debía ser ni siquiera tocado por ella. Juraba que, desde hacía años, estaba esperando esa señal; que anunciaba el arranque de una época de torturas por parte de los espíritus malignos. La ignorancia es el principal precursor del miedo. Así que todos corrieron a cubrirse. Unos querían vomitar porque habían tragado algunas gotas y se sacudían sus ropas; otros se desnudaban con tal de no tener ropa mojada por esa agua maldita. Ni los tres truenos, ni el hecho de que el cielo se alejara, ni la lluvia de agua de jamaica, habían podido causar lo que las palabras de esa vieja. Ella decía que se inmolaría para salvarlos; ella se tomaría toda la lluvia para dar su vida por ellos. Sacó tres tinas y un tambo enorme para llenarlos del agua maldita. José no se había movido un centímetro. Ya no quería pensar como todos. Ya no se quería mover. Si tomar esa agua le iba a matar, era un buen momento para hacerlo. O bien, para sobrevivir y dar la contra a todo el ejido miedoso. Si no moría al tomar el agua, les demostraría que sí hay posibilidades nuevas, y quizá hasta algo bueno. Así que se quedó bajo la lluvia; brincaba, giraba y abría la boca mirando hacia arriba. Se tiraba sobre los charcos de la supuesta agua maldita. Bebía la mayor cantidad posible. Gritaba de alegría, con esa fuerza que sólo la rebeldía te puede brindar. Los del ejido lo veían entre los barrotes de madera de las chozas; aterrorizados, aseguraban que al siguiente día no iba a amanecer vivo. Se mojó con el agua que la vieja había juntado. El sabor de la lluvia era dulce. Gritaba lleno de éxtasis, era su primera insurrección. Los del ejido pensaban que se estaba volviendo loco, y que la maldición que la vieja había predicho se estaba convirtiendo en realidad. Creían ver que la lluvia le quemaba, y en sus gritos de agonía pedía perdones a seres supremos.

El sueño venció a todos menos a José. Corrió lleno de placer por las brechas del ejido. Fue a los sembradíos, pateó los surcos chuecos, corrió de un lado al otro de los corrales vacíos en donde alguna vez hubo dos viejos burros. Tomó la mayor cantidad de lluvia que pudo, estaba empapado; debería morir según la amenaza de la vieja. Si sobrevivía, probaría que la vieja estaba mal y que él tenía derecho a realizar las cosas de forma diferente. Corrió por horas, incluso después de que la lluvia había cesado.

Vio el amanecer desde una pequeña loma en pleno monte. Los habitantes del ejido dudaban en salir de sus chozas mojadas, sin embargo, lo hicieron para buscar al rebelde José, quien para entonces habría de estar muerto. Su locura lo mató, tenían la razón, por eso había que vivir con miedo, dejarse llevar por la monotonía de las tradiciones, en el deambular de ese pinche ejido hasta morir. No habría necesidad de cambiar nada; sólo respirar hasta morir. Pero se habían equivocado, José no había muerto; llevaba una hora en la letrina con una terca diarrea. Su cuerpo nunca había recibido tanta azúcar como la que traía la lluvia de agua de jamaica. Deshidratado, pero no muerto. Vivo y terco. Dale, José. Sal y háblales.

José superó la diarrea unos días después. Ahora lo acusaban de haber espantado a las víboras, las cuales habían desaparecido desde aquel día de lluvia roja. ¡Ah chinga, siempre ven lo malo!, pensó. ¡Nunca naiden pudo cazar ni una!, ¿ora por qué se enojan?, les dijo. La vieja gritaba que caería la gran maldición por los actos cometidos por José. Y como las brujas siempre tienen seguidores y los desdichados nunca son escuchados, pues a José nadie le creía nada.

Ahora, mientras lo veían, meneaban sus cabezas de un lado al otro. Nadie se le acercaba. Ningún grupo de los que salían a pelar lechuguilla lo quería recibir; decían que era de mala suerte. Si llegaba al mezquite, le pedían que no se acercará más. Lo señalaban como si trajera lepra. Cada vez lo aislaban más. La desobediencia, al parecer, igual que el optimismo, eran severamente castigados ahí. Ya ni su hermano quería pasar tiempo con él. Cada vez extrañaba más a su único amigo: César, El Loco de los Perros.

La noche y el día se turnaban la luminosidad del firmamento; era una carrera infinita. Y abajo, en el ejido, todo seguía igual: esa era su especialidad. Hasta que llegó uno de esos días que cambian vidas. A José le llegó el día en que reventó. Se hartó de lo que era, de lo que había vivido. Se hartó de no tener el valor para intentar algo más. Entendió que vivir así era un desperdicio. Y sin decir ni pensar nada más, salió del cuarto y se fue caminado a lo desconocido, a la brecha, a la lejanía. Entre más lejos estuviera de ese lugar, más probabilidad habría de ser feliz, de lograr algo similar a lo que había logrado Mario, o a lo que, muy seguramente, César también había conseguido. Se fue, no se despidió de nadie, no iba a extrañar nada. Algunos del ejido lo vieron irse y se pusieron felices: sin él habría menos probabilidades de maldiciones. Caminó por la brecha rumbo a la ciudad. Escuchaba cómo eslabones se iban rompiendo a su espalda. Entre más avanzaba, más fuerte se sentía. Llegó al entronque donde pasaban las camionetas y no se detuvo. Por horas dio un paso tras otro. Lo que antes le daba miedo ahora ni siquiera le preocupaba. Un sentimiento nuevo le invadía. No sabía reconocerlo, lo sintió fuertemente cuando rechazó ser llevado gratis por una camioneta. Era el orgullo que por primera vez estaba en su ser. Quería dejarse claro que, por sus propios pies, sin la ayuda de nadie, había logrado salir de ese puto ejido. Cada paso era más libre y más fuerte.

Varias horas pasaron, y finalmente llegó a la plaza de la ciudad que tanto extrañaba. Parecía que las cosas no habían cambiado mucho en esos meses. Seguía el mismo bolero; la misma música sonando en el centro de la plaza. Todo parecía seguir igual, incluso en el supermercado. No sintió la emoción que supuso; estar ahí ahora, por alguna razón, era diferente. Estaba esperando el golpe de suerte, el golpe que cambiara todo. Pero nada sucedía. Ahora sí se retiró de la plaza, como Mario había contado; caminaba viendo hacia todos lados. ¿Cuál sería su momento de suerte? Se emocionaba cada vez que veía pasar una camioneta, pero no sucedía nada. Fue a la bodega donde le compraban la lechuguilla. Ahora no tenía nada que vender. Se quedó recargado en la pared; ahí veía las caras tristes de todos los que llevaban a malvender algunos kilos de lechuguilla. Los compradores lo vieron con actitud sospechosa y le pidieron que se fuera. ¿En qué se parece la tristeza a la maldad? ¿Por qué se confunden? Deambuló lo que le quedaba de luz al día, y nada pasó. La oscuridad trajo el silencio y la soledad a la plaza, a excepción de un puesto de tacos que estaba sobre la calle y presumía estar abierto hasta las dos de la mañana. Recorrió por última vez los pasillos del pequeño supermercado; ese día lo vio viejo, sucio, sin el brillo que le había impresionado en su primera visita. De regreso a la plaza, a lo lejos se escuchaban fiestas: algunos acordeones, bandas, mariachis.

Eso ya era suficiente para entretenerlo mientras le sucediera algo. En la noche tampoco le pasó nada. Recorrió varias cuadras a la redonda, nadie pareció interesarse en él. Intentó recordar los colores que Mario dijo que vestía aquel día, y no lo logró. Algunos vagabundos llegaron con la medianoche, y fueron convirtiendo las bancas en camas. Él no se daba por vencido y seguía en constante movimiento. Algunas patrullas pasaban con la sirena sonando a todo volumen, eso le asustaba. Luego, la plaza se vio invadida por camionetas que sólo daban la vuelta lentamente una tras otra, y sus tripulantes gritaban, cantaban, tomaban. Traían música diferente y con alto volumen. José estaba aturdido; en su ejido las noches eran silenciosas.

Ninguna oportunidad de trabajo llegó. Ningún golpe de suerte que le cambiara la vida. Ya estaba acostumbrado a soportar el hambre. Lo que no sabía cómo manejar era el nivel de ruido que había en la plaza. En esos tres días y tres noches que llevaba en el lugar, eran pocos los minutos sin ruido. Le fue casi imposible dormir en esas bancas. Y nada le pasaba. La última noche, el taquero le regaló dos tacos, con tortillas casi despedazándose, a cambio de que barriera y regara la calle alrededor del concurrido puesto. Fuera de esa interacción con el taquero y las esporádicas pláticas con el bolero, él parecía no existir. Con falta de sueño, uno comete muchas estupideces, y él no iba a ser ni el primero ni el último. La larga caminata, las tres noches con sólo algunos minutos de sueño y el pasar inadvertido para casi todos, hicieron mella en su entusiasmo. Lo que más le dolía era ser ignorado. No entendía qué maldad encontraba la gente en él. Ya no veía a las damas tan hermosas. Ya no sentía que hubiera tanta actividad. Ya no estaba sorprendido.

En la cuarta noche, ya de madrugada, mientras barría al lado del puesto de tacos, vio un anuncio que decía: Juego de Beisbol. Mayos de Navojoa contra Tomateros de Culiacán. No sabía leer. Y, sin temor, le pidió al taquero que le dijera qué decía. Eso era lo que le faltaba para desconcertarse por completo. Al escuchar, se sintió un ignorante. No sabía qué significaba beisbol. Se aturdió. Quería dormir en el silencio del monte. Tomó sus dos quebradizos tacos y se sentó sobre el borde de la calle. Con una mano sostenía el taco, con la otra se jalaba los cabellos. No entendía nada. Al menos, en el ejido sabía que no hacer nada era lo que se hacía y que no se necesitaba nada más. Aquí era todo al revés. Todos hacían algo, todos sabían algo, todos estaban ocupados, eran libres. Acabó el último taco en dos mordidas y empezó a llorar.

Pasó esa noche dormitando en una banca. Al otro día emprendió la caminata de regreso a su ejido. Apenas había caminado treinta y cuatro minutos en la brecha cuando se le acercó una de las camionetas que transportaban personas hacia los ejidos. El viejo que manejaba le ofreció llevarlo sin cobrarle. Le dijo que al cabo iba pa' allá y necesitaba compañía para no quedarse dormido, ya que la noche previa la había pasado en una cantina de la ciudad. "¿Vendió mucha lechuguilla?". "No". "¿Trabajó mucho en la ciudad?". "No". "¡Bah, pues!, entonces, ¿qué hizo?" Le contó su historia y preguntó qué era el beisbol y por qué los indios Yaquis tenían un equipo. "¿A poco usted no sabe lo que es el beisbol?, ¿está tonto, o qué pues?, ¿de dónde es?" Al conocer de dónde era, el viejo entendió la ignorancia de José y, en lugar de burlarse, le dio lástima. Le explicó que el beisbol se jugaba en muchos ejidos de la región. Le explicó que los indios Yaquis no son los dueños del equipo, solamente lo nombraron así por ellos. Uno avienta la pelota, otro intenta pegarle con un palo que le dicen bate y los compañeros de quien la aventó tratan de atrapar la pelota. Le dijo que ese deporte lo jugaban en todas las rancherías del estado. Apostaban cervezas, fortunas y hasta hermanas. Jugar al beisbol en esa zona era cosa seria. Era raro saber de algún pueblo que tuviera un auténtico campo de beisbol; la pobreza estaba por todos lados. Jugaban en cualquier pedazo plano; no les molestaba ni el polvo ni las piedras. No tenían con qué comparar. En cualquier otro ejido, menos en el de José, todos los sábados y domingos se reunían a jugar. Unos de manera informal; otros, incluso, hasta en torneos con ampáyeres. La tradición decía que al final siempre tenía que haber al menos una hielera llena de cervezas para platicar los detalles del juego. Esas reuniones duraban mucho más que el juego; el beisbol era la excusa. Había otros ejidos que se lo tomaban muy en serio. Durante la semana iban a visitar a otro ejido para invitarlos a jugar contra ellos y para proponerles una apuesta. Así es como nació la Liga de Beisbol de Ejidos de Sonora, que, aunque no estaba muy bien organizada, sí tenía una serie final y los últimos tres años el campeón había sido el ejido de Etchohuaquila. En ese momento el viejo se dio cuenta de que José se había quedado dormido. El movimiento de la camioneta sobre la terracería, las noches previas y la historia del viejo habían sido la mezcla perfecta para que el sueño lo venciera. El viejo no se molestó; pegó dos carcajadas grandes y prendió un cigarro. Amaba tanto el beisbol que siguió contando en voz alta historias, leyendas y recuerdos de cuando él jugaba.

22.

Roberta quería que El Atado explorara el dolor y el miedo mientras estuviera sintiendo un enorme deseo sexual. Quería volverlo loco, moviéndolo entre los límites de estos sentimientos, y justo cuando se acoplara a uno de ellos, le cambiaría el estímulo y el entorno. Decenas de mujeres seguían visitando a Roberta, saludaban a Victoria, de reojo veían a El Atado, y minutos después se retiraban. Cuando abrían la puerta del cuarto, a lo lejos se escuchaba el timbre de un elevador. Victoria dijo que jamás le dirigiría la mirada. Se sentó al lado de la ventana dando la espalda a la cama.

"¿Te jodieron la vida de pequeño, o qué?". Parecía que El Atado, por fin, había entendido que algo andaba mal. Ya no quiso contestar nada a Roberta, quien estaba de pie frente a la cama. De pronto, todas las luces de la habitación se apagaron. Oscuridad total. El Atado no podía ver ni su abdomen. Alguien le colocó unos grandes audífonos. Alguien oprimió el botón de play y, a todo volumen, empezó un recital exclusivo lleno de gritos de dolor perturbadores, desesperados, como los que le había causado a Victoria. Cuando no escuchaba gritos escuchaba pasos, como si botas enormes caminaran sobre pedazos de cristales. Luego un timbre agudo y constante. Es raro que la gente pendeja entre en pánico sólo porque está en una oscuridad total. Empezó a oler a carne quemada, sintió que le faltaba aire para respirar. Juró que era carne humana achicharrada. Hola paranoia, buenas noches. Se preguntó si era posible que no sintiera dolor si le estaban quemando su piel. Empezó a escuchar tenebrosas carcajadas de una mujer. Ya no tenía espasmos, sólo tenía miedo. Volvió a intentar zafarse de las cuerdas; no quiso ser como elefante de circo. Estiró, pataleó, sólo se apretaba más, al grado de causarse cortadas y llagas en sus extremidades. Sangró, y luego sintió que en la oscuridad total alguien le lamió las heridas. Ahí se percató de que las carcajadas no estaban en la grabación, sino alguien presente las emitía. Ya no había placer ni deseo a pesar de que seguía erecto. La mente piensa en paredes en blanco, y la erección es sorda, es muda, es terca. Roberta lo estaba llevando a la frontera del miedo. El Atado pensó que gritar para pedir auxilio era una buena idea, y lo hizo sin pensar, como hacía casi todo en su vida. "¡Auxilio! ¡Ayudaaa! ¡Ayúdenmeee!". Esas fueron las únicas palabras que dijo, ya que calló al escuchar más carcajadas. Por cada palabra de ayuda, surgieron doce voces tenebrosas, doce carcajadas más, cada vez más fuertes; ya eran mínimo treinta y seis personas burlándose de él y, como ratón de laboratorio, entendió el fenómeno estímulo-efecto de inmediato y se calló. No soportaba tanto misterio, tanta ansiedad, tanta oscuridad. El olor a carne quemada se incrementaba; los gritos los escuchaba más cerca. Y así de rápido y de fácil empezó a llorar. Al instante en que la segunda lágrima caía de su mejilla se encendieron todas las luces, se abrió la cortina de inmediato, el olor desapareció. Victoria estaba aún sentada de espaldas y Roberta de pie frente a la cama. Ocho segundos después, algo o alguien le quitó los audífonos de forma abrupta. Roberta sonrió al ver que El Atado-erecto tenía el miedo metido en su rostro.

"¿Te crees muy poderoso? A ver, pendejo, te voy a poner un reto: si mueves con tu mente esa lámpara te desato y te vas como si nada hubiera pasado aquí". Aún no se reponía de la experiencia de la oscuridad; aún olía a carne quemada. Aún no terminaba de examinar su cuerpo para ver si tenía quemaduras. Aún no se recuperaba, no sabía qué contestar. Roberta comprobaba, una vez más, ser una experta manipuladora. Del deseo a la confusión, al deseo, al dolor, al miedo, y a la confusión nuevamente. "Ándale, unos centímetros te liberarían, ¿qué tan fuerte es tu mente? Mueve dos centímetros la lámpara. Haz que se caiga del buró, y sales libre de aquí". "¡No puedo!". "De veras, me decepcionas. Te rindes sin ni siquiera intentarlo. Mira, para que aprendas, idiota". Roberta miró fijamente la lámpara. Victoria seguía de espaldas fumando unos Virginia Slims. El Atado creyó ver que los ojos de Roberta se pusieron rojos, aunque ya no se creía nada de lo que veía, y eso que apenas era el principio. Roberta vio por unos segundos la lámpara hasta que ésta, lentamente, se fue moviendo. Uno, dos centímetros, la lámpara se ladeó lentamente y cayó del buró. El golpe en el piso retumbó en toda la habitación, se esparcieron los cristales del foco. Roberta sonrió. El Atado cerró sus ojos. "¿Qué chingados pasa?". "Ahora sí te sorprendes, hombrecito, ¿no? Las preguntas aquí las hago yo". Roberta se regodeaba con un andar lento, con sus plataformas Louboutin sobre los pedazos de cristal. Los ojos de El Atado crecieron cuando recordó los sonidos de la grabación. Era una producción estelar, una mezcla entre efectos especiales y realidad.

Los cristales tronaban idéntico a los de la grabación. ¿Cuándo el miedo cambia de nombre? ¿Al haber llanto? ¿Al haber orina?

"¿Quién chingados me chupó la sangre y mis cortadas?". Con esas sonrisas que tienen los poderosos y con ese tono de voz que provoca obediencia, Roberta contestó lentamente: "Te repito: aquí las preguntas las hago yo. Y también te pido que tengas al menos algo, no de clase, porque eso sería mucho pedir, sino de educación y evites decir palabras altisonantes. Esas también exclusivamente las digo yo, y sólo porque tu nivel de estupidez me fuerza a hacerlo". "¿Qué chingados te pasaaa?". Roberta cerró los ojos, llevó su cabeza hacia atrás y su mirada la dirigió al lejano techo gris de donde colgaba un candil minimalista. Apenas alcanzó a detectar dicho movimiento, cuando regresó la oscuridad total, si es que existe. Y silencio total, si es que existe. El único olor que se percibía era el de los pedos que El Atado no había podido contener. Treinta y ocho minutos de silencio casi total, sólo se escuchaba cómo tallaba sus dientes. Luego una voz de hombre que parecía de mujer, o de mujer que parecía de hombre, dijo: "Las preguntas y las maldiciones las digo yo, corazón".

Pasaron treinta y ocho minutos en calma. ¿Es posible orinarse de miedo cuando estás totalmente erecto? Juró escuchar la voz de su madre, justo como le gritaba de niño: "¡Eres un pendejo! ¡Eres un pendejo!". Lloró, y, cómo ya había sucedido antes, a la segunda lágrima todo se iluminó. "¿Quieres intentar con esa otra lámpara?". El Atado rápido negó con la cabeza. Ahora temblaba, sudaba, tenía frío y calor al mismo tiempo. Malditas perlas. Roberta y Victoria estaban sentadas frente a la ventana, parecían estar estáticas. El Atado descubrió dos grandes reflectores al lado de la cama, apuntando hacia él. Pasaron otras noches en calma y silencio.

Alguien tocó la puerta. Roberta abrió y abrazó a la bella mujer que llegó. Era Rebeca, quien tenía caireles café oscuro, ojos verdes, pechos chicos, dientes muy blancos, labios carnosos, cadera ancha, trasero duro y muslos atléticos; sus únicas pequeñas imperfecciones eran dos cicatrices en el lado derecho de su frente. Era tan bella que incluso esas marcas se veían elegantes y sensuales. Tenía que ser famosa; alguien así no se encuentra en cualquier lado.

Las dos se pararon frente a la cama; El Atado no soportaba más el dolor en los testículos. "¿Te acuerdas de ella?". En esas condiciones él no iba poder reconocer a nadie. Entre las perlas, la paranoia, el deseo y el dolor, y todas las cosas extrañas que estaban pasando, tenía la esperanza de que estuviera soñando. "¿Que si te acuerdas de ella?". El Atado guardó dos lágrimas para el siguiente apagón. No la recordaba. "A Rebeca la conociste en el bar del Quinta Real, en Monterrey. Ella representa al menos a otras diez a las que les hiciste lo mismo. Llegaba a trabajar a la ciudad esa semana, y los jueves las viajantes se sienten más libres. Tu carácter seductivo te permitía acercarte a ellas sin causar ningún temor; al contrario: causabas emoción sólo con tu físico. Me molesta tanto la falta de estima en una mujer bella. Es impresionante cómo los gritos de los padres maltratan egos, tatúan heridas, siembran desconfianza. La belleza de Rebeca es irracional, sin embargo, ella no se sentía bella. Es totalmente inexplicable, no tenía motivos para creer eso. Se miraba al espejo y veía a otra persona; se veía unos huecos abajo de sus ojos, unas ojeras enormes. Sentía sus mejillas gigantes, pero en realidad ella no era así. La belleza de Rebeca era tan grande que parecía irreal;

quizá por eso no se la creía. Era tan perfecta e inmaculada que muy pocos se animaban a interactuar con ella. Su hermosura intimidaba a todos, por eso estaba sola. Ella creía que simplemente no era tan bella, porque nunca había tenido suficientes pretendientes. Tenía pocos amigos, incluso pocas amigas, ya que a muchas se les dificultaba estar bajo la sombra e influencia muda de su belleza. Así que ella era tan vulnerable como su belleza. Era la presa perfecta para ti, y pusiste en marcha tus redes, contactos, ayudas, pastillas, y tu conversación, malísima, por cierto. En el bar de altos techos y murales que en algún siglo han de haber venido al caso, le llegaste a su mesa con una excusa tan estúpida: ¿Nos conocemos? ¿No te llamas Marcela? Y luego sonreíste, y ella con la sonrisa tuvo. Tus manos de nuevo se movieron rápido sobre sus bebidas. Su amiga más cercana vivía en Polanco, en la Ciudad de México, a miles de kilómetros de ahí. Estaba totalmente a tu merced.

Antes de conocerte, su plan era tomar dos margaritas e irse a su cuarto a raspar sus dedos en el cristal rectangular de su tableta. Pero ante tu presencia tan sensual, tan ingenua e inofensiva, volver a su habitación en ese momento le pareció una idea muy mala. Tu sonrisa y lo que tus manos veloces aventaron en su margarita, ante la distracción de tu amiga la mesera, la convencieron de salir contigo. La mecánica era un poco diferente; el objetivo, el mismo. En lugar del Hard Rock de la Ciudad de México, esa noche fue el Nirvana de Plaza Fiesta. Caminaron las tres cuadras con las montañas viéndolos. Las estrellas estaban bloqueadas por el smog. Olía a humo de calderas. Llegaron al Nirvana, tú; querías regresarte a su hotel, ella; deseaba pasar toda la noche ahí.

Entre cervezas y esnifadas aderezaste tu noche; sólo así podías aguantar la monotonía de esperar a que las pastillas que pusiste en su bebida hicieran efecto. Tan inútil que no funcionabas sin herramientas; tan dependiente como siempre. Rebeca estaba tan extasiada como nunca, malditas perlas. Le hubiera gustado mucho que sus amigas de Polanco la vieran con alguien como tú. La vanidad la atacaba. Perdía tiempo raspando sus dedos en el fuerte cristal de su móvil. Tomaba, editaba y mandaba fotos estúpidas. Perdía tiempo esperando likes en su cuenta de Facebook. Unos cinco likes causaron más furor que uno de tus besos: ironías modernas. Brincó arriba de la mesa cuando recibió el like de una amiga que no era tan amiga, y que por lo mismo quería que la envidiara. Las estrellas desaparecieron junto con el pudor de Rebeca: deseaba que en la mesa la tomaras. Tú, esa noche sólo querías tomar sus tarjetas. Eres un hijo de puta. Eres un pésimo ladrón, sin las pastillas no armabas nada.

Entre la pastilla que le pusiste a su bebida, más su furor de ser socialmente envidiada por estar contigo, más su borroso juicio, más su debilidad ante hombres como tú, bueno, ante cualquier hombre que se le acercara, ya que eran muy pocos; ante todo eso, ella y su Master Card corrían peligro. Lo último que recuerda Rebeca es cuando estaba contigo en el estacionamiento de Plaza Fiesta y caminaban hacia el hotel. Tú, ahorita, recordarás más. Más te vale. Entraron juntos al cuarto; la venías arrastrando desde el pasillo. En el cuarto la aventaste a su cama. Ahí terminaron tus actuaciones. De buenas que, o estabas mejorando un poco como ladrón, o tenías tendencias homosexuales, no se te antojó hacerle nada físicamente. Ahí la tenías en su cama, vociferando que la tomaras. Un rato de diversión al menos, y no quisiste. Sólo te le quedaste viendo, hasta que finalmente tus pastillas jalaron sus párpados abajo.

Abriste la bolsa Coach, rosa brillante, que combinaba perfecto con sus ojos verdes. Hiciste lo que habías preparado. Volteaste una vez más a verla. Por segundos dudaste: la puerta y la huida, o ella y la cama. Era de esperarse que ibas a elegir ir por ella, pero lo que hiciste ya te puso en un nivel muy bajo. Unas horas después, Rebeca despertó con un dolor de cabeza, como si taladraran su cerebro. En su aliento sentía una mina entera de plomo. Sentía fuego dentro de ella y, cuando intentó levantarse para ir a vomitar, se dio cuenta de que estaba amarrada a la cama, un nudo en cada extremidad, una cuerda a cada pata. ¿Te suena ahora familiar? Sólo alcanzó a girar su cabeza para vomitar aún ahí acostada. Estaba desnuda. Prefería el aliento a vómito que al del plomo. Se vio una cortada en su abdomen bajo, del lado izquierdo. Tenía una cicatriz y sangre. Empezó a recordar algunas imágenes de la noche previa. Se espantó y gritó. Pero era uno de esos extraños hoteles en los que nadie escucha nada. Llena de miedo y coraje, jaló con fuerza su mano derecha y se zafó. Hasta para hacer nudos eres malo. Seguía gritando mientras su mano tocaba la sangre seca que había en su abdomen. Una herida con hilos uniendo su carne. Se mareó, se le nubló la vista, le dio asco, le temblaban las manos, su pulso perdía el ritmo. ¡Gritaba! ¡Gritaba! Sus pupilas se le dilataron. Lágrimas frías corrieron por sus ojos.

Le era muy difícil entender lo que pasaba. Temblaba como si tuviera síntomas de abstinencia por Clonazepam. Gritos. Al levantarse, de nuevo vomitó; era un alivio dejar de sentir el plomo en su boca. Veía neblina y bruma en toda la habitación. Se cayó y golpeó su cabeza con el marco de la puerta del baño. Más sangre. Ahora una cortada en su frente. Lloraba ante el espejo del baño, quería recordar algo. Palpó la herida de su abdomen y no sintió dolor. Al tocarla, descubrió que no era tal. Era un simple hilo café que simulaba unir su piel. No tenía cortada. No tenía sangre. Era salsa. Era tu pinche broma pendeja. Su mente estaba tan aturdida que no pudo procesar toda esa información. Su cerebro no entendió el mensaje y se desmayó. Al caer en el baño se golpeó una vez más la cabeza, ahora contra el sanitario. ¡Voltéala a ver ahorita, imbécil! ¿Le ves esas cicatrices? Tú las causaste. ¿Ya te acordaste de ella?". El Atado realmente no la recordaba; quizá eran las perlas mágicas, quizás era su mísera memoria. "Estuvo inconsciente, tirada en el piso del baño por cuatro horas. Su sangre chorreó y corrió entre los mosaicos del piso del baño. Despertó al sentir el sabor de su sangre en la boca. Batalló para incorporarse, así como para recordar lo que había pasado esa mañana. Una hora después lo recordó todo, incluso lo de la noche previa. Vio su sexo, buscando señas tuyas. No encontraba nada. Pensó que en su celular tendría varias llamadas perdidas, pero te lo habías robado. Su IPad estaba en la caja de seguridad; para eso son. Pensó que encontraría una ristra de correos buscándola, la verdad es que nadie la había extrañado, la vida de todos había seguido igual, era un día normal, likes a fotos, likes mentirosos, likes idólatras. Mucho de lo que había temido toda su vida se le había aparecido en sólo unas horas. Ni a quien iba a ver ese día la había extrañado".

23.

Mis piernas temblaban mientras subía las escaleras principales de la entrada del club. Fui al baño para tirar la playera, ponerme la camisa elegante, secar el sudor e intentar peinarme. Mi corazón pateaba duro. El salón tenía los techos muy altos, y justo sobre la pista, había un candil enorme. En mis momentos de valentía levantaba la cara para buscarla. En mis momentos de cobardía sólo bajaba la mirada y me perdía en la multitud. Mi camisa blanca y de manga larga tenía unos estampados extraños en diferentes tonalidades de blancos; el diseño quizá ahora estaría de moda, pero en ese entonces ya iba una generación atrás. Algún tío me la había regalado. Para las mangas tuve que usar unas mancuernillas que el abuelo me había dado, a pesar de que casi nunca hablaba conmigo. Y para la fragancia, la cual tenía que disimular el sudor de mi caminata, usé una loción de mi padre, que seguramente estuvo de moda en la década previa.

Podía estar seguro de que nadie traería una camisa como la mía y eso me hacía sentir orgulloso. Estaba seguro de que nadie en ese baile estaba tan nervioso como yo. Estaba seguro de que nadie sería capaz de amarla como yo. Sólo necesitaba verla, tomarle sus manos, y a partir de ahí todo se conectaría y fluiría en automático. No conocía a nadie, lo cual era bueno. Si algo extraño sucedía o hacía el ridículo, al menos mis amigos y conocidos no se enterarían. Caminaba entre la gente esperando que nuestros hombros volvieran a chocar por accidente. Ya había recorrido las cuatro esquinas del salón en dos ocasiones y no la encontraba. No me importaban la música, los refrescos, ni los elegantes canapés: una parte de mí la quería encontrar. ¡Vamos, Roberta! ¿Dónde estás?

Pasó una hora. Algunas personas ya me habían reconocido. Un pendejo me preguntó por qué no traía mi camisa roja. Extrañaba los bailes al aire libre. El techo bloqueaba las estrellas. Salí a una terraza enorme. Allá casi no se escuchaba la música. Había poca luz, por lo que estaba lleno de parejas y algunos grupos de amigas que preferían pasar el tiempo platicando. Ya había buscado ahí en dos ocasiones. Adentro *Sweet Child of Mine* reventaba las bocinas y los candiles se movían. Y yo seguía sin encontrarla. Volví al salón, y apenas llevaba dos pasos adentro, cuando una mano que olía a flores y caramelos tocó en mi hombro. Me detuve por completo, fue lo único que pude hacer. Mi cuello no obedecía, mi tronco estaba estático. ¡Gira, cabrón! ¿Estás de acuerdo con que en esa situación un segundo inmóvil puede parecer veinte minutos? ¡Sí, que ansia! ¿Quién era, Santiago? ¡Dime! Realmente no supe cuánto tiempo me tardé en voltear. Cuando finalmente mi cabeza iba girando lentamente, ella me dijo: ¿Vamos a bailar? ¿Queeeé? ¿Quién era? Sin importar quién fuera, el contacto físico a esa edad es un arma poderosa; súmale ese olor sublime y, sobre todo, el descaro de ser diferente, de ir contra las reglas y animarse a sacar a bailar a un hombre. Recuerda que eran los ochentas. Los ojos se conectaron, las sonrisas se engancharon y ella entendió que eso era un sí. ¡Mejor aún! Veía mi mente, entendía mis pensamientos. Me tomó de la mano y me llevó a la pista. Deseé que algún amigo y muchos enemigos me vieran de su mano, que vieran que ella me había invitado a bailar.

Jamás voy a olvidar ese momento cuando tocó mi hombro y al mismo tiempo percibí su aroma. Tenía una sonrisa diferente; hacía que me gustara y que me asustara en el mismo instante. Pat Benatar pedía ser golpeada, *Hit me with your best shot*, y ella me tenía noqueado con su táctica precisa: contacto, olor, mirada. Bailábamos como si brincáramos cuando Kiss cantaba *Rock'n Roll All Nite*. El color de su cabello cambiaba dependiendo de la cantidad de luz que recibía, y justo cuando iba cayendo al piso, después de dar un gran brinco con Van Halen, la sensatez entró de golpe a mi cabeza; nuestra conexión de miradas terminó abruptamente, mi sonrisa se zafó de la de ella. Roberta no podía verme bailando con alguien más, mucho menos verme tan feliz con Andrea. Era lo más estúpido que había hecho en los últimos meses. Def Leppard tomaba fotografías de forma histérica, Poison sólo buscaba buenos tiempos y yo me quería desaparecer. Sentía que Roberta me estaba viendo desde algún lugar de la jungla de envidiosos a la cual Guns'n Roses nos daba la bienvenida. Los ruidos dentro de mi cabeza eran mayores a los que sentía Quiet Riot. No debía verme con otra mujer. Y ahí iba de nuevo, junto con Whitesnake, a destruir un momento, a caminar la abandonada calle de los sueños. Y finalmente, mientras Def Leppard pedía que le vertieran azúcar, yo sentía que ya lo había perdido todo. Estaba seguro de que Roberta me había estado viendo todo ese tiempo, y si no, alguien le contaría mi atrevimiento. Lo único que se me ocurrió decir fue: Ya me cansé; te invito un cigarro en la terraza. Si estás a punto de criticar mi estrategia, contente, porque casi le decía que tenía que irme al baño. Creo que funcionó mi plan, porque aceptó.

Salimos a la terraza; me agradó la oscuridad. Recargados sobre la barda de la terraza de ese segundo piso, fumamos. Aún no hablábamos mucho, y ya sentía una conexión especial con Andrea. Obviamente, la información que me había dado en la tarde era muy valiosa. No sé si era la oscuridad, pero ahí le descubrí una ambigüedad a su sonrisa. Y me preocupó. Sin la emoción de ser tocado por ella, con el olor del tabaco ganándole a su perfume, su belleza perdida en la oscuridad y sin el éxtasis de bailar buena música, sin todo esto, pensé que quizá ella me había mentido. Quizá a quien yo buscaba ni se llamaba Roberta ni iba a estar en ese baile; quizá ella sólo quería estar conmigo. La empecé a ver diferente: su brillo ahora era oscuro. Luego recordaba lo amable que había sido en la tarde cuando me dio el aviso. A-ha cantaba *Take on me*, cuando, entre una infinidad de cuerpos, de sombras y de reflejos, del otro lado de la terraza la vi. Ajá, la vi, así de simple. Y después de tanto, ahí estaba ella. Me sorprendí de no estar temblando de miedo. Me preocupé de que me hubiera visto bailar.

Sentí como si hubiera más luz en la terraza, veía un camino libre entre Roberta y yo; el destino movía cuerpos para que entre tanta distancia la pudiera ver. Mis piernas temblaban de nuevo; mis axilas estaban mojadas. El cigarro parecía quemarse más rápido. Andrea vio el brillo en mis ojos y se dio cuenta de que la había encontrado. Parecía que tenía poderes. Déjame dos cigarros y vete. Ahí está tu gran amor. Le dejé todos los que se cayeron cuando, temblando, agité la cajetilla. Metió sus manos en mi nuca, sentí sus elegantes uñas moviéndose entre mis cabellos y me agradó esa sensación. Me jaló hacia ella y me dio un beso en la mejilla. Rick Astley cantaba mientras ella me decía que siempre podía contar con ella. Aún con el placer de sentir sus dedos moverse con autoridad sobre mi nuca y mareado de su olor en mi mejilla, me retiré. Apenas le pude decir gracias. ¿Por qué la noche que encuentro a Roberta me pasa esto con Andrea? ¿Por qué no la vi en cualquiera de las otras fiestas, bailes y reuniones en las que deambulé lleno de tristeza? ¿Por qué se tiene que juntar todo? ¡Ya sé, Santiaguito! A mí me pasa igual: sé exactamente a lo que te refieres y da demasiada ansia. ¡Síguele, güey!

Al estar a cinco metros de Roberta, dejé de escuchar música; todo empezó a suceder en cámara lenta. Mis pies estaban más pesados; parecía que estaba sobre una caminadora y no lograba acercarme a ella. No había visto con quién se encontraba. No sentía mi cuerpo. Había soñado tanto con ese momento, que ahora que lo estaba viviendo no lo sentía real. ¡No mames, Santiago! Típico. No te sientas mal, así me ha pasado muchas veces. Se sentía como otro pensamiento más de los tantos que había tenido con ella. ¿Qué le digo? Pensé llegar directo, tomarle sus manos, y decirle que la amaba desde que nuestros hombros habían chocado y que no me separaría de ella jamás. Entendí que el cielo es un lugar en esta tierra, mientras sentí que Belinda Carlisle me cantaba al oído. Luego sentí que era una idea pésima. Me decía que no lo hiciera; sin embargo, no podía procesar otro plan.

Crucé la terraza; me vio y, en ese instante, el firmamento se estremeció; las estrellas no se podían ver por el brillo de su cuerpo. Millones de luciérnagas la iluminaban. Ahí estábamos los dos, frente a frente, a dos metros de distancia. El corazón pateando. Mejillas calientes. Manos temblando. Ojos abiertos al máximo. Tenía que acercarme a tocarla y confirmar que era real. Los Pet Shop Boys ambientaban los metros que me faltaban para llegar a ella y decirle que siempre había estado en mi mente. Valor. Valor. Luchaba por convencerme de que no importaba mi cara de estúpido, ni el notorio temblor de mis extremidades, ni el ruido de mis dientes al chocar. Luchaba por no irme. Luchaba por encontrar las palabras adecuadas, me llegaron millones de dudas, millones de miedos. ¡Santiago, por Dios! Es que, Emilia, entendí que mi historia de ella era muy diferente a su historia de mí. Entendí que era muy probable que no me recordara. Sus ojos como relámpagos, ahora con toda intención, caían en mí. Sus cejas sonrieron. Mi boca se apretó, respiré hondo y, justo cuando estaba a punto de girar y huir, el recuerdo de mi mano en su cintura me hizo recapacitar y di otro paso hacia ella. ¡Eso, cabrón! Bien hecho, Santiago.

24.

Cuando José despertó tenía su mejilla derecha sobre el marco de la ventana de la camioneta. El viejo seguía con su charla acerca de beisbol. Llegaron al ejido y se quedaron algo más de tiempo platicando para robarle unos minutos al día. José estaba triste, bajó derrotado de la camioneta. A pesar de sólo haber estado fuera unos días, ahora veía incluso más miseria. Se venció. Entendió por qué lo mejor era no hacer nada. Aceptó que ese era el mundo al que pertenecía y dejó de luchar. No se cuestionaría nada más. No más actos de rebeldía. Y, así, la tristeza lo envolvió. Noche a noche, día a día, no hacía más que sufrir. Simulaba trabajar en la labor, todos hacían lo mismo; a eso no se le podía llamar labor. Si eso iba a dar algún tipo de frutos, sería por alguna falla de la naturaleza.

Las semanas se juntaron sobre su espalda. Nada cambiaba: la tormenta diaria de las tres de la tarde, el calor insoportable, los espíritus, los brujos poderosos que no se animaban a llegar a ese lugar, la ausencia de las víboras, y Mario sin regresar. No se había repetido la lluvia de agua de jamaica. La monotonía es una lija constante a la memoria. Estaban tan enfocados en sobrevivir, que no vivían. Estaban tan perturbados por la miseria que no recordaban nada, no sabían nada, no hacían nada. Llevaban semanas sin encontrar plantas de lechuguilla; por lejos que caminaran, por temprano que se levantaran, no había más plantas. Esperaban que la cosecha se pudiera recoger antes de lo normal para evitar algunas muertes. Dicen que el hambre duele como si te estuvieran sacando el estómago jalando desde tu boca con un gancho, por eso las caras con gestos de dolor continuo.

Eran las dos treinta y cuatro de la tarde, justo la hora más caliente del día, unos minutos antes de la tormenta, y por primera vez a José le dieron ganas de morir. Se venció, hipnotizado por la soledad, alucinando espejismos de alegría, había llegado a su límite. No tenía más fuerzas. Ya no quería luchar ni sufrir. Ahí nada iba a cambiar. Estaba recargado en la débil reja de palos y alambres de púas del único corral del ejido, en el cual sólo dos burros flacos permanecían ahí desde hacía años. Enderezó su cuerpo y, sin decir nada a nadie, caminó hacia la tormenta. Arrastrando sus pies, como todos lo hacían, fue dando pasos lentos. Nunca volteó atrás a ver por última vez el ejido de los corazones tristes y las caras iguales. Iba directo al centro de la tormenta. Se dirigió al punto más oscuro. Quería ser succionado. Y caminó, y por fin pudo lograr algo que quería. Los fuertes vientos cruzados con remolinos al centro lo levantaron y, aunque parezca irónico, José sonrió. Se escuchó a los Cardenales de Nuevo León tocando alegremente el acordeón mientras cantaban *Con dinero puedes*. Cerró los ojos desde que perdió el piso, y juró que jamás los volvería a abrir. Dentro de la tormenta flotó o voló muy arriba de su ejido. Se movía tan veloz que parecía inmóvil. No dejaba de sonreír. Parecía estar perdido en la gravedad cero de la tristeza. Nunca había sonreído tanto tiempo. Se sintió emocionado justo antes de morir. Todo se empezó a mover rápido. La tormenta reclamó su invasión y lo expulsó. Al sentir la velocidad con que volaba frunció el ceño, apretó más los ojos, en su cara aún mantenía una osada sonrisa. Voló más de ochenta metros, o kilómetros, o segundos, o minutos. Se cayó de la nube que andaba. Cayó en alguna brecha vieja, seca y ardiente. Su cuerpo inerte permaneció horas bajo el sol. Algunos zopilotes ya volaban en círculos sobre él. No había nadie ni nada cerca. Cuando te mueres no hay nadie cerca. En su cara aún estaba la sonrisa. Murió feliz alguien que había vivido triste.

Sólo se escuchaba el siseo de los zopilotes cada vez volando más bajo. La tierra estaba tan seca que cualquiera podría asegurar que hacía años que no llovía ahí. Sangró de la nariz, y las aves de rapiña entraron en una violenta exaltación; su carroñero ánimo estaba perturbado. Algunos zopilotes estaban en el piso a unos metros de él, otros volaban muy bajo, y dos de ellos ya estaban parados en su espalda picoteándole el cuello y la nariz. Se oía un rumor subir por una loma cercana; se veía una polvareda de unos seis metros de altura. El triste ritmo del corrido *Dos Amigos*, de los Cadetes de Linares, se empezó a escuchar. El polvo, el rumor y el triste acordeón se acercaban. Los zopilotes sorprendidos se miraban entre ellos. Por más triste que fuera el ritmo en ese rumbo nunca se había escuchado música. Las aves carroñeras estaban confundidas, pero el olor de la sangre las tenía extasiadas; de esas veces que el placer ciega. Cuando los zopilotes pensaban que estaban por tener un festín, de la loma salieron quince perros que ladraban con odio y corrían hacia ellos. Entre la nube de polvo que levantaban se pudo detectar la figura de César, El Loco De Los Perros, que corría hacia su amigo.

Los cobardes zopilotes volaron siseando. Era la primera vez que César veía una sonrisa en la cara de su José. Con la mirada calló a los perros que festejaban su fácil triunfo sobre las aves negras. Giró boca arriba a su amigo; su cara lo hacía sonreír. Él venía renovado de con los indios; entusiasmado, lleno de conocimientos y alegrías. Y José ya no tenía nada, ya se había dado por vencido, ya estaba muerto. Por algo a César le decían El Loco, y los locos son muy tercos. Le tomó la muñeca derecha a su amigo y detectó pulso. Pareciera que los perros también, ya que varios ladraron. Tenía un pulso débil, sin ritmo, pero aún algo se movía dentro de José. Sacó un aceite hecho por los indios yaquis, que le habían dicho que era sólo para urgencias, lo untó en el pecho y atrás de las orejas de José. El fuerte olor a eucalipto del aceite hizo estornudar a un perro. César esparcía el líquido en círculos. La sonrisa de José se fue esfumando. César miraba asustado cómo su buen amigo se moría entre sus manos. Cuando la sonrisa desapareció por completo, José abrió de golpe los ojos: estaba de vuelta. Dejó de sonreír porque venía de regreso a este mundo.

Aletargado, no podía expulsar palabras por su boca. Pensó estar en el cielo con su amigo. Aquí estás José, en tu tierra, en medio del monte. La primera palabra que pudo emitir José fue: infierno. César le preguntó si lo había visitado, José contestó que era donde estaban en ese momento. Encontraron una sombra. César le dio de beber una infusión que también los indios le habían regalado. Le siguió untando aceites que seguían causando que algunos perros estornudaran. Los perros, callados, estaban sentados alrededor de los dos amigos. José durmió por horas. Los perros no emitían ningún ruido, ni siquiera cuando escuchaban los ronquidos profundos de José. La oscuridad le ganó la batalla al sol, y César decidió pasar la noche ahí para no disturbar el sueño a su amigo.

Durante la noche, César identificaba constelaciones y se las describía a sus perros. Le puso trapos mojados en la frente a José. Colocó cuarzos en las esquinas del improvisado campamento. Quería evitar que alguna ánima se le metiera a su amigo aprovechado lo débil de su aura. Seguía viendo las estrellas y haciendo trazos al aire con sus dedos. Sonrió cuando vio seis estrellas que no identificó, luego volteó a ver a su amigo y asintió. Se quedó dormido con una sonrisa congelada en su rostro, en ese instante los perros se levantaron, exhalaron aire tibio y formaron un círculo alrededor del campamento.

Ambos durmieron tan bien como Mario lo hacía en su cuarto de lujo con aire lavado y recibiendo las caricias de las dos sirvientas, a pesar de que sus cuerpos sólo estaban separados de la tierra y las piedras por una gruesa colcha. Ocho segundos antes de que el primer rayo de luz penetrara la oscuridad, César abrió sus ojos. Alcanzó a ver unas estrellas. Señaló con su mano derecha el lugar exacto por donde llegaría el rayo. Ocho, siete, seis, cinco, cuatro, tres, dos, uno, y justo donde su índice apuntaba, ahí llegó el primer rayo, parecía que su dedo lo tocaba. Decían los indios que así tomabas energía del sol. Contó cuatro segundos: Cuatro, tres, dos, uno, y cantó al unísono con dos lejanos gallos. Desayunó unas yerbas que sacó de su bolsa cruzada color café. Con una pequeña rama, sobó la nariz de su amigo. José despertó estornudando y pidiendo explicaciones. "Yo me quería morir, César". "Te falta mucho para morir, amigo". "No voy a abrir los ojos, eso lo había jurado". César se divertía al ver hablar a su amigo con los ojos cerrados.

La manada de los caninos tenía desde dóbermans, pitbulls, pastores alemanes, rottweilers, pero, ante su amo, parecían tiernos schnauzers. José no preguntó mucho; César nunca explicaba de más. Caminaron por días. Dormían en el monte, se detenían en algunas rancherías para que César hablara con los líderes de ahí y luego se retiraban. Los primeros días fueron divertidos para José, no tenía nada que hacer. Sin embargo, después de una semana se aburrió de andar sin sentido, y se animó a hacerle preguntas a su amigo: "¿Qué chingados estamos haciendo, César, pues?". "Tú confía en mí, pinchi José. Estamos haciendo un plan". "¿Dónde habías andado?". "Con los indios. José, en nuestro ejido hay pura muerte. Si vuelves al ejido, ahí te mueres, pues". "¿Y qué?". "¡Voltea al cielo, pinchi morro!". "¿El cielo, pues?". "¡El cielo, pinchi vato! ¿Qué te gritan las estrellas?". "¡No chingues, César! ¡No puedo ver las estrellas!".

Pasaron varias semanas con amaneceres viendo el primer rayo de sol. Seguían visitando ejidos y rancherías, y por la noche veían el cielo estrellado. José no cuestionaba; caminaba metros atrás de su amigo, arrastrando sus pies con todo el peso de sus tristezas. La manada de perros los protegía alrededor de ellos. No se acercaba nadie.

Del cielo te va a caer una señal, dijo César. José no entendió, pero no quiso preguntar y mejor le contó del método que usó para intentar cazar las víboras. Los dos soltaron carcajadas. Al menos en algún rincón del cerebro de José quedaban algunas neuronas creando energía; dando la contra al resto de su ser.

Los indios le habían enseñado a César que todos tenemos un carácter escondido, y ese es nuestro auténtico yo. Decían que es lo que hemos ido guardando con los años por miedo a desnudarnos tal como somos, entonces, en defensa propia, escondemos a nuestro verdadero ser, nuestros miedos y deseos, todo por temor a ser juzgados. Le dijeron que la clave es encontrar las verdaderas personas dentro de cada una de ellas, aunque esa búsqueda pueda ser peligrosa.

Entre tantos lugares que recorrían en un mismo día, José ya no sabía por dónde había salido el sol. Caminaban por horas; llegaban a ejidos, rancherías, y César charlaba con los más viejos de cada lugar; al final, casi siempre los residentes se reían. César siempre se retiraba callado, con una minúscula sonrisa en su cara. En el ejido que estaban visitando esa mañana había un mezquite en el centro de una pequeña laguna. Se parecía al del ejido de José, éste sólo estaba verde la mitad del lado izquierdo, el resto estaba seco, y de ahí colgaba un cráneo de vaca. José pensó que eso era una mala señal, y le dijo a su amigo que ahí ya habían estado. "Sí señor, ora venimos a cosechar". "¿Qué, pues?". "Sólo no te separes. Quédate a tres pasos de mi espalda, y siempre dentro del círculo de los perros". "¿Qué, pues?".

César caminó con determinación directo al único granero del ejido, el cual estaba oxidado y parecía que fuera a caer en cualquier momento. José no entendía nada. César sonreía y con sus manos daba instrucciones a su manada de perros; quienes callados obedecían. Los perros lo rodeaban; los últimos apresuraban a José para que no se quedara atrás. "Siempre a mi espalda y dentro del círculo de los perros. Póngase al tiro con mis señales".

"¿Qué pasa, César? ¿Qué chingados es esto?". César se llevó su mano derecha a la cintura del lado izquierdo, sacó algo de abajo de su pantalón, se paró un metro antes del portón del granero. Volteó a ver a los perros, volteó a ver a José, dio un gran respiro. Adentro se escuchaba música norteña y carcajadas. "¿Listo?", José se quedó callado, no entendía nada. César frunció el ceño, apretó los puños y de una patada abrió el portón del granero. Lo que vio José le dejó el cuerpo helado, no podía moverse.

25.

Con la mirada perdida en el piso, Rebeca tomó un taxi y huyó al aeropuerto. Tenía la esperanza que el viaje de regreso a la Ciudad de México le ayudara, pero no. Los viajes no son tan poderosos.

Perdió sus amistades, su paz mental y la habilidad para dar tres respiraciones sin voltear asustada a su espalda. Creía estar enferma de cualquier cosa todo el tiempo. Tenía miedo de morir sola. Veía el rostro de su atacante escondido entre la gente. Sentía que la perseguía. No podía pasar doce segundos sin pensar en él y en todo lo que le hizo, lo que le pudo haber hecho, sobre todo, en lo diferente que era su vida después de aquel desafortunado evento. Ya ni recordaba por qué no era feliz antes de ese ataque; ya ni recordaba qué le preocupaba. No podía dejar de arrepentirse de haber hablado con ese extraño. Desde entonces no ha podido entrar a una habitación de hotel, hasta ese día en que se encontró con Roberta y El Atado-erecto. No puede comer nada que sea rojo, mucho menos tomate, ya que le recuerda ese maldito día. La gente que la veía no podía entender cómo alguien tan bella estaba tan loca, tan trastornada, tan triste. Su apariencia seguía siendo hermosa, elegante, arreglada, pero sus problemas se detectaban en cuanto iniciaba a hablar: tartamudeaba, tallaba sus dientes entre cada palabra hasta hacerlos rechinar. En el primer minuto de la conversación hacía referencia a las dos cicatrices de su frente, a pesar de que nadie le preguntara por ellas, a pesar de que nadie las veía. Desvariaba. No podía mantener una conversación normal sin sacar a tema sus miedos, sus tics, y todo empeoraba cuando empezaba a contar historias de abusos, violaciones y asaltos. Su imagen hermosa no coincidía con su comportamiento. "¿Ya te acordaste de ella, hijo de puta?". Cuando Roberta subía el tono de voz, se sentía un poder inmenso. El Atado seguía erecto. Es probable que Roberta le siguiera dando algunas perlas mágicas disueltas en los esporádicos tragos de limonada que le compartía.

Cuando Rebeca abrazaba a Roberta, volvió la oscuridad total. A El Atado le colocaron de nuevo unos audífonos. Escuchaba gritos de dolor. Carcajadas tenebrosas. Quería llorar de inmediato para detener el trance; dos lágrimas lo habrían de liberar de nuevo, pero, en esa ocasión, el miedo que sentía no le permitía llorar. Sus músculos estaban duros. Y sí: su pene seguía erecto, a pesar de todo.

Le llenaba de ansiedad la ceguera que la causaba la oscuridad. Un olor hediondo le entró a su ser. Sintió que le insertaban excremento por su nariz, oídos y ojos, y que poco a poco iba penetrando por cada orificio de su ser. Centímetro a centímetro, la mierda avanzaba dentro de él.

Roberta ambientó el momento cuando dijo: "Dicen que la mierda atrae a la mierda". Su acento, su tono y el volumen de su voz resonaban con un sentido de poder tremendo y a la vez con una pizca de sensualidad. Aunque para El Atado todo era sexual en esos tiempos. Todo era excitante y confuso: deseo, miedo, sumisión, llanto y, de nuevo, el deseo. Sudaba en exceso; los gritos le asustaban. No sabía cuál era su mayor miedo, ni su mayor dolor, ni su mayor deseo.

Y, cuando crees que nada podía estar peor, en ese justo instante, las cosas empeoran. Así le sucedió a El Atado cuando, dentro de las grabaciones, escuchó voces conocidas. Hablaban de él; alguien las entrevistaba, les pedían referencias laborales de él. Las voces lo describían como un excelente profesional, alguien que sería capaz de tener un gran desempeño en el trabajo por el que estaba aplicando. Se podía percibir orgullo en las voces. Las madres a veces son tan ciegas; el amor las turba. La grabación se interrumpía por el ruido de relámpagos; luego se escuchaban coros gregorianos asustados, volvían las carcajadas tenebrosas y las voces de las hermanas y de la madre recomendando a su querido hermano e hijo. Su madre mentía describiendo las bondades de su hijo, porque así son las madres: mentirosas por amor. Sus hermanas mentían porque querían que se fuera de la casa, que tuviera un trabajo decente y dejara de robarle el poco dinero que su madre ganaba lavando ropa. Uy: Roberta había tocado unas fibras nuevas y mucho más sensibles de lo que el mismo atado creía.

Seguía con atención las voces de sus familiares; esto hizo que el resto de los ruidos de la grabación dejaran de perturbarle. Incluso, el fétido olor a excremento ya no le afectaba. Un caballo podría estársele cagando en su cara y a él no le importaría. El orgullo es poderoso. Jamás había escuchado a alguien hablar tan bien de él. Sintió felicidad hasta que el tono en las voces fue cambiando. Sus cejas se arquearon ante el desconcierto: las voces se distorsionaron y se escuchaban nerviosas. Más relámpagos, más coros asustados, más ruidos de taladros fortísimos, más llantos, más gritos asustados, voces espantadas, dolor. Y de la felicidad y el orgullo, volvió rápido al pavor, la confusión y el caos.

De pronto silencio, aunque sólo unos segundos, hasta que su madre lo rompió con un grito intenso y desesperado: "¡Noooooo! ¡Nooooo! ¡Por Diooos Santo: nooo!". El Atado jaló fuerte su brazo derecho causándose más heridas en su muñeca, y de nuevo algo o alguien, digamos una lengua, se movió desde la mitad de su brazo y, lentamente, dejando un camino de humedad, llegó hasta su herida y le limpió la sangre a lengüetazos. Maldita oscuridad. No encontraba aire ni para gritar; capaz que sí lo habían llenado de excremento. Su impotencia, su ansiedad y su miedo eran tan grandes que no podía hablar. Empezó a sentir pánico; sus sentidos estaban alterados, todos controlados por Roberta. Su corazón empezó a latir más fuerte; quería que se le reventara. Quería que algo lo liberara de esa tortura. Empezó a sentir escalofríos. Obvio que Roberta eso ya lo había previsto. Aire helado empezó a soplar justo enfrente de él. Imaginó que un enorme ventilador industrial estaba en la orilla de la cama, aventando aire a cuatro grados centígrados y a sesenta kilómetros por hora. Temblaba. No podía llorar. Esta vez no habría dos lágrimas que lo salvaran. Pero aún tenía algunas neuronas en su cerebro que funcionaban. De ahí, por básico instinto de supervivencia, salieron señales para bloquear sus sentidos. Olió menos, sintió menos, pensó más. Empezó a recordar momentos de su vida, no todos buenos, al menos eso le estaba ayudando a huir de la realidad. Recordaba su infancia jugando futbol en la calle frente a su casa. Era una calle ancha; casi no pasaban carros porque en esa colonia nadie tenía. Tendría alrededor de ocho años; entonces los logros y los fracasos se limitaban a partidos de futbol, a juegos de botellas y escondites. Se veía con una sonrisa en la cara, como dentro de un eterno festejo de gol. Lo malo es que ese era el único pasaje feliz que recordaba. A partir de los nueve, ante la ausencia de su padre, su vida había cambiado. Era el único varón de la casa. Te vas a hacer joto, le decían sus amigos. En ese entonces peleaba con quien fuera.

Ya no encontraría más recuerdos felices. Sólo esas vagas imágenes con una pelota de futbol en una calle que, por lo alto, la cruzaban cientos de cables de lado a lado, de los cuales pendían pares de tenis. ¿Cómo controlar los recuerdos? Mucha gente dice que la memoria es injusta. Su infancia no había sido tan miserable a pesar de que su padre sólo le dirigía la palabra unas doce veces al año. Su madre siempre había estado cerca; él era su estrella, su orgullo. Tuvo muchos más momentos felices, pero la memoria le jugaba chueco. Sin embargo, recordar le estaba ayudando a irse, a dejar de sentir las cuerdas, heridas, los vientos helados, el miedo. Entonces, el recuerdo de niños jugando con un balón en esa pobre y sucia calle se repetía una y otra vez. No se le ocurría inventar recuerdos, inventar jugadas asombrosas con culminaciones de goles sensacionales. No. No se le ocurría nada. Sólo se veía sonriendo, anotando un simple gol. La alegría de ese gol callejero era igual a que si lo hubiera anotado en el Estadio Azteca en la final de una Copa del Mundo. Era su recuerdo favorito; digamos que era el único placentero.

En el momento en que dudó si en las voces de su madre o hermanas recibiría algún mensaje o instrucción, bajó inmediatamente del nivel del recuerdo al suelo de la realidad del gélido aire mezclado con la pestilencia, de la oscuridad, los gritos, de las chupadas en sus heridas. Sintió coraje y gritó: "¡A mi mamá no, cabrona! ¡Todo menos a mi mamá!". En una esquina del cuarto oscuro, Roberta asintió lentamente, con una orgullosa sonrisa en sus carnosos labios.

Quizá no era su cerebro funcionando, sino simplemente había aprendido con estímulos y castigos, como rata de laboratorio. Se contuvo de jalar más las cuerdas. A pesar del aire helado, empezó a sudar; sentía una explosión de pánico cuando millones de hormigas rojas, todas reinas, subían desde sus pies y le iban cubriendo su desnudo cuerpo. Las sintió en sus testículos, en su cuello, en su nariz, en sus ojos, entrando por las cavidades llenas de excremento. Frío, pestilencia extrema, gritos, lenguas lamiéndole las heridas, carcajadas tétricas, burlas y, a pesar de todo, deseo sexual. No mames. Era mucho para él. Las pocas neuronas que aún le funcionaban, ahora hicieron un intento más drástico, El Atado se desmayó. En ese instante, un largo beeeeeeep se escuchó en sus audífonos.

Volvió en sí. Esta vez la cama estaba inclinada, el nivel de la cabecera más arriba que los pies. Estaba solo en la habitación. Tenía un artefacto de tela en su boca, de tal forma que, aunque lo quisiera, no iba a poder emitir ningún sonido. La cortina abierta permitía que entraran potentes rayos de sol. Se encandiló. No tenía los audífonos puestos. Se escuchaba de fondo música ambiental a un volumen muy bajo, eran melodías de piano. A un lado de la cama, apagado, estaba el gran ventilador. En sus heridas: rastros de lápiz labial. En su pecho observó cientos de pequeñas marcas rojas. Ah, y sí: sí seguía erecto.

Sintió que sus testículos le habían crecido. Pensó en lo placentero que sería eyacular después de tanto tiempo estimulado.

Se imaginó eyaculando y sonrió. Lo mejor sería: no la eyaculación, sino deshacerse del dolor testicular. Ahora que estaba solo, intentó venirse. Seguía atado. Entonces pensó en la escena más erótica posible. Quizá para algún chamaco de trece años sea muy fácil venirse sin tocarse; pero para alguien de treinta y tantos, por más perlas mágicas que traiga adentro, es una tarea muy compleja. No hay peor lucha que la que no se hace. Pensó en actrices que lo excitaban, pero Salma no le estaba sirviendo en ese momento. Cambió de recuerdos y se fue a otros que creyó más eróticos, como cuando estuvo con dos hermanas en un hotel en Guadalajara. Recordó cuando se cogió a la novia de su mejor amigo en sus últimos días de preparatoria. En esa edad no hay amistad tan fuerte que pueda aguantar el embate de unas palabras de una bella mujer: Quiero coger contigo. Sintió placer al recordar aquella escena cogiéndosela en la cocina, justo después de que su amigo se había retirado.

Luego, se acordó cuando había tenido sexo con la mamá del capitán del equipo de futbol de la preparatoria. Había sido durante una fiesta que se organizó por haber ganado un torneo; una carne asada en un sábado a mediodía, justo después del juego. Mientras todos estaban en un amplio patio exterior, la señora le había pedido ayuda para cargar unas cosas. La verdad, la señora quería que la cargaran a ella. Y sí, El Atado le cargó todas sus fuerzas mientras la penetraba en la misma cama que había fungido como lecho marital por más de veinte años. Arremetía contra ella con tanta fuerza que a los pocos segundos la señora tenía erizada toda su piel. Su espalda y su cara llena de sudor. Sonreía. Respiraba por la boca. Lamió todo el cuerpo de él.

Pujaba fuerte, sin miedo a ser escuchada. Esa fuerza, que para los de diecisiete años es tan normal que ni se valora, para las señoras de cuarenta y cinco es una cualidad muy valiosa. Gimió durante los nueve minutos que el joven aguantó. En el transcurso, ella alcanzó picos jamás logrados. Tres orgasmos. Explosiones líquidas sobre la cama. Calambres en las plantas de los pies. Sintió que sus pulmones habían crecido. Tenía una sonrisa nueva. En nueve minutos, ella sintió lo que su marido no le había podido hacer sentir en veintidós años. Y él sintió, en nueve minutos, lo que llevaba deseando por cinco años: cogerse a una hermosa señora. Tuvieron suerte que, en el patio, el resto del equipo escuchaba en una grabadora a máximo volumen a Café Tacuba, mientras hacían competencias pendejas sobre quién podía prender el carbón más rápido o tomarse una cerveza de un solo trago. Cada quien jugó sus juegos durante esos nueve minutos. El Atado era quien había jugado y ganado el más divertido.

Mientras el marido jugaba sus últimos nueve hoyos de golf de ese día, la señora jugó sus mejores nueve minutos. La mamá del capitán, deseada por todo el equipo debido a su atlético cuerpo y sus siempre apretados jeans, no pudo quitar su nueva sonrisa en todo ese día; incluso el cutis lo tenía más rosa de lo normal. Su hijo pensó que la exagerada felicidad de su mamá se debía a lo orgullosa que estaba de él por el campeonato, y ella, obviamente, no quiso quitarle esas ideas de su mente.

Después de ese día, El Atado y la señora de gran cuerpo se encontraron varias veces; algunas mañanas que él no fue visto en la escuela, ella lo veía en su cama. Se la cogió en la cocina, en la cama de su amigo, en el piso. Incluso, una noche en el pequeño pasillo de servicio que unía el patio trasero con el frente de la casa; ahí, mientras el hijo y el marido veían un juego de futbol americano adentro de la casa, ella veía las estrellas mientras El Atado la penetraba contra la pared.

A esa edad era muy difícil guardar ese tipo de secretos. El Atado le contó al portero del equipo quien tenía fama de ser leal, sin embargo, en la juventud esos valores son muy baratos. El portero corrió la voz con todos los integrantes de su defensa, la noticia les llegó también a los que jugaban en la media cancha, entre ellos el hijo de la señora. Entonces, un jueves después de la práctica, de una semana en la que la señora ya traía seis orgasmos encima, el hijo pateó a El Atado por la espalda. En la calle, la señora esperaba a su hijo en el carro, y desde allá, vio cómo los dos hombres a quienes más quería en esta vida se daban con todo. El hijo llenaba a patadas a El Atado. Los años de ella le dieron la habilidad para contenerse y no bajarse del carro a detener esa masacre. Le pedía a Dios que su hijo ya no pateara más. El entrenador vio a lo lejos el altercado, y fingió no haberlo hecho; él ya conocía el rumor y le tenía envidia a El Atado ya que llevaba años deseando a la señora. Una vez había intentado algo con ella, con malos resultados. No tan mal como para que la señora pusiera una queja en la escuela, pero sí causó que ésta no se acercara jamás a hablar con él. "¡Para que se te quite lo hocicón y mentiroso! ¡Ya quisieras que esa historia fuera verdad, pendejo!", fueron las palabras que acompañaron las últimas tres patadas justo en la cara.

El Atado terminó con los ojos hinchados, los labios reventados, el tabique quebrado, dos costillas astilladas y la nariz sangrante, aunque en su interior sonreía. Sabía que, aun así, había salido ganando. Sabía que las diez o quince veces que se había cogido a la señora le habían proporcionado mucho más placer que el dolor que sentía en ese momento. Aprendió que esas historias no se cuentan a nadie, jamás. Vio a lo lejos cómo se alejaba el carro de la señora.

Pero bueno, se estaba desviando. Si lo que quería era eyacular, se tenía que quedar sólo con los momentos eróticos de las historias. Y en lugar de pensar en la chinga que le había puesto el hijo, era mejor recordar cuando se la había cogido en la escalera, atacándola por atrás y ella pidiendo que le jalara sus cabellos negros, ella pidiendo que le diera más y más fuerte, para luego, al final, voltear frente a él, con sus nalgas directas al escalón, ella le daba un sexo oral como sólo los años pueden enseñar. La leyenda se convertía en realidad en ese momento; en cada movimiento rítmico y sincronizado de labios, lengua, dientes, cabeza y cuello, ella convertía el mito en realidad: nada como cogerse a una señora de cuarenta años.

De alguna forma sintió que esos recuerdos estaban funcionando. Sintió la erección más fuerte, sintió un calambre en el escroto, otro en la nuca. ¿Podría eyacular con sólo pensar? Si no pudo mover una lámpara con la mente, ¿cómo iba a poder lograr una eyaculación? ¿No es lo mismo? ¿Qué tan poderosa es su mente?

Seguía solo en el cuarto. Al menos eso pensaba. ¿El miedo y el dolor son lo mismo que el deseo y el placer? El miedo y el dolor te alertan, y el deseo y el placer te ciegan, ¿no? Nos queda muy claro, que no estaba en condiciones de realizar juicios de este tipo.

Aunque no recordaba bien a las mujeres, y mucho menos sus nombres, se acordó cuando tuvo sexo en grupo, en lugares públicos, en carros, en hoteles de lujo, con mujeres mayores que siempre le aportaban infinitas lecciones. Finalmente, acabó deseando lo que no tienen y, en lugar de excitarse con tantos recuerdos de momentos eróticos que había vivido, recordó situaciones en las que no tuvo éxito. Alguna celebridad que lo había rechazado, alguna señora pudorosa y recatada que le había negado su cuerpo, y, finalmente, pensó en la mismísima Roberta. Recreó el encuentro que tuvo con ella al inicio de esta aventura, aunque luego el miedo le ganó. Ya no pudo tener más pensamientos eróticos. Se distrajo al ver sus heridas.

Sus enemigos, a lo largo de su vida, le habían dicho que era un pendejo, que lo que tenía de bonito, lo tenía de pendejo. Sus amigos le decían que era sólo la envidia. Sin embargo, en privado, se reconocía muy poco hábil con el manejo de las ideas. Luego se animaba al decirse que no se puede tener todo en esta vida, y que, si le hubieran dado a escoger, definitivamente elegiría ser guapo y todos sus beneficios, a ser un inteligente sin capacidad para tener mujeres.

Del pasillo que llevaba a la puerta salía un rayo de luz que cruzaba toda la habitación, creando una enorme pantalla luminosa a todo lo ancho del cuarto y del piso al techo. En la pantalla se proyectaba una habitación vacía a media luz, idéntica a la que se encontraba El Atado. Oyó una voz de mujer que no era la de Roberta, sin embargo, le parecía conocida, y la voz de un hombre. Ambas voces estaban exaltadas. En la pantalla apareció la pareja. Por la posición en que estaba la cama, podía ver con comodidad la pantalla, y sonrió. Pinche voyerista con suerte, ahí tenía su palco de lujo. ¿Por qué Roberta habría sido tan generosa? La pareja se besaba, giraban, bailaban, se abrazaban, sonreían, se acariciaban, se lamían los cuellos y las orejas. El joven tenía unos treinta y tantos años; ella era una mujer de unos sesenta años. Sus tonos de piel eran muy similares; han de quemarse al sol en el mismo meridiano. Ella le decía al joven cuánto lo había extrañado desde la última vez. Prendieron unas velas, pusieron una música que a El Atado le pareció antigua. La mujer le dijo le dijo a su acompañante que ese cantante era español y se llamaba Rafael. Al joven no parecía interesarle la música. Ella comentaba lo mucho que le había gustado la vez previa. Le dijo que no lo había podido olvidar; que cuando había vuelto a estar con su esposo, para poderse venir, tenía que pensar en el último encuentro con él. El joven escuchaba mientras recorría las caderas de la mujer. Aquí sí no puedo exagerar: ella no era muy bella, al menos, era delgada. Ha de tener mucha magia en la cama. La luz de las velas era nerviosa. Los cuerpos se unieron desnudos sobre la cama, ella arriba de él. El Atado veía la espalda de la señora y, emocionado, le seguía el ritmo, tratándose de mover con el mismo tiempo que ella. A lo mejor, ahora sí se iba a poder venir. Tenía un show privado y en vivo. Ella empezó a arremeter contra él con más fuerza. Estaba montada sobre el joven acostado. Se meneaba rítmicamente. Cuando iba hacia arriba, flotaba lentamente; cuando iba hacia abajo, iba con tanta fuerza que parecía que lo hacía con coraje. Al terminar su movimiento hacia abajo, ponía sus manos en el pecho del joven y giraba un poco su cuerpo en el sentido de las manecillas del reloj, para luego emprender su movimiento de regreso hacia arriba. Ese giro entre los movimientos de descenso y ascenso le daba un tremendo placer al joven, que, estando abajo, boca arriba, se dejaba querer. Hasta ese punto era muy claro que ella se lo estaba cogiendo. El joven sólo tenía sus manos sobre las anchas y morenas caderas de su compañera; fuera de eso, él sólo estaba recibiendo. Había algo en ella que denotaba que sabía de esos menesteres; quizá era el ritmo que llevaba o el tono de voz que usaba en los gemidos que lanzaba. O, quizá, los dos estaban mintiendo un poco y no sentían tanto como sus exagerados gemidos hacían creer. O tal vez sí eran extraordinarios amantes, y por eso tanto pujido y tanto orgasmo.

El Atado sonreía; sintió aún más excitación. No quiso moverse ni siquiera un centímetro, por temor a que se interrumpiera la transmisión. Incluso controló la intensidad de su respiración; no quería que nada arruinara esos momentos de placer.

Después de unos minutos de subir y bajar sobre el joven, ella se giró y se puso en cuatro puntos; él se puso de rodillas en la cama y arremetió contra ella. Volteaban hacia el lado de la pantalla, por lo que parecía que miraban directo a El Atado. Los dos se meneaban al mismo ritmo, sonreían, pujaban, se estremecían; querían que esos momentos fueran eternos, estaban sincronizados, unidos, iban y venían, adelante y atrás. Ambos pensaban a quién estaban dañando con ese acto, y eso les causaba más placer. Los dos decían, pedían y hacían cosas que no se habían atrevido a hacer antes. El destello nervioso de las velas iluminaba sus rítmicos movimientos. En las paredes se veían sombras, luces, reflejos, letras que se embarraban después de salir volando de las bocas de los que gemían en la cama. Algunas letras bailaban osadamente con alguna sombra, mientras caían lentamente entre la lisa pared de yeso blanco, sin dejar pasar la oportunidad de voltear a ver el espectáculo que había en la cama. El tiempo se reproducía entre cánticos de placer. El Atado, calladito, viendo.

El viento movió alguna rama en el exterior, o circularon algunos carros con sus faros dirigidos hacia lo alto, o un pelotón de camiones pasó por ese lugar, o alguien hizo algo que el aburrido destino le hubiera pedido, el caso es que de pronto algunos rayos de luz, luces perdidas por llamarlas de alguna forma, entraron aleatoriamente al cuarto. Muchos de ellos terminaban en las paredes, otros en los cuerpos de los afortunados que disfrutaban el carnaval de feromonas; y dos rayos iluminaron los rostros. Lo que vio El Atado le dejó el cuerpo helado. No podía moverse.

26.

Sólo tenía que caminar tres metros para llegar a ella, yo sentía que eran kilómetros. Di el primer paso motivado por el recuerdo del sentimiento de tocar su cadera. Al completar el primer paso, tembló mi rodilla, meniscos, ligamentos y cuanta cosa tengo en esa área de mi pierna. Escuché cómo tronaron unos huesos. Me empecé a tallar los dientes, tal como lo hacía en mi infancia cuando me daba miedo. Mi mente fue invadida por los millones de cosas que podían salir mal si daba los siguientes dos pasos. Ahorita te puede parecer cómico, pero estando en esas circunstancias y a esa edad, piensas cosas como: me voy a orinar en este momento, o me quedaré mudo, o va a tener novio, quien de seguro anda en una Harley Davison, es cinta negra, tiene diez amigos a su lado que visten chaquetas negras y en este momento me van a romper el hocico. Otra probabilidad que me aturdía era que, conforme diera los dos pasos que me faltaban, mis huesos se fueran quebrando y me fuera desmoronando frente a ella, como un zombie.

Estaba a punto de dar el segundo paso, cuando pensé algo muy loco: capaz que nada había sucedido. Capaz que había inventado toda la historia, la había fantaseado consciente o inconscientemente. O aún peor: ¿qué pasaría si lograba llegar a ella y pudiera hablarle, y, sin embargo, ella no se acordara de mí? Creo que ésta última hubiera sido la peor opción de todas. Odio quiero más que indiferencia. Quizá hubiera podido vivir con su rechazo, mas no con su olvido. Prefiero que me diga que no me quiere a que me diga que no me recuerda. Estaba rojo por falta de aire. No podía respirar, me tenía congelado. Sus ojos brillaban como si ahí dentro sucedieran millones de relámpagos. Más que el recuerdo de su cadera, ahora lo que me ayudaba a iniciar el segundo paso eran sus ojos. No tuve el valor de verle su boca. A dos pasos del paraíso. Ve cabrón, ve. ¡Güey! Qué ansia contigo, pinche Santiago ¿En serio daba tanto miedo? Era un huerco, Emilia. Todo lo que tuviera que ver con mujeres, era difícil a esa edad. Ash, ándale, síguele. Después de repasar mil veces mi enorme lista de posibles tragedias, me preocupé de que al estar frente a ella empezara a tartamudear. Dudé sobre lo que debería de decirle si llegaba a dar los dos pasos que me faltaban. Podía enunciarle lo que ella quisiera y hubiera sido verdad. Pudiera recitarle lo que ella siempre hubiera soñado que algún príncipe le dijera, y hubiera sido verdad. Pudiera exagerar cualquier idea, y por más grande que fuera la exageración, hubiera sido verdad. Por ella había roto límites que jamás había imaginado. Había comprendido lo fuerte que son mis piernas para no dejarme caer. Descubrí lo rápido que mis chamorros pueden temblar. Había encontrado fronteras dulces en el insomnio. Sólo pensaba en ella. Experimenté cómo la tristeza quita el apetito. Comprendí que hay que ser muy valientes para escuchar lo que dice el corazón. Aprendí que es placentero hacer cosas que la sociedad critica, ir en contra de ella ha sido una buena señal para saber que voy en la dirección correcta.

A pesar de todas las posibles tragedias, nada iba a evitar que yo diera esos dos pasos hacia ella. No recuerdo cómo iba vestida. Brillaba. Di el segundo paso, y ella empezó a extrañarse por mi lentitud, supongo, y frunció un poco el ceño. Dicen que no hay peor intento que el que no se hace, y, con el vuelo del segundo paso di el tercero. En ese preciso instante iniciaban las baladas, nuestras calmadas, y ahí estaba una señal, la suave guitarra de Warrant me decía que el cielo no estaba muy lejos: yo ya sabía que lo tenía frente a mí. Esa guitarra y esa letra, me daban todos los pretextos para, según yo, utilizar un diálogo totalmente adecuado y efectivo. No dije hola, me fui directo a su oído para decirle: ¿Podemos bailar por segunda vez esa canción? Su aroma me intoxicó. Sentí que me ahogaba entre flores. Jazmines con su nombre escrito en cada pequeña hoja verde. Jazmines regados por una lluvia que había sido creada sólo para ella. Rocé su cabello con mi nariz y si no me quedé ahí estático fue sólo porque me empujó con su mano para indicarme que aceptaba mi invitación a bailar. ¿En serio bailamos esa canción la otra vez? ¿Cómo te acuerdas? Sonreí. Si supiera todo lo que recuerdo. Si supiera todo lo que he pensado.

Ahí íbamos de nuevo, rumbo a la pista a bailar unas calmadas. Otra vez la misma sensación de estar apartado de todo y a la vez estar en todos lados, una sordera ruidosa, una cámara lenta veloz, un ahogo en seco, una asfixia sin manos en el cuello. La estela de su olor y sus caderas me permitieron caminar en automático tras ella. Dentro de todo el caos que sucedía en mi mente surgieron más variables. ¿Qué decir? ¿Cómo decirlo? ¿Cuándo decirlo? ¿Le debía contar todo lo que había pensado en ella desde el día que la conocí? ¿Sería muy romántico que lo primero que le dijera, una vez que estuviéramos bailando, fuera un te amo? ¿O sería muy directo o inapropiado? Terminamos de cruzar la terraza, entramos al gran salón, estábamos a sólo unos pasos de la pista. Giró y me sonrió. Me envalentoné a decirle todo de golpe, de una buena vez; todo, completo. Es más: si se puede que sea en una misma respiración. En cuanto tocara su cadera y nuestras manos se entrelazaran, sería el momento perfecto para decirle todo lo que sentía por ella. Este sentimiento no puede ser unilateral, ¿O sí? Ay, Santiago aquí vas de nuevo. ¿Qué te digo, Emilia? Nada, nada. Dale, síguele. Estaba seguro de que yo solo no podía crear un sentimiento así. Lo que yo sentía fue creado por los dos, ¿no? Ahora no dudaba de que ella sentía lo mismo que yo; si no, ni siquiera hubiera aceptado mi invitación a bailar, ¿no? Mmm, ¡Claro que no! Sólo aceptó bailar contigo, ¡por Dios! ¡Síguele! Intenté acordarme de más canciones que habíamos bailado cuando nos conocimos. No supe cómo logré acordarme de la de *Heaven*, de Warrant.

Llegamos a la pista de madera, me llevó justo al centro; recordé el patio de aquella casa donde la conocí; el piso rojo mate y rasposo, ahora era madera brillante. Aquella noche nos iluminaban poderosas farolas de doscientos watts que el señor de la casa había puesto. Ahora estábamos a media luz, y sobre nosotros el gran candil que simulaba estar lleno de cientos de velas. Cristal y velas. Todo iba tan bien que, si el candil caía sobre nosotros, como quiera hubiera sido un final feliz. Pensé en reclamarle dónde había estado. Pensé en preguntarle si sabía lo de mi frenética búsqueda. No sabía si eso me iba ayudar a que se enamorara de mí o si la iba a asustar. Pensé de nuevo en decirle un directo te amo. Pensé en agregar: no puedo vivir sin ti, sé que eres mi mujer, sé que yo te puedo hacer feliz el resto de tus días. Pensé en decirle que nuestros nombres estaban escritos en el cielo.

Pensé en decirle que por ella todo merecía, que la podría seguir buscando por años; que, si quería, le movía el Cerro de la Silla al patio de su casa. Que sabía que ella sería la madre de mis hijos. Pensé, pensé, pensé. En cuanto empezamos a bailar y mi mano fue a dar a su cadera y sus dedos tocaron los míos, ya no pude pensar más. A partir de ahí sólo sentí, sentí, sentí. Fue una fiesta de sensaciones. Fue un gozo que creció como un incendio en bodega de fuegos pirotécnicos. Mi mano izquierda empezó a temblar. Me dieron ganas de llorar de la emoción de tenerla frente a mí. Ni siquiera intenté hablar; mis labios temblaban y mis cuerdas vocales se rompían. ¿Qué pasó para que yo mereciera esto? Me acordé de que mi madre, unos años antes, me enseñó a bailar calmadas; me dijo que un día lo iba a necesitar. Esa noche la llevaba a mi ritmo.

El techo estaba a más de diez metros de altura y el salón era como tres canchas de basquetbol, la música no se sentía tan fuerte. Ella no había dicho nada desde que la invité a bailar. Se terminó la primera canción y yo no le había apartado un segundo la mirada. Te juro que la segunda canción fue *Almost Paradise*. Ésta también la habíamos bailado la vez anterior. Y eso me ayudó mucho, porque apenas pasamos dos segundos incómodos en silencio y la canción inició. Le dije que era de mis favoritas, y comentó que a ella también le gustaba mucho. La escuché y entendí claramente. Luego puse atención a la letra de la canción y empecé a temblar: I thought that dreams belonged to other men, 'cuz each time I got close they'd fall apart again. ¿Ya sabes qué canción es, Emilia? Sí, no mames, está buenísima, me encanta. Toda la letra quedaba perfecta. Almost Paradise, we are knocking on heaven's door. Me aturdió; su mano, tenerla frente a mí, su olor, la letra de la canción, el baile y me dejé llevar. Me desconecté. Empecé a bailar con un poco más de énfasis en cada paso. Movía mis hombros al ritmo de la melodía. La parte que cantaba la mujer me estremecía. No me pude contener y la empecé a cantar en voz alta. Seguía enganchado a sus pupilas, ahora le cantaba esta canción. No mames, Santiago. ¡Qué oso! No mames, Emilia. Que poco romántica. Algunas parejas alrededor se reían. Otras mujeres decían cosas como: qué tierno, o qué cuero. Roberta me veía y jamás quitó su sonrisa. De hecho, la última parte de la canción la cantó conmigo. ¿Cuánto a cambio de que ese momento fuera eterno? Puta madre, daría todo porque ese momento se repitiera, deja tú que fuera eterno o no, que se repitiera, que pudiera sentir de nuevo lo de aquella noche. Daría todos estos años a cambio. Qué bueno que no había ángeles o demonios recolectando propuestas de enamorados, porque esa noche hubiera adquirido una infinidad de deudas a cambio de que ella jamás me soltara. Estaba dispuesto a emprender otra frenética búsqueda por Roberta, si el premio hubiera sido bailar una tercera vez con ella.

Ella se podía llamar como fuera; eso no iba a cambiar lo que me hacía sentir. Tampoco me preocupó que ella no supiera cómo me llamaba ni que no lo preguntara. Pensé que para el amor no había necesidades tan absurdas como conocer el nombre de la otra persona. El carnaval de sensaciones, placeres y emociones seguía en plenitud. Mis ojos se humedecieron; traté de alojar las lágrimas, no pude, y algunas corrieron. Ella puso una sonrisa tierna. No me apenó que me viera llorar, ya que era una expresión de lo que sentía por ella. El piano de Cinderella sonaba con presencia, y yo me quería quedar con ella toda la noche. Iba a tener que ser muy valiente o muy estúpido para atreverme a soltarla. Me hubiera encantado conocer al dj y convencerlo para que tocará sólo baladas el resto de la noche. Atraparía una estrella por ella con tal de que se quedara conmigo.

Sentía que ya la había conocido en otra vida. Imaginé que quizá habíamos estado en el mismo jardín de niños. No había nada que justificara lo que sentía por ella, por eso no le había contado esta historia a ningún adulto, porque todos ellos estaban corrompidos por la monotonía y segregados por la rutina colectiva de la triste sociedad, ¿qué carajos me iban a entender ellos en estos temas del amor, si hace mucho tiempo habían dejado de amar algo de verdad? Era el amor, el que simplemente me había pateado en la cara; era el amor que muchos buscan de por vida. Si seguía ese nivel de baladas seguramente iba a suceder algo memorable.

Al terminarse una canción, su voz llenó el vacío: ¿En serio bailamos aquella canción? Asentí con mi cabeza, y luego le dije: Me acuerdo perfecto de todo lo que pasó esa noche. Y, al parecer, a ella le gustaban los detalles, porque disfrutó cuando le fui contando algunos de aquella vez. Como ya no estaba tan nervioso, pude recordar otras canciones que habíamos bailado. Le conté cómo iba vestida y la forma en que la había perseguido hasta el frente de la casa. Pero ya no quise seguir con la historia de la búsqueda.

No quería que terminaran las calmadas. No quería que me soltara. Conté el tiempo que había estado con ella en las dos ocasiones y no completaba ni treinta minutos. Eso no me importaba.

Me asustaba la probabilidad de que de pronto todo eso terminara. Me dio coraje que ella tuviera el poder para, en cualquier segundo, mandarme a volar con un simple gracias, y terminar con esta gran historia de amor. Pensé hasta simular que estaba enfermo, para al menos causarle algo de lástima y asegurar un poco más de tiempo con ella. Luego pensé en invitarla a platicar a uno de los sillones del pasillo o simular un mareo, pero a pesar de todos mis miedos no quise fingir nada.

Mi mente salió de mí, mientras acomodaba las letras en palabras que quería decirle. Entré en el mismo estado que cuando la conocí; empecé a sentir tanto que dejé de sentir. No tenía la capacidad de escucharla, ni a ella ni a la música. Estaba totalmente trastornado por el nivel de adrenalina que había en mi cuerpo. Mis manos estaban sudando. Estaba destruyendo mi momento presente mientras preparaba el futuro inmediato.

Tenía que arriesgarlo todo por ella: las mejores mujeres son de los más valientes. Sentía que llevaba años a su lado. Cuando sonreía tenía una sombra de seriedad en su cara, eso le aportaba un toque de misterio a su rostro. A pesar del potente brillo de sus ojos color miel, su mirada era tierna y profunda. Sentía que me arrullaba al verme. Sus cabellos rojos parecían de actriz de cine. Su boca era amplia. Sus labios delgados y carnosos pintaban sonrisas memorables, y el rojo oscuro que traía ese día en sus labios hacía una mezcla perfecta con el blanco de su piel. Su cuerpo era delgado y sus caderas anchas; sus pechos, de acuerdo con el resto de su belleza. Ella sabía lo que tenía. Quizá por eso siempre parecía estar serena. Era perfecta.

Entré en pánico al pensar que en cualquier momento me mandaría a volar. Perdí la poca serenidad que por segundos sentía al verle a los ojos. Perdí noción de la música; intenté decir otra cosa, y lo que finamente dije fue: ¿Jugaste en el torneo de hoy? Justo cuando acababa de decir esa frase ya me estaba arrepintiendo, por lo que ni atención puse a su contestación. Aunque la pregunta no estaba tan estúpida, no era lo que quería decir. Hice un rápido análisis mental: si le decía lo que pensaba y no le agradaba, ¿qué otra cosa peor que eso podría suceder? Así que tenía que decirle lo que sentía. Tomé todo el valor que pude, pensé que estaba haciendo algo que nuestros hijos agradecerían, estaría perpetuando nuestra historia a partir de ese momento. Respiré hondo, exhalé y, por primera vez en mi vida, dije las siguientes palabras: ¿Quieres ser mi novia? ¿Queeeé? ¿Directo le dijiste eso, pinche Santiago? Sí, sí. ¿A poco estuvo tan mal, Emi? ¿Te puedo decir Emi? Emilia está de hueva, muy largo y serio. Equis, güey, dime como sea. Hubiera estado mejor que le dijeras todo el rollo de cómo te sentías. No sé porque me fui directo. Mi inconsciente, al parecer, tenía miedo de emprender otra búsqueda frenética y me forzó a hacer la pregunta directa. ¡No manches! ¡Te excediste! Ni siquiera sabía tu nombre. ¿Y qué pasó? Su cara siguió como si hubiera dicho cualquier cosa, lo cual no supe cómo interpretar. Sólo ladeó un poco su cabeza hacia el lado derecho para transmitir un gesto de ternura. Sonrió un poco, menos que las veces previas. Parpadeó dos veces, meneó dos veces su cabeza para lograr acomodar su cabello hacia el lado izquierdo y, a pesar de la incertidumbre del momento, pude ver polvos mágicos que salían de su cabello rojo. Hay silencios que matan y miradas que torturan. Necesitaba su voz. Necesitaba el veredicto para saber si nos íbamos a amar u odiar de por vida.

Ese silencio era el parteaguas de mi vida; todo dependía de lo que saliera de su boca. Seguíamos bailando; ahora había vidas en juego, pendiendo de los siguientes vocablos que invadieran el espacio entre su boca y la mía. No me importaba si el candil se caía sobre nosotros: yo no la iba a soltar hasta escuchar su respuesta.

¿Por qué el amor tiene que ser tan radical? ¿Por qué blanco o negro? Estábamos en el cruce de caminos, lo malo es que ella iba a decidir qué camino seguir. Y eso se me hizo injusto. ¿Por qué ella decide? Yo ya me había abierto, le había expresado mis sentimientos, y ahora ella tenía todo el poder de declararme el amor o la guerra. Yo no quería guerra: yo no quería odiarla; yo la amaba desde que la conocí. Estaba dispuesto a ceder todo por un sí. Su cara seguía inmune. Dos dudas me asaltaron: o estaba tan loca por mí como yo por ella que no podía emitir sonido, o ya se le habían declarado al menos ochocientos cabrones y tenía una amplia experiencia en el manejo de estas situaciones tan estresantes para mí. Me entusiasmé al creer que ese silencio era, quizá, porque sus cuerdas vocales estaban sufriendo lo mismo que las mías. A fin de cuentas, seguíamos bailando; su mano continuaba entrelazada con la mía. El haber hecho la pregunta me liberó, como si hubiera brincado el obstáculo más difícil; ya lo único que me quedaba era esperar. Sin pensarlo le dije: Me fui por la versión corta, aunque pude haberte contado una historia larguísima. Ahora sí, su sonrisa ocupó toda su boca y mis esperanzas crecieron. Me imaginé toda mi vida viendo esa cara, me imaginé viendo esa sonrisa cada vez que fracasara y cada vez que triunfara. Nos imaginé juntos a la orilla de un lago; ella sentada de lado con las piernas flexionadas, y yo aventando piedras al agua. Me imaginé besándola. Pensé en nuestros hijos, pensé en cuánta alegría pudiéramos crear juntos en este mundo. Te pasas de sentimental, Santiago. Pensé en que yo podía ser fácilmente una mejor persona y me recriminé no haberlo sido desde antes de conocerla.

No me importaba nada de su pasado; no me importaba si había tenido ochocientos novios antes. Lo que importaba era lo que estaba a punto de decirme. De fondo, con la canción de *When I see you Smile*, de Bad English, empezó a hablar de una forma tierna, pausada y serena. Sonrío. Me hubiera gustado que la tecnología de esa época me permitiera grabar ese momento. Me apretó un poco mi mano izquierda; movió su pulgar lentamente. Sus uñas eran hermosas, rojas, largas. Se acomodó el cabello con un movimiento de su cabeza. Yo sentía que estábamos solos en medio de un bosque. No había mejor lugar en todo el mundo para estar que justo ese metro cuadrado en el que nuestros cuerpos se movían lentos, al ritmo de baladas memorables, tomándole su mano y su cadera. No cambiaba ese momento por nada. Ni por toneladas de diamantes. Ni un campeonato mundial. Ni la fama de los Beatles. Ni el poder de un gobierno. Ni la magia de un brujo. Ni un par de alas de ángel. Ni mansiones en Irlanda ni islas en el Caribe. No había valor justo para algo tan potente como lo que estaba viviendo con ella.

Me encontraba al borde del precipicio; a un lado había olas enormes de lava, del otro lado un lago con agua tibia y flores de jazmín. ¿Hacia qué lado me iba a mandar? Sentía que la emoción nos elevaba hasta casi chocar con el candil. Habló, y lo que escuché me dejó el cuerpo helado. No me podía mover.

27.

José tardó quince segundos en moverse después de lo que acababa de ver. César y toda la manada de perros ya estaban adentro. Éste había obtenido muchos conocimientos de sus visitas a los indios, José había experimentado poco, a excepción de sus escasas vueltas a la ciudad, lo único que conocía era su triste ejido. Ahí, como ya sabemos, casi nunca pasaba nada, y cuando pasaba, creían que no era nada. Entonces, lo que veía era sorprendente. Adentro del granero, en cada lado y desde el frente hasta el fondo, había unas gradas de madera, seis filas de cada lado. Al centro un escenario terroso. Recordó que en algunas historias había escuchado sobre peleas de gallos. Las gradas estaban llenas, de seguro todo el ejido se encontraba ahí. Niños, adultos, viejos, primos y quizá amantes de algún pueblo cercano. Perros, gallinas, gallos y un caballo viejo en una esquina. Lo sorprendente era que todos estaban felices y, aún más increíble, que todos comían y bebían algo. En el fondo había dos hieleras de madera; estaban despintadas, se alcanzaba a leer Corona en una de ellas. ¡Había hielo! Era todo un paraíso: sonrisas, bebida fría, comida, cervezas. Muchos placeres para alguien con el historial de José. Hasta música se escuchaba. Alegres ritmos norteños retumbaban en el techo de lámina. José nunca había visto tantos placeres juntos. Veía cada detalle sorprendido. Algo de saliva cayó de su boca seca. Al fondo, cerca de las hieleras, algunas parejas bailaban efusivamente; sus sonrisas amarillas contrastaban con sus pieles morenas y sus ropas sucias; pese a eso, estaban felices. Era tanta alegría para José, que se entristeció. ¿Qué diferencia entre este ejido y el suyo? ¿Por qué aquí sonreían? Por primera vez experimentó la envidia, más, sin embargo, no supo cómo nombrar ese sentimiento.

Cuando José reaccionó, César ya estaba en medio del escenario rodeado por la manada. En la primera fila estaba un viejo. César se acercó a él y todos callaron. Murmuraron. José buscó los gallos que pelearían, y sólo observó dos gallinas viejas bajo las gradas. Al terminar la charla con el viejo, César volvió al escenario y con dos señas juntó a su manada. José obedeció igual que los perros. Con otra seña hizo que todos se formaran cerca de la puerta, mientras él se quedó parado en el escenario. El viejo sonreía emocionado; quienes lo rodeaban le daban unas palmadas en sus hombros. José pensó que el ambiente estaba muy alegre como para ver pelear y morir a unos gallos. No entendía las historias que le habían contado sobre palenques, vaqueros, duelos, balazos y demás. La música paró. "Sólo serán tres retos: ¿Qué quiere hacer con el primero?". En silencio, esperaban la respuesta del viejo: "Que, sin hablarles, por turnos, cada perro camine hacia usted, se siente frente a usted y luego lo saluden con su pata derecha". Uuuuuuuu…se escuchó, César sonrió levemente y se hincó de inmediato. José no entendía nada. ¿Qué es eso del reto? ¿Qué carajos está en juego? Lo único que le daba paz era ver lo calmado que permanecía su amigo. Hincado, César volteó a ver a la manada, movió sus brazos y manos hacia todos lados y remató con un movimiento de su cabeza hacia adelante. No hizo ningún ruido. Justo al terminar sus señas, el primero de su manada, un pastor alemán, caminó despacio hacia él, se sentó en sus patas traseras a unos centímetros de César y lo saludó con su pata derecha. César le recibió el saludo mientras volteaba a ver al viejo. Aaaaaaah... Ahora el tono del murmullo era de sorpresa. Así repitieron, por turnos, cada uno de los perros. El último era un dóberman, y, mientras hacía el saludo, alguien acusó con un grito desde la tercera fila: "¡Esa no es la pata derecha!". Se desataron varios gritos, hasta que sobresalió la voz del viejo cuando dijo: "¡Cállate, pendejo!". César y su manada habían terminado el primer reto. "¿Cuál va a ser el segundo?". El murmullo se elevó, no al unísono; ahora se escuchaban conversaciones. "Que, sin que les hable, los perros se formen en tres líneas y caminen todos al mismo tiempo a lo largo del escenario y vuelvan a donde iniciaron. Si rompen la línea, se tocan o cambian de lugar, pierden el reto". César volvió a sonreír levemente. José lo vio y supo que tenía todo controlado. De nuevo, César hincado, hizo unos movimientos con sus brazos, señaló al techo, a la tierra, al fondo del escenario y terminó con un fuerte aplauso. José estaba sentado en el piso, en la orilla del escenario, a unos metros del viejo, a unos metros de la jauría. Desde ahí vio cómo los perros hicieron ordenadamente tres filas. Sin tocarse, empezaron a caminar de manera sincronizada, tenían la cabeza erguida, orgullosos de su demostración. Todos vieron pasar el ordenado y lento desfile de estos feos y sucios perros. Recorrieron en un sentido, dieron vuelta, y, cuando casi terminaban, la misma voz acusatoria gritó: "¡El pinto se salió de la fila!". De nuevo, un murmullo molesto lo intentó callar, hasta que sobresalió la voz del viejo: "Ah, ¡qué la chingada! ¡Que te calles, pendejo!". Habían superado fácilmente el segundo reto; sólo les faltaba uno. ¿Qué estaría en juego?, se preguntaba José. Lo que fuera, estaba siendo divertido. Mientras a César no le cambiara esa cara, todo seguiría siendo seguro. "¿Cuál será el último, don?", preguntó El Loco de los Perros. Ahora, en el murmullo se sentía algo de reclamo y mucho de preocupación. Varios intentaban protestar desde el anonimato colectivo, sentían que los retos habían sido muy fáciles, pero no tenían el valor de enfrentar al viejo. La verdad es que ningún perro de ese ejido hubiera podido hacer algo similar.

Dejarse llevar por apariencias siempre ha sido arriesgado. Los perros de César no tenían nada diferente que los de cualquier otra ranchería o ejido de la zona. Y, pues, el viejo se había dejado llevar por la apariencia y la avaricia; y ahora estaba a un reto de perder la apuesta que había hecho previamente con César. "Que hagan lo que acaban de hacer, pero ahora que caminen sólo en dos patas". "¡Ajajayy!", se escucharon aplausos y gritos de orgullo para su líder. Carcajadas. Estaban de acuerdo con el viejo. Todo cambió cuando vieron la cara de César, ahora con una sonrisa más grande. El volumen del murmullo bajó. César se desabrochó dos botones más de su vieja camisa vaquera color amarillo; desde su pecho sacó un collar del que colgaban unas plumas de color verde entrelazadas con huesos, piedras y cristales morados. Sobó dos veces las plumas y, sin dar señas, aplaudió tres veces: tas, tas, tas. Al instante, los ojos de los perros crecieron. José juró haber visto que el pitbull sonreía un poco. Empezó el desfile ordenado de caninos andando sobre dos patas; con cada paso que daban el silencio crecía. Hicieron lo que tenían que hacer.

Cuando estaban por terminar, del silencio salió una exclamación: "¡Ya nos cargó la chingada!". Cuando el reto se completó, la gente se alborotó, se levantaron, se escucharon algunos gritos de molestia, quejas. Estaban por retirarse del lugar cuando el viejo cortó cartucho en su pistola y disparó al techo. "Naiden se mueva; aquí semos buenos perdedores". Todos regresaron a sus lugares. Se hizo un gran silencio mientras el viejo le entregaba a César diez billetes de cien pesos. Ahora sí, ya todos salieron. Los últimos fueron César, José y los perros. "¿Qué habías apostado?" "Mil pesos contra medio kilo de semillas mágicas de maíz". "¡Ah, chinga!". Eran unas semillas que los indios habían perfeccionado; podían crecer sin agua. El maíz crecía más rápido, daban más granos, de mayor tamaño y, además, el fruto era mucho más sabroso. La clave era que tenían que ser sembradas en cierto día: en la mañana siguiente a la noche en que más brillaran las estrellas. César tendría que decirles cuándo, ya que la decisión se tomaba en base a un complicado cálculo que iniciaba con la noche de luna llena.

En sus visitas previas a todos esos ejidos, César había amarrado las apuestas; ahora los visitaría para ejecutarlas. Tres retos sin ninguna falla. La contraparte elegía tres retos para los perros. Dinero a cambio de medio kilo de semillas mágicas de maíz. Habían visitado sólo a los ranchos o ejidos que, según César, podían juntar los mil pesos; y, para su sorpresa, hubo muchos interesados. De algunos de ellos dudaba que tuvieran el dinero cuando él llegara, sin embargo tenía que correr ese riesgo. Si los perros seguían obedeciendo así, pronto tendría mucho dinero, aunque eso traería también muchos problemas.

Caminaban ya en las afueras del ejido, y José no sabía qué hacer con ese sentimiento, no sabía qué hacer con ese ardor en el pecho. Entonces le dio miedo. Le sorprendió tener tantas ganas de sonreír. A pesar de que los perros nunca le habían hecho nada malo a José, a pesar de que le salvaron la vida, José no sentía algo por ellos. No era personal, es que no sabía sentir. Dicen que nunca es tarde, y ese día, cuando por primera vez vio tanto dinero junto en la mano de su amigo, ese fue el día que José aprendió a sentir algo bueno, por ejemplo: alegría. Y sonrió.

Empezó la gira de César y sus perros. Los eventos eran muy parecidos en todas las rancherías y ejidos. Los esperaban, llegaban, retaban, ganaban fácilmente, cobraban y se iban más felices de lo que habían llegado. Y también, más ricos. José no quería hacer preguntas. En su vida había aprendido a dejarse llevar, a no preguntar y, aunque ahora el ambiente era positivo, él siguió comportándose como sabía hacerlo: callado, sumiso, presto a ayudar. César también era de pocas palabras; al fin de cuentas, eran del mismo ejido.

Pasaron algunas semanas a través de las cuales lograron doce apuestas exitosas; para ese entonces ya habían obtenido una fortuna. Nunca se quedaban en el ejido donde habían apostado. Jamás habían hecho trampa ni les habían hecho, pero César había aprendido a ser desconfiado. Sabía que, a veces, el rencor actúa en automático. Dormían en el campo, en donde era fácil detectar si alguien se acercaba. No habían vuelto con los indios; tampoco a su ejido. José no tenía idea dónde guardaba el dinero su amigo; tampoco sabía qué iba hacer con él. Le ganaba un poco la curiosidad, pero se callaba.

Noches volaron sobre ellos; todas ellas los vieron felices. A César le gustaba ver las estrellas; decía que ahí Dios le hablaba. "¿Qué es dios?, ¿cuál dios?, ¿el dios de los indios?". "El único Dios". "¿Sólo hay un Dios?". "Así es: uno solo para todos". No volvieron a tocar ese tema. Dormían con la panza hacia el cielo que, en esos rumbos, se veía lleno de estrellas. Oscuro, brillante, como una bóveda enorme; a veces eso le daba miedo a José.

Con el paso de los días, José se animó a realizar algunas preguntas. César le pidió calma y confianza en él. "Usted sígame apoyando". Le dijo que su labor era muy importante y que los perros lo querían mucho. "¿Los perros te dijeron eso?". "Sí". Le explicó que faltaban las apuestas más grandes, las más difíciles.

Un sábado en la tarde, llegaron a un rancho más grande donde había un campo de beisbol; era de tierra, sin ninguna base, al menos tenía una reja atrás de la zona de bateo. Los jugadores los recibieron afectuosamente interrumpiendo el juego para ir a saludarlos. El público tomaba cervezas. Ahí se realizaría la mayor apuesta de su historial. César, emocionado con los primeros éxitos, había regresado a ese lugar para aumentar la apuesta. Sabía que ahí era donde más dinero tenían. Mucho se debía a los triunfos del equipo de beisbol que cruzaba apuestas todos los fines de semana. Se rumoraba que algunos jóvenes lanzadores de ese pueblo se habían ido a jugar beisbol a Estados Unidos.

Con sólo ver la prosperidad de ese lugar se podía decir que algo iba muy bien. Ahí no existían peleas de gallos; todo lo apostaban a los partidos de beisbol. Cuando jugaba su lanzador estrella era un triunfo seguro; sin embargo, los apostadores eran creativos para hacer apuestas, como por ejemplo: atinar al siguiente tipo de lanzamiento. En la visita previa de César, quiso tentarlos y les dijo que les apostaba todo el maíz mágico que tenía, el kilo entero. De esa forma, si se lo ganaban, sería el único pueblo que tendría ese maíz. Un kilo de maíz mágico contra cinco mil pesos.

Les sorprendió la forma en que los recibieron. No se veían preocupados por la apuesta; unos jugaban béisbol, mientras otros tomaban; era un ambiente de fiesta. Y esa chingada felicidad es la que abrumó a César. No se diga a José, que ya estaba sudando de miedo. ¿Por qué carajos estaban todos tan felices? ¿A poco el progreso y el dinero dan esa felicidad? ¿A poco tener un depósito que vendía bebidas frías era el motivo de tanta alegría? O, de plano, ¿esas cervezas causaban tanto placer?

El guante del receptor retumbaba al recibir la recta veloz del lanzador local. Las carcajadas, el sonido de los bates al impactar la pelota cuando al equipo de casa le tocaba batear, y el estruendo del guante del receptor, cuando a los locales les tocaba lanzar, ambientaban el lugar. Una tarde perfecta; una tarde de sábado más para los de ahí. Para José, ese ambiente era muy abrumador; no podía entender tanta alegría. César sintió miedo por primera vez, sobre todo cuando dirigió la mirada a su jauría, y vio que el pastor alemán estaba muy nervioso. Otros de sus perros ladraban a pesar de ordenarles silencio. En la parte de atrás del campo se paseaban sin pena ni gloria tres perros tristes y callejeros, quizá lo único triste de ese lugar.

Al lado del estanquillo había un comedor donde olía a tortillas y a carne; a los dos amigos se les hizo agua la boca. Era una casa de cinco metros de frente, con una cochera en donde tenían un asador y un comal de un metro cuadrado, en el cual preparaban gorditas de maíz con salsa, carne y chorizo. Definitivamente, el olor era mejor que incluso los del supermercado de la ciudad. Estaban tan nerviosos que ni siquiera les dio hambre. En eso arribó, con una cerveza Corona en la mano, el alcalde. A pesar de que no había ningún esquema político, le nombraban el alcalde; se llamaba don Cruz. Con él había negociado César en sus dos visitas anteriores. Dijo no ofrecerles cervezas para no distraerlos, pero que, al final, sin importar el resultado de la apuesta, les invitaba unas caguamas.

Ese día iban a suceder muchas cosas por primera vez. Los habitantes empezaron a salir de sus casas. Ahí sí eran casas, no sencillos tejabanes. Eran viviendas hechas de ladrillos, con hasta dos cuartos. Todos sonreían; era un espectáculo impresionante para José. Dejaron de jugar béisbol; todos se dirigieron al fondo del campo. Allá había una fila de grandes árboles de un color verde que los amigos no recordaban haber visto en toda su vida. Los árboles iban en línea paralela con un arroyo. Y ahí, a los dos lados del pequeño río, se sentaron todas las personas. Don Cruz se fue muy sonriente hacia aquella zona. "Tómense todo el tiempo que quieran, morritos". A mitad del campo se quedaron los amigos y los perros; estaban como a ciento cincuenta metros retirados del resto de la gente, y justo ahí fue la primera vez que discutieron los amigos. Como si a José de pronto lo iluminara un rayo, le dijo: "No entiendo esto de las apuestas; tú no tienes nada que perder. Si pierdes, les das el maíz y ya". César gritó: "Cállate, cabrón"; y la manada empezó a ladrar. A lo lejos, los locales platicaban y sonreían sin detectar la discusión.

Las semillas no eran de César. Bueno, de alguna forma sí. Los indios se las habían prestado con la condición de que las llevara a sembrar a su ejido; y una vez levantada la cosecha y después de venderla, tenía que regresar a pagarles a los indios. Cuando José se enteró, sintió fuego en su pecho. "Putas mentiras, César. Pura pinchi mierda, vato. Que te lleve la chingada". "Es que tú no me entiendes". "Chinga tu madre. Estoy hasta la chingada de que todos me vean como un pendejo". "No voy a llevar las semillas a nuestro ejido, porque ahí ni siquiera con este tipo de semilla lograrían una cosecha exitosa. Porque todos son unos pendejos. Sólo tengo que conseguir dinero para pagarles las semillas a los indios y se arregla el pedo".

Si ganaban la apuesta de ese día ya no tendrían que apostar nunca más. Incluso podrían comprar algo de alcohol y comida, y regresar con los indios a devolverles su maíz. Nada de esto le gustaba a José. "No entiendo por qué complicas todo". "Ves, cabrón, te dije que no me entenderías". "Chinga tu madre, por algo te dicen El Loco". César no reconocía a su amigo reaccionando de esa manera. Los perros tampoco reconocían a César tan nervioso ni tan gritón. José tampoco se reconocía a sí mismo, pero se gustó. Sentía que el fuego se le iba extendiendo a todo el cuerpo. Toda la conversación fue en un volumen bajo, entrecortando las palabras. Gesticulaban, y en sus cuellos inflamados y sudorosos se les notaba el coraje con que se hablaban. José no quería saber el monto de la apuesta; ahora todo se le hacía una tontería. No le encontraba sentido a correr esos riesgos. "Cancela la apuesta y nos vamos a nuestro ejido a sembrarlo ahí, tú te encargas del proceso". "Ni de pedo, la destruirían los viejos".

"Bueno, chingados, regrésalas a los indios y se acaba el pedo, puñetas". César no aceptó; dijo que todo eso era apenas el inicio de un plan más grande; que si se lo decía, más se iba a confundir, y le reclamó que le armara todo este acto de rebeldía justo en el día más importante de su corta aventura. Pero las virtudes no tienen aviso de llegada ni fecha de caducidad. Ese día, por primera vez, José había podido conectar ideas con sentimientos; pudo hacer juicios y tuvo el valor de expresarlos.

La sensación de coraje y desesperación era grande en ambos, nunca habían discutido. Por primera vez no estaban de acuerdo en algo. Por primera vez, José había levantado su voz para defender algo en lo que creía. Insistía en que no deberían hacer esa apuesta. César decía que los hombres no se echaban pa´ atrás. Los perros ladraban. José dijo que los amigos no mienten, ni se van sin avisar. "Pinche mal agradecido, después de que te salvé la vida", dijo César. Siguieron discutiendo. "Na´más no te dejo aquí solo porque soy bien hombre, pues. Y me mortifica que aquí te jodan". "Ya párele, vato, después de la apuesta le explico todo con detalle".

José estaba sorprendido de haberse descubierto capaz de expresar sus ideas. Aunque su destino era confuso y borroso, ahora veía todo diferente. Fuera lo que fuera, él, esa noche, seguiría siendo José, y al día siguiente, y así sucesivamente, y eso le gustó. Sólo sé que soy José. Sólo sé que seguiré siendo José. Suspiró. Sintió que el aire de ese pueblo olía diferente, y caminó atrás de su amigo.

Fue la primera vez que los recibieron con aplausos, eso les causó más desconcierto. Se escuchaba música norteña, incluso daban ganas de bailar. Hasta allá llegaba el olor de las gorditas de maíz. Don Cruz hizo un brindis por sus visitantes; todos traían cervezas o refrescos. Les ofrecieron dos Coca Colas heladas en hielo. José nunca había tomado una así; se estremeció al ver cómo el hielo se deslizaba en la botella. El sonido del agua del arroyo se mezclaba con las notas del acordeón.

Siguieron pasando cosas sorprendentes; uno de los retos fue que permitiera que todos acariciaran a los perros. El segundo reto tuvo que ver con pelotas de beisbol y la velocidad de la manada. Y en el tercero, les pidieron que los perros formaran un número treinta y cuatro en la parte de atrás del campo de beisbol. Sin problema superaron los tres desafíos, y el desconcierto crecía en los dos amigos. Dudaron en aceptar las bebidas y la comida que al final les ofrecían. Los invitaron a comer carne asada, y con el simple hecho de escuchar eso, a los dos se les hizo agua la boca. Los amigos se miraban extrañados por la facilidad de los retos. "Nos van a chingar, César", le murmuró su amigo. Don Cruz les pagó de inmediato los cinco mil pesos, les agradeció la visita y la oportunidad de convivir con los perros. Finalmente, el hambre le ganó a la preocupación, las sonrisas a la desconfianza, la sed a la incertidumbre, y aceptaron quedarse a comer, a convivir y a tomar.

Al anochecer, la parte de atrás del campo de beisbol se había convertido en un gran comedor. Las chispas que salían de la leña se perdían con el brillo de las estrellas. Parecía que cada minuto era mejor al anterior. Chicharras y luciérnagas chirriaban y alumbraban. Los perros de la jauría ya convivían con los tres perros tristes. Los dos sorprendidos amigos se habían dejado llevar por la sed, el hambre, la gula y por la novedad. Carne de res, costillas de puerco, carne seca, tortillas de harina, gorditas de maíz, chorizo, queso. Por primera vez habían comido hasta saciarse; por primera vez experimentaron indigestión y reflujo. Cada uno había tomado al menos cuatro Coca Colas.

Sacaron guitarras, olía a leña, y había más alegría que en un palenque. Nada de eso tenía sentido para los sorprendidos amigos, ¿qué más da? ¿Qué es lo peor que puede pasar? Cuando alguien se hace esa pregunta, algo malo está por sucederle. Ya sólo faltaba que lloviera jamaica o que víboras se unieran a la fiesta. César conoció por primera vez las carcajadas de José, y viceversa. Se estaban emborrachando de alegría; el cuerpo les vibraba. José volteó a ver las estrellas sólo por unos segundos. Sólo los alegres bailan, y como era el día de las primeras veces… bailaron. ¿Un baile puede salvar una vida? Las damas les enseñaban a moverse; el estilo era lo de menos, las carcajadas eran lo de más. Sus corazones pataleaban de alegría por primera vez. César seguía sin entender la actitud de los lugareños, pero varias cervezas ayudaron a que ya no se cuestionara y se dejara llevar por el momento. José, desde su descubrimiento estaba liberado. Dijo que sólo pensaría en el puro y meritito presente, en ese oxígeno que se le metía al cuerpo. Así que, a bailar, a seguir el acordeón. Les dijeron que la música era de un grupo de Zapata, Texas; lo nombraban Intocable. Muchas de las carcajadas que a partir de ese momento se escuchaban se debían a los brincos tan extraños que daban los dos nuevos bailadores.

Una morena de rizos negros tocaba a José más de lo que el protocolo del baile indica, por lo que éste sonreía aún más. Bloqueaba cualquier pregunta que su mente intentaba presentar para molestarlo. Si ella lo quería tocar, que lo toque, pues. César vio los manoseos y lengüetazos que le estaban dando al José, y más se sorprendió de todo lo que sucedía en ese lugar. ¿Cómo alguien tan bella, como esa morena, andaba sin galán?

Pasaron más horas; los olores y la música no paraban. La gente era menos. José ya se había retirado con la morena. En una mesa, César tomaba con Don Cruz; trataba de explicarle acerca de las estrellas, pero habían tomado tanto alcohol que resultaba difícil que se entendieran. La mañana encontró a los de la mesa dormidos y a José gozando el cuerpo de la morena. El olor a chorizo con huevo les dio los buenos días. Un joven lanzador ya tiraba la bola desde el diminuto montículo del campo de beisbol. Los ruidos de un lugar próspero eran como un concierto de alegrías para José, aunque, la verdad, el mejor sonido que escuchaba eran los gemidos de la morena, unos segundos antes del orgasmo. Nunca había hecho sentir eso a una mujer, a menos que la joven fingiera, aunque eso no le pasaba por la mente. En la mesa sirvieron el desayuno: huevo con machaca, tortillas de harina grandes y delgadas, y café de olla con un toque de canela. El dinero seguía en el pantalón de César. José no podía quitar la enorme sonrisa que tenía en su cara. Varios tacos después se retiraron los amigos y la manada.

De nuevo se marchaban con ingresos por sus apuestas. No sabían bien lo que había pasado. César volteaba al cielo a ver si alcanzaba a ver alguna estrella, José aún sonreía. Caminaron por horas, sin rumbo aparente; ahora, entre carcajadas, se reclamaban sus planes y sus actos del día anterior. Entre risas, discutían los motivos del porqué les habían puesto retos tan sencillos. No los encontraban. Mucho menos encontraban los motivos que causaban tanta sonrisa, tanto gozo y tanta paz en ese lugar. A lo mejor las cervezas o las Coca Colas tenían pociones de alegría, o jugar beisbol les ablandaba el alma. Quizá el ruido del arroyo los tenía anestesiados, aturdidos de alegría. "¡Es el agua del río, vato!". Decididos, se dieron media vuelta y regresaron al pueblo beisbolista. Horas después, en las orillas del lugar, sin que casi nadie los viera, llenaron dos botellas con agua del río y se fueron. Esa quizá era la causa de tanto placer en ese bendito lugar. Harto dinero, maíz mágico y agua de la alegría; ¿qué más se requiere para ser feliz?

28.

Unos segundos antes de que esos rayos de luz iluminaran a la pareja que gozaba en la cama, El Atado se creía afortunado. Ahora, que por primera vez les veía la cara, se sentía ahogado en rabia y desesperación. Él conocía a la pareja que se sumergía en placer al embarrar sus cuerpos. Era su mamá y Salvador, el mejor amigo de El Atado. El hijo de la chingada del Chava. Era su amigo desde la infancia, defendieron el orgullo de la cuadra en partidos de futbol contra los de la colonia de arriba. Peleaban juntos cuando alguien los atacaba. Amigos de las primeras borracheras, de esas en las que se jura amistad eterna. Los que cogían en la cama eran las únicas personas, en todo el planeta, en quienes El Atado confiaba.

Ahora podía ver todos los detalles. Era como si sus ojos tuvieran aumento. Veía cómo el rímel de su madre se chorreaba sobre sus ojos debido al sudor. Sentía una patada en el estómago. La pareja gemía. La señora sonreía, gritaba y pedía que le diera más fuerte. El Atado no pudo más, y vomitó. El artefacto que tenía en la boca dificultó más el proceso. Además, no todos los días se vomita por el asco que produce el ver que tu mejor amigo se está cogiendo a tu mamá. Puta rabia. El tapabocas contenía los gritos. Añoranza de días cotidianos. Cambiaba todo por una tarde de infancia donde el mayor riesgo era perder el partido de futbol que jugaban en la calle. Putas cuerdas que lo apretaban. Jalaba con todo; no le importaba si millones de lenguas invisibles le chuparían la sangre que chorreaba de sus talladas extremidades. Escuchaba carcajadas en su cuarto, miles de mujeres burlándose de él. Y del otro lado, el sonido de su mamá gimiendo, viniéndose una y otra vez. No había forma de expulsar tanto dolor. No había forma de detener tanta vergüenza. Veía su erección y lloraba de impotencia. No quería estar excitado al ver la escena de su madre. La pareja parecía que no tenía planeado parar. Seguían los cientos de carcajadas. Sentía que el tiempo no avanzaba. Vómitos, llantos, dolor testicular. Cerraba los ojos, y no podía controlar la sensación de millones de hormigas negras invadiendo su cama. Pateaba nublado entre la razón y la ilusión. La realidad se le había perdido. No podía aguantar nada más. Tenía que abrir los ojos, y al hacerlo, veía de frente el espectáculo de su mamá y su mejor amigo dándose placer con todo. Le hubiera gustado quedar ciego esa noche; estaba dispuesto a perder la memoria, la razón o la vista. Perder todo a cambio de ya no ver eso. ¿Por qué chingados su mamá tenía que pujar tan fuerte?

Estaba ahogándose en coraje. Roberta tocaba una chillante guitarra mientras se carcajeaba. ¿Cómo desahogar tanto dolor? Se desmayó pensando que moría, y se entristeció en los últimos segundos de consciencia al darse cuenta de que murió temiendo. Creyó morir como un cobarde. En esos segundos, previos al desmayo, se dio cuenta lo decepcionante que había sido su vida y también su muerte. Para acabarle de joder el día, la mala noticia era que no había muerto. Era un simple desvanecimiento revelador del contenido de su alma, que había llegado como una reacción ante tanto dolor.

Volvería pronto a los tormentos. Aún había más dolores para él. Si supiera a lo que iba a regresar, jamás lo aceptaría. Pagaría por morir. A pesar de las hormigas, el excremento que llenaba su ser, los tormentos, los miedos y el espectáculo de su madre, aún no había pensado en el arrepentimiento. Se puede decir que jamás se había arrepentido de nada en su vida. Parecía que había vivido en un mundo perfecto donde pedir perdón no era necesario.

Lenguas invisibles chupando las heridas de sus extremidades lo despertaron, le brindaron la mala noticia de que seguía en este mundo. Pinches sorpresas que da la vida; cuando llegó a ese cuarto pensó que se cogería a la pelirroja más excitante del mundo, y algún tiempo después, porque es imposible determinar cuánto tiempo llevaba ahí, estaba deseando morir. Apenas recobró la consciencia y vio en la pantalla que, mientras salían del cuarto, el joven le preguntó a la señora por su hijo y le mandó saludos cordiales. El Atado sintió que su corazón le rompía el pecho. "Hijo de la chingada. Le voy a romper el hocico". Gritaba bajo el artefacto que le tapaba la boca. Gritó por horas hasta que quedó agotado.

Unos truenos retumbaban justo afuera de su ventana. Escuchó gritos y coros de monjes gregorianos. De nuevo oscuridad total. Algunos destellos grises salían ocasionalmente de la pantalla de pixeles. Guitarras estruendosas, gritos de dolor, llantos. Vio pasar sombras de cientos de mujeres, todas con gabardinas negras sobre sus cuerpos y cabezas. Cada destello veía más. Todas las mujeres paradas alrededor de su cama. Calladas. Quería poder hablar para hacer una negociación que parara todos sus miedos y dolores. Quería huir, llorar, ser abrazado. Ya no quería ver nada, ya no quería estar asustado, ya no quería cerrar los ojos porque las visiones se le convertían en realidad. Confusión de sentidos, de tiempos, de dimensiones. Olvidó cómo llegó ahí. Por momentos olvidó qué hacía ahí. Haberle hablado a aquella pelirroja es lo peor que había hecho en su miserable vida. El espejo de su cuarto se rompió; las mujeres seguían viéndolo. Era inútil intentar reconocer a alguna de ellas; sin embargo, no encontraba a Roberta, aunque por segundos todas parecían ser ella. Puta locura. Soplaba un aire helado. Sintió un aliento de plomo que le causó dos vómitos. Una mano le quitó el artefacto de su boca, sin embargo, no se atrevió a decir nada. Tampoco pudo vomitar más.

En la oscuridad desaparecieron los cientos de mujeres; la enorme pantalla de pixeles se iluminó de nuevo. Una vez más apareció una pareja. Su mismo amigo, el pinche Chava, hijo de la chingada, saciaba todos sus instintos, ahora con la hermana menor de El Atado. No mames. Hicieron más o menos lo mismo que había hecho el joven con su mamá, sólo que ahora más moderno. El Atado sentía dos balazos en su pecho. Era humillante seguir erecto. Lloró ante el segundo espectáculo, mientras recordaba las tardes de infancia cuando jugaba con su hermana, con la que ahora su amigo también jugaba, aunque de otra forma. Recordaba la inocencia de su niñez. Cuando jugaban a no ser encontrado. Cuando el reto era proteger a su hermana, llevarla, acompañarla, ¿para qué? ¿Para qué tanta chingada precaución durante tantos años, si todo iba a acabar como esa noche? ¿Son hilos ya tendidos? ¿Son caminos ya creados y sólo decides si los caminas o te detienes por siempre? Estaba débil. Sus brazos temblaban. Alguien le puso un cigarro encendido en su boca; hizo peripecias para fumarlo. Era el primer placer que sentía en mucho tiempo. Le urgía eyacular.

Estaba solo, varios días se habían convertido en noches; su cuerpo estaba más delgado. Había perdido la razón, la cabeza y el deseo, mas no la erección. La pantalla de pixeles comenzó a proyectar repeticiones de las dos representaciones carnales que un tiempo antes había presenciado. Sufrió ataques de pánico. Al cerrar los ojos, veía animales invadiéndole su cama y su ser. Rinocerontes que rompían las paredes del cuarto. Panteras que brincaban sobre él. Serpientes enredadas en sus piernas. Tarántulas que caminaban en su cabeza. Dicen que uno de los peores martirios es la falta de sueño. El Atado no podía dormir; en cuanto cerraba los ojos lo invadían alucinaciones, y cuando el sueño estaba por vencer al miedo, una mano lo tocaba, lo sacudía, le ponía dos parches de Vivarin en el hombro y le daba de tomar Red Bull. No dormir era parte del pago. Págale despierto. Págale sin parpadear.

Ya ni se animaba a hablar. Había perdido la esperanza. Estaba agotado; tenía miedo. Veía ojos que lo miraban desde el techo. Había sido valiente para joder y abusar a más de treinta mujeres con la ayuda de sus pastillas; y cobarde para sufrir. ¿Cómo jodes al que jodió tanto?

Los párpados se le quebraban. Le dolía intentar pensar. Le cansaba respirar. El sueño. La erección. Los cánticos. El excremento. Las hormigas. Destino encabronado no lo para nadie. "¡Yaaaa! ¡Yaaa!". Quería llorar y ni eso podía hacer el hijo de puta. Si pudiera lograr sentir culpa, podía ser que luego sintiera tristeza, y luego, quizás, pidiera perdón. Pero pensar en Roberta lo excitaba y le interrumpía todos sus pensamientos. Gente tan pendeja como él no puede realizar dos procesos mentales al mismo tiempo, mucho menos si su ser estaba inundado de perlas mágicas. Su mente era lavada por ideas vagabundas, ideas errantes; encontraba sólo cosas que no buscaba. Todo lo veía gris. Le ardía el dolor de recordar a su mamá cogiendo. Recordó con placer algunos de sus ataques. Veía volar tacones rojos. Se vio flotando en el cielo, parado sobre una diminuta tabla negra. Había dos abismos, siempre caía al lado oscuro.

Roberta quería que El Atado se arrepintiera y pidiera perdón, pero los cobardes nunca hacen eso. Su corazón quería evacuar. Su tímpano vomitar. Su estómago gritar. Sus dientes llorar. Su cerebro quería convertirse en su colon. Puta confusión de mierda. Tenía el rostro como el de un desahuciado. ¿Alguna vez será demasiado tarde para arrepentirse? ¿Habrá un mejor tiempo para pedir perdón? Todo lo que pasaba por su mente era malo. Su jodida infancia. Su jodida adolescencia. Su jodida juventud. Su jodida vida adulta. Todo el tiempo viendo a quién joder. Todo el tiempo insatisfecho. Jodiendo a quien se le atravesara.

Apareció Roberta y le dijo: "Si eyaculas con sólo verme, te desato y se termina todo". "¿Qué es esto? ¿Por qué esto? ¿Cuándo termina?". "Si eyaculas con sólo verme, te desato y se termina todo". "¿Queeé chingados es esto, pinche puta?". La voz de Roberta era seductora; podías ponerle esa voz a cualquier mujer y la desearías sin importar su belleza. En la pantalla seguían las imágenes de su mamá y su hermana cogiendo con Chava. "¡Chinga tu madre! ¡Me vale madre todo!". "No, señor, no te vale madre todo. Vas a ver". "No tengo nada que perder". "Te falta perder la dignidad, y eso es lo más valioso".

Frío, ausencia de sueño, conciencia violada, erección obligada, cerebro invadido. Cuando cerraba los ojos, si no veía a su mamá o a su hermana cogiendo, entonces veía a plagas de cualquier insecto, salpicado de excremento, subir por su cuerpo; dragones le gritaban directo al oído. Abría los ojos y miraba la pantalla o a mujeres con gabardinas negras y rostros ocultos, y como toque final, sentía lenguas lamerle sus heridas. ¿Qué será peor: morir de hambre, de sueño o de una prolongada erección? "No tengo nada del dinero que robé". "No quiero ni un centavo de ese dinero". "Dime lo que quieras y te lo doy". "No puedo creer que no se te haya ocurrido". En un segundo, ella desapareció sin decir más. Ojo por ojo, diente por diente. Su corazón latía más lento cada vez. Cada latido le dolía como si le enterraran una flecha.

En la habitación, ahora sólo estaba él y su cama. Por favor, que haya sido un sueño. Pobre iluso. La medianoche no se movía de su ventana. Sonaban unos pianos con música tétrica y melancólica. Finalmente, la mañana apareció, y entró una señora a hacer la limpieza. "¡Señora! ¡Señito! ¡Señito! ¡Ayúdeme! ¡Desáteme!". Ella no lo escuchaba. "Señora, desáteme por favor". Ella no se inmutaba ante su presencia. "¿No me ve? ¡No se haga pendeja!" ¿Por qué en los hoteles hay Biblias? La señora se fue, dejó la habitación limpia; y él ahí seguía.

Ya, por una chingada: alguien explíquele a El Atado que Roberta quiere lograr que se arrepienta y pida perdón. Sonaban flautas árabes, tangos contemporáneos, gritos de almas en pena. ¿A quién culpar? ¿Al cuerpo que hospeda un alma maldita, o a un cuerpo maldito que destroza un alma? Hay dolores que dejarán una huella eterna. Ellas tenían razón. ¿En qué parte estamos soñando? ¿Cuándo empezamos a vivir? A veces me preocupa más de dónde venimos que a dónde vamos. A lo que se le nombra el principio, capaz que es el final. ¿Y si alguien todos los días enciende las estrellas?

Unos simples minutos de sueño, una simple eyaculación, un bocado de pan. Nada puede ser tan hermoso ni tan feo; todos quítense las máscaras. Maldíganse a miradas, lastímense con dolo; metan las uñas al corazón carcomido, al pulmón perturbado por plomo, por mercurio, por mierda que se niega a salir. Retorcijones de conciencia que no dejan de joder, estómagos que cargan penas. Puta sociedad perdida en la soledad de la tecnología. Compren sexo para olvidar rencores. Levántate y anda, pinche Atado.

Doce señoras de limpieza deambulaban por el cuarto. Se escuchaban cuatro máquinas de escribir en apurada acción. Nadie lo veía. Chinguen su madre las trompetas que reventaban notas al lado de su cabeza. En la ventana habían aparecido tres gárgolas. Sentía acidez y plomo en su boca. Roberta apareció frente a él, traía un vestido pegado al cuerpo. Labios rojos como el sol. Su cabello rojo, ahora lacio, se tendía sobre sus hombros. Empezó a pedir clemencia, mas no perdón. Confirmó que era un cobarde. Las imágenes de la pelirroja iban y venían. Al frente, a un lado, flotando, pegada al techo. Gotas cayendo del techo. Gotas continuas. Goteos tediosos, exactos, tensos y rítmicos le penetraban el cráneo. Sus oídos no soportaban una gota más. Eran como tornillos que lijaban sus tímpanos. "¡Housekeeping! ¿Se puede? ¡Limpieza!".

29.

Habló, y lo que escuché me dejó el cuerpo helado. No me podía mover. En el instante que dijo las primeras sílabas, preferí que hubiera callado un tiempo más. Sentía que flotábamos alrededor del candil; encima de todos. Preferí que hubiera alargado el suspenso. Sentí que me robó el goce, la excitación de la incertidumbre que era tan mía. No podía estar tan malo lo que me había dicho si aún no soltaba mí mano, si aún mi mano estaba en su cadera y seguíamos bailando algo de Simply Red. ¿Será ella el tipo de mujeres que sufren causando dolor? Aún no podía procesar lo que me había dicho. Imagina bien el momento cuando, estando yo clavado en sus ojos, inició *Heaven in Your Eyes*, de Loverboy. Durante la secundaria, esa había sido mi canción favorita. Se escuchó la letra: I can tell by the look in your eyes you've been hurti'n, y empecé a perder el poco valor ganado. ¿Por qué? ¿Qué te había dicho, güey? Me dijo que lo tenía que pensar. Unos minutos, después me di cuenta de que no estaba tan mal; al menos, no me había rechazado. Yo no sé qué tan vulnerable seas cuando escuchas canciones; yo quedo expuesto. La canción me había dejado perdido. Otra vez cometí la estupidez de ponerme a cantar la canción. Iba a pensar que era cantante. Mientras estuviera bailando con ella podía soportarlo todo. Hasta la pronunciación en inglés me salía perfecta, no perdí ninguna nota, ningún tiempo; como si mi acceso a la final de American Idol dependiera de mi desempeño al cantar esa canción. La verdad, estaba en juego una vida con ella. Sentí un calambre en mi nuca. ¿Cómo llevar noción del tiempo y de la conversación si cantaba Christopher Cross, y yo estaba aferrado a su mano? Cada minuto que siguiéramos bailando, su indecisión me sonaba más a un sí que a un no. Jazmines para todos, tumben el techo, desaparezcan todos, dos estrellas cuelgan de sus orejas. Por supuesto le podía aceptar cualquier plazo y condición. ¿Y qué? ¿Qué más platicaban? ¡Nada! Mientras estuviera de su mano, la podía esperar siempre. Qué melcochoso, Santi. Espera, ¿y si estaba midiendo mi reacción? Pensé en sacar mi orgullo y demandar una respuesta en ese momento, y no pude. Por mí, me quedaba ahí por siempre. Lo malo es que, al parecer, ella no. Y, en plena canción de Foreigner, me dijo que tenía que ir al baño y luego con sus amigas. Así, ¡bang! Simple, duro, directo. ¡Pum! Párteme la madre. Me dio su teléfono y pidió que la llamara el siguiente fin de semana. Nos hubiéramos quedado callados y bailando por siempre. Me quedé solo en medio de la pista, causaba miradas de lástima. Logré caminar, aunque sin rumbo. Choqué con algunos cuerpos, terminé en la barda de la terraza. No había estrellas. Tenía confusión de sentimientos.

Caminé despacio por toda la terraza; pinche Billy Ocean, me cantaba al oído *There I'll be Sad Songs*. El maldito piano me daba en la madre. El salón, la terraza, el cielo, todo estaba gris y en cámara lenta. Pasen por mí: aquí tienen a su pendejo, el más triste de todos. Si le hubiera dicho todo lo que sentía por ella habría aceptado al instante. Fui un pendejo. Si tan sólo le hubiera contado de la exhaustiva búsqueda que hice por ella, en lugar de ponerme a cantar canciones pendejas, repitiendo la letra que alguien más escribió, cuando yo tenía muchas letras por decirle, letras desde mi corazón, letras sólo para ella. Pero no; me apendejé y me puse a cantar como un pinche naco. No sé cómo me aguantó tantas canciones bailando. Desde entonces ya era terco, y pensaba que nunca era tarde para expresar sentimientos como ésos. Una puerta y un sentido común no me iban a detener. Iba a ir hasta los lavabos del baño de mujeres a platicarle de mi búsqueda, a decirle que estaba loco por ella. Giré y, lleno de energía, me dirigí al baño que estaba en la entrada del gran salón. Crucé el recinto entre miradas de burla. Una canción de The Cure ponía el ambiente más etéreo. Los cobardes siempre gozan cuando los valientes fracasan. Llegué al baño de mujeres y no tuve el valor de entrar. Me senté en un sillón blanco que estaba frente a la puerta; desde ahí también podía ver quién entraba y salía del gran salón. En el sillón había otros dos inadaptados, de esos que van a los bailes a platicar de ciencias. Al lado había un señor tratando de ver lo que sucedía adentro del salón. Ninguno de ellos tenía mi tipo de problemas.

Sentía que todas las carcajadas que sonaban eran sobre mí. Me molestaba aún más no estar con ella. Me molestaba que ella no me conocía. Con la mezcla de arrepentimiento y ansiedad que tenía, iba a ser muy difícil aguantar una semana entera para conocer su respuesta. No quitaba mi vista de la entrada del baño. Habían pasado más de veinte mujeres, ni una tan bella como ella. Pensé acercarme al baño y gritar su nombre, o gritarlo desde el sillón, o ir con el dj y pedirle el micrófono para, de esa forma, hacerle mi declaración de amor versión extendida.

Pasaron cientos de mujeres y más de quince minutos. Era momento de aceptar que sólo tenía dos opciones: esperar que el siguiente fin de semana llegara, o bien, ir con el dj, pedirle el micrófono y, esperando que aún estuviera en el salón, aventarle todo mi amor en palabras. Como a esa edad una semana puede parecer una década, decidí, entonces, ir por el micrófono. Entré al salón; mis pasos eran fuertes, largos y llenos de esperanza. En mi cara había una pequeña sonrisa llena de ilusión y de orgullo. ¿Qué tan mala pudiera ser la idea del micrófono? Estaba a diez metros de llegar a la mesa del dj, cuando dos desconocidos me bloquearon el paso; uno de ellos extendió su brazo derecho, enterró sus dedos en mi pecho, y me aventó una amenaza que me tomó mucho tiempo procesar. ¡Santiago! ¡No manches! ¿Qué te dijo? ¡Dímelo! Me dijo que Roberta tenía novio, que el novio era su amigo y que me iba a cargar la chingada. ¡Ah! Y, para que pareciera película, dijo que el novio era cinta negra de karate y tenía dos años más que yo. Más que el dolor que sus dedos habían dejado en mi pecho, me dolía la posibilidad de que esa noticia fuera verdad. Me dijeron que no me madreaban en ese momento porque querían dejarle ese placer al novio.

Más que la preocupación de la posible madriza que quizá me iba a tocar, me dolía pensar que ella me hubiera mentido. Nada tenía sentido. Ella no era capaz de jugar así conmigo. No iba a dejar que dos pendejos me detuvieran después de todo lo que me había costado encontrarla. Ahora, con mayor razón, ella iba a ser mía; si tenía que pelear con dos cintas negras o con tres o con los que fuera, lo iba a hacer, a pesar de que jamás había peleado con nadie. Quizá los combates se inventaron para que los ganadores se queden con las mejores mujeres.

Tenía que encontrarla. Sabía que al ver sus ojos confirmaría que la versión de ese par de pendejos era mentira. En ese momento deseé besarla. Me invadió una inmensa necesidad de besarla con todo, un beso en serio, no de los que se dan en preparatoria. No, de esos no. Me refiero a un beso de esos de adultos, de películas, de esos de libros de Nicholas Sparks, de esos que arreglan todo, de esos que, lengua con lengua, se dicen todas las preguntas, respuestas, deseos, sentimientos. Quería besarla, y que en cada segundo me quitara bocanadas de aire, que me robara pedazos de vida. Que muriera ahí con ella. Me urgía verla y besarla. Con un beso resolvería todo. Seis imbéciles más se unieron a los dos cabrones que me habían abordado, y ahora me seguían a todos lados. Eran los ocho más mamones del lugar. Sus ropas, de marcas de lujo, no ocultaban el poderoso acné de sus caras. Pensé que quizá la golpiza sería esa misma noche, quizá alguien ya había ido a buscar al novio. Tenía poco tiempo para encontrarla. Ahí sí extrañé a mis pocos amigos. Me hubieran ayudado a buscarla, a pelear o a huir. Pero estaba solo. En mi confusión olvidé la opción del dj. Caminé por toda la orilla del salón, la terraza, de nuevo al baño, y no la encontré. Los ocho pendejos me seguían a todos lados. Por Dios, que encontrara un amigo, un conocido al menos con quien pudiera pretender que fuéramos buenos amigos y me ayudara a encontrarla; o bien, que me ayudara a pelear. Me arrepentí de no haberme metido a clases de karate desde años antes, sobre todo después de haber visto Karate Kid.

No sé cuánto tiempo pasó, y volví a pensar que quizá la idea del micrófono no era tan mala. ¿Qué tan peor pudiera ponerse la noche? Llegué con el dj y, antes de que yo pudiera decirle algo, me dijo que me iba a cargar la chingada por querer bajarle la novia a su amigo. No podíamos hablar de la misma mujer. Di la media vuelta y me retiré mientras el dj gritó: Te van a tumbar los dientes, puñetas. Me preocupaba más saber si era verdad que ella tenía novio, que la posible golpiza. Alguien como ella no podía mentirme de esa manera.

Todo empezó a suceder muy rápido. Ni siquiera encontraba a Andrea. El salón se iba vaciando, y a mí me seguían a todos lados. El baile se acabó; me quedé hasta la última canción. No la volví a ver. Mi esperanza era encontrarla afuera del club, en las grandes escaleras del frente, y cuando llegué ahí, no estaba. Entonces me fui. Los que me seguían me gritaron: ¡Te van a romper el hocico, pendejo! Pinches puñetas; para lo que me importaba que me madrearan. No podía aceptar la versión de que ella tuviera novio.

Se me olvidó que había apuntado su teléfono en una servilleta manchada por volovanes y canapés con paté. Empecé a correr para llegar cuanto antes a mi casa y marcarle de inmediato. Correr tres kilómetros me convencieron de que no era buena idea llamarle esa misma noche. Veía su cara en el cielo, en la calle, en los árboles. Me veía sonriente, orgullosa de mí. Llegué a mi casa empapado en sudor. No recordaba nada que le diera fuerza a la versión de esos cabrones. Sobre la chingada ella iba a ser mi novia.

Noche de insomnio viendo las imperfecciones del yeso texturizado en el techo de mi cuarto. Llegó la mañana entre olores de cebolla, cilantro y barbacoa. Respeté las buenas costumbres; no quería aturdir a mis futuros suegros con una llamada en domingo antes de las diez de la mañana. ¡Qué ansia! ¡Qué ansia! ¿Cómo te aguantaste? No sé, estaba aturdido. Mis padres hacían preguntas, se reían con mis respuestas, yo no sabía qué era lo cómico de mis contestaciones. Pasaron las diez, y no le había marcado. Me sentía cómodo en la incertidumbre porque me daba esperanzas. La resolución te da respuestas, y, como no todas son agradables, quizá no estaba tan mal quedarme con la duda. Luego deduje que la golpiza me la iban a dar de cualquier forma. Entonces, me animé a marcarle. Creía en ella y en lo que sentía. Nunca había experimentado una sensación como ésa antes.

Nadie contestó en todo el día. ¿Por qué chingados ese domingo se les ocurre desaparecer? ¡Roberta! Sácame de este pozo. Al siguiente día, después de la escuela, me contestó la sirvienta y dijo que la señorita Roberta regresaba hasta la noche. Ella colgó de inmediato cuando le pregunté si Roberta tenía novio; creo que entendió que le pregunté a ella. Mi ansiedad alteraba mi pronunciación, me comía sílabas, a veces, hasta palabras. Batallaba para escuchar, para hablar. Estaba hecho un pendejo.

Con su número telefónico encontré su dirección. La fui a buscar tres veces en los siguientes días, y siempre la misma sirvienta decía que no se encontraba en casa. ¡Chingados! ¿Pues dónde estaba? Como si necesitara más ruido y alguien me pusiera unos audífonos, la canción de *Lady in Red* retumbaba en mi cabeza. Esa canción la había bailado con ella. El jueves de esa semana era el cuarto día consecutivo que iba a su casa. Creo que ya le daba lástima a la sirvienta. Después de que me decía que no estaba, esperaba por horas en la acera de enfrente;

escondido atrás de un árbol, intentando no asustar a los vecinos. A veces la gente confunde a los enamorados con depravados.

Era como si se la hubiera comido la tierra. Yo quería que eso me pasara a mí. Ese jueves, saliendo de mi práctica de beisbol, iba caminado por un ancho pasillo que llevaba del campo al estacionamiento; ahí pediría un aventón. Vi a un compañero del equipo que corría del estacionamiento hacia mí. Me dijo: corre, pendejo, que te van a madrear. ¿Qué?, ¿dónde? Cuando pude reaccionar, vi bajarse de una camioneta y correr hacia mí a más de diez cabrones. ¡Chinga tu madre! ¿Queeeé? Ayy, Santiaguito. ¿Qué hiciste, güey? Me quedé unos segundos estático, al menos traía un bate, guante y unos tachones con los picos de acero. Reconocí a algunos de los que me habían amenazado en el baile. No sabía cuál era el novio; la verdad, eso era lo de menos: a todos se les veían las mismas ganas de madrearme. ¿Cómo era posible que me hubieran encontrado esa misma semana y yo no había logrado hacer lo mismo con Roberta? El grupo se acercaba cada vez más y yo seguía inmóvil, otra vez sin amigos. El compañero que me había dado el aviso ya había desaparecido. ¿Por qué no me dejaban pelear solo contra el novio? ¿Por qué todos contra mí? Además, yo no había hecho nada malo. Con el odio que les alcanzaba a ver en sus caras, la versión de que Roberta era la novia de alguno de ellos tomaba mucha fuerza. No entendía por qué todo se tuvo que complicar. ¿Así es siempre el amor?

Nunca me habían partido el hocico, pero siempre hay una primera vez. Me hubiera gustado ser un experto en artes marciales. Antes de soltar mi mochila para empuñar el bate con las dos manos, pensé que el pelear no iba a cambiar nada de mi historia con Roberta. Perdiera; lo cual era muy probable, o ganará; suponiendo un milagro del destino y que me dejaran pelear solo contra el novio, nada iba a cambiar. Yo como quiera iba a buscar a Roberta para conocer su respuesta y su versión. Bueno, a menos de que me mataran a golpes; eso sí iba a cambiar el desenlace de la historia; pero a esa edad uno no piensa en morir en una pelea. Uno piensa en el orgullo, en lo que los otros piensan de uno, uno piensa en el amor, aunque sea difícil definir esa palabra. Yo podía pensar en ella el resto de mi vida, no había dejado de hacerlo desde que la vi por primera vez. Antes de soltar mi mochila para tomar el bate, decidí que lo que más me convenía era correr. Correr como enfermo, correr como loco. Di media vuelta y corrí hacia el campo de beisbol; mis tachones con picos de acero tallaban el concreto de la banqueta, lo que dificultaba mi huida. Corrí hasta llegar al restaurante del campo que estaba a un lado del jardín derecho. Una señora mojaba y barría el piso de concreto en donde había cinco mesas. Atrás de la barra estaba una freidora calentándose para preparar las primeras flautas de la noche. Pensé que era una excelente idea llevar a cenar a Roberta un día ahí, unas enchiladas viendo a la derecha el Cerro de las Mitras mutilado por las empresas cementeras, y a la izquierda la orgullosa Sierra Madre. Aún mejor, imaginé a Roberta recargada en la barda, pasando la primera base, viéndome durante toda una práctica, y yo luciéndome en el campo ante su mirada mágica, para luego pasar a cenar unas enchiladas con una Coca Cola con mucho hielo. Me sorprenden todas las pendejadas que pude pensar a pesar de estar en problemas. Me fui hacia los baños que estaban al lado del restaurante. Me subí a una reja de malla de acero. Con una desconocida habilidad, brinqué sobre los alambres de púas que estaban en la parte más alta, giré como trapecista del Circo Atayde, y caí afuera del parque, en la banqueta de la avenida Humberto Lobo. Sólo nos separaba la reja. Cuando uno intentó levantar a otro para subir, golpeé con el bate la parte alta de la reja donde ponía las manos. Las miradas sí cruzaban la reja. La adrenalina me había hecho más valiente, creo, o más inteligente, o más pendejo. Crucé miradas con todos. Creo que identifiqué al supuesto novio. Gritaban mil pendejadas; yo no dije nada, sólo los miraba a los ojos. Assh, ajá, Santiaguito, tú muy valiente desde el otro lado de la reja. Ajá, claro. ¿Ahora me vas a decir que fui un maricón en huir? Mmmm, no, no te voy a decir eso, aunque tampoco te voy a permitir que digas que fuiste valiente. ¿O sea, tú querías que me quedara ahí para que entre todos me madrearan? Mmmm, no sé. Al menos a preguntarles si te dejaban pelear uno a uno contra el novio. No, Emilia, así no funciona eso. La gente que quiere arreglar los problemas a golpes jamás ha creído que sea posible arreglarlos de otra forma. Además, que no se te olvide: yo no había hecho nada malo.

Por fin, se les ocurrió a estos pendejos separarse a lo largo de la reja. Giré, crucé la calle, esquivé dos camiones que pasaron, corrí hacia el semáforo y me subí a un camión que iba hacia la Calzada del Valle. Se quedaron en la reja como perros rabiosos cuando llegó mi entrenador y encargado del campo. Algo les gritó don Beto, y todos regresaron al piso.

Con el movimiento rítmico del camión pensaba en la posibilidad de que Roberta tenía novio. Sentí que todos los pasajeros del camión conocían mi historia y me veían con lástima. Pensé en lo que sería caminar con ella por esas calles tomados de la mano. Decidí que era momento de terminar la incertidumbre, y con mi ropa de entrenamiento manchada de tierra roja y mi corazón aturdido, me bajé del camión, corrí sobre la Calzada del Valle y llegué a casa de Roberta. Estaba listo para que mi vida cambiara. Me urgía verla sonreír. Timbré dos veces. Golpeé la puerta. La sirvienta abrió, y, para variar, dijo que Roberta no estaba. ¡No puede ser! Supliqué a la sirvienta que me dijera a qué hora la podía encontrar, y aunque dudó un poco, negó con la cabeza mientras me cerraba lentamente la puerta. Crucé la calle y esperé en la acera de enfrente. Sólo habían pasado cinco días, y sentía que eran cinco meses. ¿Por qué necesitaba tanto tiempo para darme una respuesta? O me quería o no, punto. Pasaron las horas. Le hablé varias veces del Oxxo que estaba a una cuadra. Me contestaba la sirvienta con la misma respuesta. Me quedé enfrente de su casa hasta las diez de la noche, volví a tocar, nadie me abrió. Me sentía como velador de pueblo pobre.

Al siguiente día le llamé a las siete treinta de la mañana. Contestó la sirvienta, se escuchaba algo de alboroto de fondo, me dijo que Roberta no se encontraba; le pregunté en qué escuela estaba, dijo que no sabía nada y colgó. Ese viernes, en la escuela, la pasé como sonámbulo. Llegó la hora de la salida, y a unos pasos de la puerta me esperaba el grupo del supuesto novio. Ahí, por lo menos, tenía algunos amigos, pero ya todos se habían ido. Yo tardé en salir debido al regaño que me estaba dando mi maestro por estar desatento toda la mañana. Seguí mi camino, me escondí atrás de un grupo de señoras que platicaban alegremente. Gateé entre carros hasta que llegué al mío. Los viernes era el único día que me dejaban llevar mi Atlantic verde a la preparatoria. Sonreí cuando escuché prender el motor. Pensé en los ingenieros y diseñadores, en Alemania, trabajando en la construcción de este motor y de este auto que ahora me iba a ayudar a escapar de una gran madriza. Los imaginé trabajando intensamente en el auto del que ellos se sentían tan orgullosos, y al que ese día yo estaba amando porque había encendido al primer intento y ya me llevaba a salvo rumbo a mi casa, o a la de Roberta.

Esa semana no había escuchado música. Llevaba dos intentos de ataque y ni siquiera había podido hablar con ella por teléfono. No sabía cómo sonaba su voz sin el ruido de la música de un baile. No sabía cómo sonaba ella sin estar bailando. Llegué a buscar a Roberta a su casa. No estaba. La llamé todo el fin de semana. Nunca estuvo. Mi mamá se sentía preocupada porque me había visto comer sólo tres tacos de aguacate; decía que estaba pálido. Les mentí a mis padres cuando le dije que no había juegos ni fiestas ese fin de semana. Empezaba, con todo el dolor del mundo, a darle algo de credibilidad a la versión de que Roberta me había mentido, o, al menos, escondido la verdad.

La siguiente semana me la pasé esquivando, a la hora de la salida, al supuesto novio y sus amigos. Algo bueno debía tener el haber estado once años en la misma escuela: me sabía cientos de pasadizos, incluso unos túneles que usaban las cuadrillas de Agua y Drenaje. Toda la semana fueron a buscarme, y nunca ni siquiera me vieron. Me hubiera gustado tener poderes y romperles la madre a todos. ¡Yo no había hecho nada, pendejos! Impulsado por la canción de *The Glory of Love*, de Peter Cetera, que Stereo 7 pasaba en el radio, me dirigí a casa de Roberta una vez más. Esta ocasión sería diferente; ahora sí iba a resolver todo. No iba a dejar que mi vida siguiera en la incertidumbre de esa forma. No podía vivir huyendo de unos pendejos, y buscando sin éxito a quien amaba. Huyendo del odio y buscando el amor imposible; sonaba una buena forma para ser infeliz el resto de mi vida, o al menos el resto de ese año escolar, que a esa edad es lo mismo.

Quería estar con ella; quería estar en paz con todos. Yo no busqué los problemas. Yo no busqué el dolor que deja el amor, o lo que nombran amor, ni la angustia de la espera. Estaba dispuesto a pelear por ella, siempre y cuando todo tuviera sentido; su total ausencia no lo tenía. Tenía que entrar a su casa, tenía que hablar con alguien más que con la sirvienta. Capaz que la sirvienta estaba enamorada de Roberta y no me dejaría jamás verla ni hablar con ella. Esta vez iba a ser diferente. Con el poder que me daba escuchar esa canción, me bajé del carro, con el poder que da haber huido dos semanas, con el poder que da la ilusión de abrazarla y tocar ese cabello rojo, con el poder de imaginarme que ese día podíamos mirar el atardecer caminado sobre la Calzada del Valle, me paré frente a la puerta de reja con lámina en el fondo, y, convencido de que esta vez las cosas no serían igual que antes, oprimí el timbre con mi dedo índice muy firme.

30.

Después de dos meses de apuestas y retos, la noticia se corrió por la zona: No le apuesten más a Los Locos de los Perros; están embrujados. César y José se dieron cuenta en poco tiempo que mucho dinero, maíz mágico y agua de la alegría no eran suficiente para ser felices. Por más mujeres que la fama les acercaba, por más amigos, por más tardes de domingos ahogados en cerveza, en las noches se sentían tristes. Se aburrieron y empezaron a discutir sobre su futuro. José quería volver a su ejido, sembrar ahí unas semillas mágicas, cuidarlas con el agua de la alegría y ayudar a los suyos con una cosecha memorable por primera vez. En cambio, César decía que en ese ejido el mal era mayor que el bien. Creo que así es en todos lados, ¿no? César insistía en que la manada nunca había estado tranquila en su ejido; que ahí las tormentas, o las víboras, o los espíritus, o la ignorancia o simplemente la costumbre a la miseria, destrozarían la siembra. Quería hacer más apuestas antes de revelarle su plan a su amigo. José ya no quería apostar.

Ante la fama de la manada, los retos cada vez eran más difíciles; casi imposibles. En algunos ranchos intentaban hacer trampa, lastimar o hasta envenenar a los perros. Les exigían apuestas cada vez mayores. Seguían ganando sólo debido a que los perros eran extraordinarios. César tenía una enorme capacidad para comunicarse con ellos, mantener la mirada pacífica y mostrar una sonrisa que los llenaba de seguridad, que hacía que los perros siguieran respondiendo.

Fuera de hacer una esperanzadora siembra con tanto ingrediente mágico, José no tenía ninguna idea adicional sobre qué hacer con las ganancias. Tanto dinero en un mundo tan jodido no sirve de nada. Lo que el dinero puede comprar en esos rumbos, ellos ya lo habían comprado, y rápido se dieron cuenta de que no les era suficiente para lo que querían, para lo que esperaban, para lo que soñaban en esta pinche vida. Habían sufrido también algunos ataques e intentos de robo; lo típico que les sucede a los exitosos. José había olvidado o superado el dilema que alguna vez tuvo con relación a tener sexo sólo con la persona a quien se ama. Ahora cogía en cada ejido. A pesar de que era el ayudante, nunca le faltaban mujeres.

César decía que en el cielo había estrellas apagadas; que estaban ahí, pero no brillaban: sólo robaban el lugar de otras. Eran unas rocas que no aportaban nada a este universo. A esas estrellas apagadas las comparaba con la gente de su ejido. Era duro con ellos y con sus recuerdos; decía que había perdonado, pero no olvidado. Quién sabe si eso se pueda hacer; él decía que sí. Además, no aceptaba que había llegado a este mundo a sufrir. Veía cómo los indios eran felices, armónicos y respetuosos. Ninguno de estos atributos los encontraba en su ejido. José abogaba por una oportunidad más para su gente: una siembra con maíz mágico, un tractor, un papalote de aire, hacer una represa y dejar que el tiempo les mandara la primera bendición en la historia de ese pinche poblado. Sin embargo, César no pensaba ayudar al ejido de los corazones tristes y las caras iguales. Decía que no le debía nada a ese lugar. César tenía un plan, José no. Uno estaba tranquilo, al otro le iba ganando la incertidumbre. "¿De qué nos sirve todo esto que has ganado, pues, si no hacemos nada más?" Pinche José, quién lo viera. No estaba tan pendejo como todos creían. César miraba a las estrellas buscando una señal; el otro veía al horizonte cuestionando todo, inclusive, pensó pedirle ayuda al universo, a la naturaleza, o quien haya sido el que le dio a los perros todos esos poderes. Imaginó cómo sería su vida si tuviera unos dones únicos.

Caminaron cuarenta minutos más. A lo lejos, descubrieron un valle con los árboles más grandes y más verdes que en ningún otro lado. Vieron, desde la parte alta de un cerro, cómo allá abajo en el valle, la luz era más amarilla y más brillante. Olieron aromas exóticos que jamás habían entrado al olfato lleno de tierra de José. La experiencia le erizó la tostada piel. Había dos lagos con el agua cristalina. Ese tenía que ser el lugar de los indios. Sólo de ahí podían venir las semillas mágicas. Nada más faltaba que la palabra felicidad se formara con nubes en el firmamento. Parecía el paraíso. Unas fumarolas blancas ascendían en orden al cielo, que justo ahí era más brillante, más azul, más todo. José se encaminó hacia el valle, cuando, de pronto, César se le interpuso. "Sólo algunos podemos ir; tú no eres de los elegidos". Y ahí fue cuando José se hartó. Se cansó de haber sido sumiso casi toda su vida, sólo con la excepción del día de la apuesta en el pueblo de los beisbolistas. Se cansó de estar escondido entre la tristeza y la pereza. Uno mandó a chingar a su madre al otro. Se criticaron su nivel de inteligencia. "Pinche puñetas". "Cálmese, pendejo". Se burlaron de sus creencias sobre la naturaleza. La manada ladraba. El maldito y pinche dinero. José tenía muy claro que él sólo había sido un ayudante de César y de la manada, aunque también le quedaba claro que, sin su ayuda; tan puntual, detallada y callada, muchas de las apuestas las hubieran perdido. Su pacífica personalidad era muy bien recibida por los perros; le hacían caso cuando César negociaba las apuestas. José había detectado dos intentos de envenenamiento a los perros. Él había sido parte importante en esa gira de apuestas y demostraciones caninas. Si ahí iba a valer madre todo, él, al menos, merecía una parte del dinero o una parte de las semillas. Tenía la esperanza de sembrarlas en su ejido; con eso podía cambiar la historia de todos sus habitantes. Pero César insistía en un plan más grande, con más beneficios, en donde todos ganaban. "Aguántame más tiempo, cabrón. Somos camaradas, aguánteme. Todo va bien, pero ocupo recibir una señal, vato. Tengo que ir con los indios". "Chinga tu madre si me vas a joder". "No lo voy a joder, vato. Pinchi ansioso. Cálmese. Por muchos años no hizo nada". "Chinga tu madre otra vez". "Aquí espéreme unos veinte minutos, ahorita regresamos". José se sentó en una piedra enorme; arriba lo cubría la sombra del único árbol de ese cerro. César y los perros se fueron rumbo al Valle de los Indios. José no aguantó ver tantas cosas hermosas, y le dio la espalda al valle, miró hacia el rumbo de su ejido en donde el firmamento era más oscuro.

La espera no duró más de treinta minutos. "Fui a regresarles las semillas", fue lo primero que dijo César mientras sonreía. José no sabía qué sentir; por un lado, sabía que eso era lo mejor, y que no habría más apuestas; por otro lado, ya no podría hacer esa siembra milagrosa en su ejido. Recordó que él sólo era un acompañante de esa travesía y se quedó callado. "¿Por qué regresaste tan contento?". "No te puedo decir, lo único que te puedo decir, vato, es que ahí todo es paz y felicidad". José creyó que haber regresado las semillas era lo que le daba la paz a su amigo.

Caminaron. Hasta los perros sonreían, parecía que los habían bañado. José empezó a cuestionarse casi todo. Le daría más tiempo a César. No tenía mucho que perder ni algo específico por hacer. Unos días más no afectarían. César tenía esa sonrisa que gritaba que todo estaba bajo control. Esperaba el día de su suerte; ese día perfecto en que descubrirían la señal.

Los amigos consumían tardes en conversaciones totalmente atípicas a las que los de esos rumbos acostumbraban. César cada vez volteaba más al cielo. Dormía de día para estar despierto de noche viendo las estrellas. José lo convenció de regresar al ejido, en donde ya los habían olvidado. Es doloroso que te olviden en el lugar que extrañas; pero José ya estaba acostumbrado al dolor. Ya sabía que su gente era indiferente a todo. Incluso habían olvidado la noche del tepache. La monotonía borra hasta un tatuaje. Ni siquiera iban al mezquite lejano. Quien iba ahí era acusado de cobarde o de un loco que quería distorsionar la realidad, como si ese árbol y esa sombra no fueran reales. Decían que era más valiente quien aceptaba su vida y se callaba el hocico. Al parecer, los de ahí eran muy buenos para aceptar las cosas.

César se sentía orgulloso de ver cómo su amigo iba creciendo en seguridad. El problema es que a José se le estaba terminando la paciencia, sentía que otra vez se estaba dejando llevar y no hacía nada. Cada día que pasaba lo veía como un desperdicio. Encontró a su ejido más sucio, más jodido. Todo le parecía más miserable. No entendía por qué aceptaban esas condiciones sin intentar hacer algo para cambiarlas. Trató de charlar con los adultos para, al menos, analizar algunas posibilidades, y lo rechazaron una vez más. La palabra intentar no existía para los de ese lugar.

A José le molestaba el viento terco y seco que soplaba ahí. No era por su velocidad, sino por su eterna presencia. Los más viejos culpaban al viento de sus sufrimientos; creían que les llevaba las tristezas y les embutía las melancolías en sus rasposas pieles. Ese era otro motivo más para darle la razón a César: sembrar ahí sería imposible. Si José creía que, después de tanto tiempo viviendo ahí, ya había sufrido suficiente, estaba equivocado. Ahora experimentaba un dolor nuevo: la angustia de no poder ayudar. Le dolía el pecho al arrepentirse de no haber enfrentado a César con más fuerza, le enmudecía el remordimiento por no haberlo convencido de sembrar algunas semillas en su ejido. Dicen que, habiendo conocido el cielo, el purgatorio es un infierno. Le carcomía el cerebro recordar el majestuoso Valle de los Indios. Entendió que intentar es doloroso, y quizá por eso los del ejido no hacían nada. Sentía un cargo de conciencia. Corría en busca de las víboras o de los espíritus, o del brujo, o de lo que fuera que le pudiera quitar ese dolor y esa ansiedad.

La esperanza de la que José se colgaba para no hacer alguna locura era el famoso plan de su amigo. No se quería acostumbrar a deambular como lo hacían ahí. César seguí mirando al cielo. Tenía que descubrir la señal. José ofreció su ayuda, pero le dijo que sería inútil. A José le ardía el corazón al ver cómo la miseria envanecida destruía ese lugar. No había corrido norteño ni botella de tequila que lo alivianaran; se le estaba escapando el diminuto rayo de esperanza que le quedaba.

La sonrisa de César se le iba desapareciendo junto con cada amanecer. José intentó, varias veces más, convencer a César de comprarle semillas mágicas a los indios. Incluso, le dijo que usaría el dinero que le había tocado; sin embargo, las semillas no estaban a la venta, y si alguien de ellos regresaba al Valle de los Indios el plan iba a fallar. Su única esperanza era la señal. Discutían, cuando de pronto unas tinieblas invadieron el ejido; no podían ver las estrellas. La noche era más oscura, el día más gris. César sólo soportó una noche y un día bajo esas condiciones. Tenía que huir de ahí, subir a una montaña o correr lo necesario para poder ver los astros. José se tenía que quedar y substituir a César: estar en el mezquite viendo hacia el cielo durante todo el día, y lo más que aguantara de la noche. Le explicó el tipo de señal que debería encontrar; José no entendió. Con muchos reproches, dudas y coraje, José aceptó la encomienda y le dijo que esa sería la última oportunidad. Entre las tinieblas vio partir a su amigo junto con su noble manada.

Si no fuera por la puntual tormenta de las tres de la tarde, para José sería imposible medir el paso del tiempo. Los días eran grises, en las noches no se veían las estrellas. Deseaba volar entre las nubes y dejar que pasara la luz. Era bueno para aceptar, terco para creer e inocente para soñar. Antes de conocer las dichosas semillas mágicas, poseía el gran don de una conciencia tranquila. No por nada las mejores mujeres se enganchaban con la personalidad que tenía como fruto de tanta cualidad. Tenía una mezcla rara y poderosa de atributos.

A pesar de que el pulso de José siempre estaba sereno, ese día sintió que el pecho le latía más fuerte. Pasaron menos noches de las esperadas y más de las que creyó aguantar, cuando escuchó unos ladridos y vio salir de entre las tinieblas la silueta de su amigo y de los perros. Esperó con el corazón atorado en la garganta hasta que pudo ver que su amigo sonreía, aunque esa cara no iba a servir de mucho si no había noticias del plan.

31.

El Atado pagaría lo que fuera por una hora de sueño. El dolor de los testículos ya no le molestaba; había sido tan constante que ya no lo sentía. El goteo estruendoso le martillaba el tímpano; veía volar, como espadas, las teclas de las máquinas de escribir. Gritaba con todas sus fuerzas, pero ni él se escuchaba. Afuera alguien seguía gritando: "Limpieza". Nunca nadie entró. Empezó a hablar en voz alta y no se escuchaba. Empezó a intentar mover sus piernas y no lo lograba. Roberta aparecía en una esquina, al siguiente segundo estaba frente a él, luego a un lado. Aquí, allá. Iba, venía. Maldita pelirroja hermosa. La cama apestaba a secreciones, sudor y mierda. "¿Quieres que diga que soy un cobarde? ¿Eso es lo que quieres?", gritó con todas las fuerzas que le quedaban. Roberta sólo sonreía mientras se mordía sensualmente uno de los dedos. Era inevitable ver unas manos tan bellas, tan blancas, tan delgadas, tan elegantes, tan perfectas, con unas uñas largas y rojas, y no desear que esas manos te tocaran el sexo. La forma en que las movía y lo terso de su piel era suficiente para enloquecer cuando ella metía a su boca uno de esos benditos dedos.

Roberta le negaba con la cabeza; no le decía nada. Él gritaba y no se escuchaba. La clemencia nunca se da a los cobardes. La clemencia nunca se da a los cobardes, cabrón. Roberta se estaba cansando. El Atado estaba agotado. No sabía pedir perdón. La tan anhelada liberación estaba a una palabra de distancia;

aunque era una tan imposible para él; era la trampa perfecta de Roberta. Era un guiño malévolo al destrozado ego de El Atado.

La ausencia de sueño es tan insoportable como la ausencia de amor; va causando un dolor y una angustia tan agudos, que ya no permite hacer nada sin recordarte que no has dormido o no has amado. Altera todo el cuerpo; cada respiración que des es un recordatorio de lo miserable que eres. También tenía miedo a lo desconocido, a morir, a lo que veía, a lo que no veía. El miedo a la oscuridad, a ver de nuevo a su mamá y hermana cogiendo. Todo le daba miedo. Empezó a reclamarle a Dios como si creyera en Él. De nuevo Roberta negaba con la cabeza justo antes de desaparecer; cada vez estaba más bella.

Perdió noción del tiempo. Roberta le ofrecía dos opciones: o decía la palabra clave o bien aceptaba las consecuencias. O pedía perdón o sufriría. Esas eran las únicas dos salidas. Con esa falta de sueño, esa prolongada erección, el miedo y tantas torturas, era casi imposible procesar ideas. "¡No te entiendo, pinche vieja!". Era casi imposible que tuviera procesos mentales que lo llevaran a pedir perdón. En lo poco que podía pensaba era en cómo conservar la vida y en fantasías sexuales con Roberta. Pedir clemencia era lo más cercano que había estado de pedir perdón, aunque son cosas muy diferentes. Además, la clemencia es algo que Roberta siempre ha aborrecido; incluso, cuando tenía sexo, entre más le pedían parar, más desataba su ímpetu.

El Atado-erecto no recordaba a sus víctimas ni sus actos. La memoria debería de estar siempre a merced de uno. "¿Qué chingadooos quiereees, pendejaa?". Roberta emitía un sonido desaprobatorio al pegar su lengua con su paladar de forma continua y meneaba su cabeza. "Esos no son modales para hablarle a una dama, y menos a una como yo". "¿Queeé quieresss?". "Tú tienes que deducirlo", dijo de una forma tan pausada y tan sensual que desvió, de nuevo, toda la atención de El Atado. Lo excitó. La voz de Roberta era sensual, y, si le sumas el efecto de las perlas, se escuchaba como una diosa del sexo.

El Atado quería encontrar la forma de superar ese capítulo. Muy en el fondo, tenía esperanzas de que fuera un sueño o de que una mentira lo salvara, como muchas veces le había pasado. Por lo pronto, todo se le caía a pedazos. Su pasado mezquino estaba cobrando venganza. En segundos, el cuarto estaba lleno de mujeres; al siguiente segundo no había nadie; al siguiente, sólo Roberta y él; y luego volvían las mujeres que vestían gabardinas negras con capuchas en las cabezas y tenían miradas tristes. Ellas abarrotaban la habitación. El vaho con olor a plomo que expulsaban las mujeres le entraba a El Atado-erecto por la nariz. Naufragio mental, corporal y espiritual; todo estaba difuso, vago, desconectado. Nada entendía. Volteaba a todos lados al escuchar carcajadas llenas de terror, y no veía nada; sus ojos temblaban. Tenía miedo. Puta locura. Pinche sueño. Pinche erección. Roberta sonreía. Sonaban gritos, coros gregorianos, carcajadas, cuervos graznando, elefantes barritando, llantos, gritos de niños asustados, locomotoras zumbando el cuarto. Ochenta mil tormentos. Luz tropical, oscuridad profunda. Ojos reventándose. Erección eterna. Gritos. Llantos. Súplicas. Pedía compasión. Lloraba como cobarde. Estiraba sus extremidades para liberarse, pero sólo causaba más sangrados que atraían a lenguas invisibles. Nunca pidió perdón, sólo pidió ayuda.

32.

Me hubiera encantado poder describir a la perfección su personalidad, pero no podía porque no la conocía. Sólo habíamos bailado durante algunos minutos; no sabía cómo era ella sin bailar. No sabía cómo era tener una conversación con Roberta sin el ruido de la música. La verdad, no necesitaba conocerla más, lo que sentía al estar a su lado era suficiente.

Estaba metido en ese remolino de acontecimientos locos. Iba en caída libre. Sentía todo perdido y acabado. Ella era lo único que me podía salvar. Aún creía que no tenía novio, y, al enterarse de lo que yo estaba viviendo, pronto haría algo para remediar mi sufrimiento. No tenía que hacer mucho; simplemente tomar mi mano, sonreír y decir que sí. Me era muy difícil dejar de pensar en ella; recordaba mi mano en su cadera y sentía un calambre en la nuca. Recordar su mirada clavada en mis ojos me causaba noches de insomnio. Haber movido unos milímetros mis dedos sobre su mano, había sido como si masajeara toda su espalda. Esas caderas anchas empotradas en su cuerpo delgado y su meneo al caminar me tenían eufórico. Su sonrisa seria. ¡La extrañaba, chingados! ¡Qué ansia, güey! ¡Te entiendo perfecto! ¡Pobrecito, Santiaguito! Si Roberta no fuera tan bella, ¿te hubieras enamorado igual? ¿La extrañarías igual? No, la belleza ayuda muchísimo. Yo no sé qué tan bella soy. Creo que antes me sentía más que hoy. Me queda la esperanza de que muchas mujeres se ven mejor con el paso de los años. No sé, no me siento cómoda conmigo misma, siempre hay algo que me incomoda: el maquillaje, la piel, el rímel, mi sonrisa, la forma en que me río, mi tono de voz, el perfume, el cabello que no se me acomoda, mi cintura o la falta de ella, la ropa, la altura del tacón, mis dientes. Quiero ser una mujer perfecta, la que alguien haya soñado, y pues nunca le atino. Te entiendo, pero estás mal. Ándale pues, te habías tardado en regañarme. Ándale, qué más da, aviéntame unos consejos. Perdón, Emilia, lo que quise decir es que no debes sentirte así, o al menos no sentirte así por mucho tiempo. Me recordaste algunas modelos que conozco. Son tremendamente bellas. Son idolatradas por todos. Trabajan en Nueva York, París, Londres, y demás, y no saben qué hacer con su belleza. Están aburridas y deprimidas, entonces, para divertirse, juegan a estar feas, lo cual es imposible. Pueden lograr todo lo que sea, menos ser feas. Pueden tener lo que sea, sólo lo piden y lo tienen. No mames. Ajá, claro que sí, lo que sea, estúpidamente lo que sea. Por ejemplo: aparecer en cualquier programa de televisión, tener a cualquier hombre, cualquier carro, mansión, ropa, drogas. Ir a cualquier lugar. Cualquier cosa que deseen, en cuanto lo pidan lo tienen; así es el mundo de esas modelos. Lo único que no pueden lograr es ser feas, eso es su imposible, por lo tanto, intentan serlo, nunca lo logran, y por eso se frustran y se deprimen. No pueden manejar el hecho de no obtener el éxito en algo. No entienden por qué la vida les es tan injusta que lo único que tienen es su belleza. Unas hacen intentos exóticos por destruir su belleza, y casi siempre les resulta al revés. Unas utilizan cortes de cabello y colores estrafalarios, y resulta que se ven más sensuales, más humanas. Otras usan maquillajes en formas y tonos diferentes, y resulta que se ven más rebeldes, más abstractas, más únicas, más inalcanzables, por lo tanto, más atractivas. Otras quieren mostrar su rebeldía con la forma en que visten, y resultan tan ridículas que se ven más bellas, se ven ingenuas, lo que hace que las desees más. En fin, con ese nivel de hermosura nunca van a poder ser feas. De igual forma que las feas no van a ser bellas haciendo intentos similares. Es igual. Lo más triste y dramático con las modelos y con alguien tan bella como tú, se da en el preciso momento en que ponen en duda su belleza, ese es el punto de quiebre. Llega luego el punto en que dudas de todo. Dudas si te equivocaste con cualquier cosa o con todo. Dudas si tú has provocado todo lo malo que te ha sucedido. Piensas que quizá no estás tan hermosa como creías. Quizá sólo tenías una belleza promedio, sin embargo, los piropos de tus papás, tíos y abuelos elevaron tu percepción, y causaron que te sintieras al nivel de Christy Turlington. Dudas, dudas, dudas de todo y se te nota en la cara, se te nota en el acné. Y los hombres detectan esa duda, y la interpretan mal; la identifican como presunción. El caso es que te afecta, porque tú sola los alejas antes de que te conozcan, incluso antes de que hables. Y entonces fallas más. El amor no aparece y crece la desconfianza. Entonces, desconfías de más cosas, y haces el problema más grande. Crees tener muchos problemas y no sabes cuál arreglar; empiezas por el que crees que es el más obvio, tu belleza, el que pareciera más manipulable. Pero tu hermosura no es tu problema. Además, como ya te expliqué, la belleza no se puede manipular. Pasa igual con los hombres tan atractivos que parecieran perfectos, y acaban siendo unos pendejos tan grandes que la belleza pasa a último término. Sé que parece ser abrumador y confuso, suena así porque es extremadamente simple, y todos somos ciegos ante la simpleza; pero ¿qué esperar de un mundo en el que puedes verlo todo a través de Google Earth?

Acuérdate: al final de la historia no son los más guapos los que se quedan con las bellas; sino los más inteligentes. Sí, tienes razón, Santiago, como quiera me da hueva. Me da mucha hueva porque, en efecto, veo todo tan confuso, que ya no quiero engancharme a ninguna mirada, ya no quiero creerle a nadie, quiero estar sola en mi cueva. Mejor sigue con tu historia. Bueno, pues mi ansiedad se empezó a convertir en depresión al momento en que solté el botón del timbre. Ahí estaba frente a la puerta de reja con fondo de lámina que evitaba ver hacia adentro. Imaginaba que con mi mente abría la puerta y ahí estaba Roberta, feliz de verme. Aún me quedaban unos segundos de esperanza, su presencia arreglaría mis problemas. Unas simples palabras: sí quiero ser tu novia, podrían poner mi vida en sintonía de nuevo. Pero ella no aparecía. De hecho, nadie aparecía. Ni siquiera la sirvienta me abría la puerta.

Estuve unos minutos ahí hasta que a lo lejos vi la misma camioneta en la que llegaron al campo de beisbol el supuesto novio y sus amigos. Corrí a mi Atlantic GLS verde, cuyos amortiguadores de aire me hacían sentir más seguro, cuando en realidad no sabía cómo eso me iba a ayudar a escapar. Si quieres musicalizar mi escape, imagina la música de Alphaville, *Big in Japan*, a pesar de que no viene al caso la letra, siento que el ritmo del sintetizador trasmite urgencia, a pesar de no ser tan veloz. Alcanzaron a verme cuando subí al auto. Arranqué, me pasé los primeros dos semáforos en rojo; ellos también. Mientras huía por la calle Jerónimo Siller hacia Chipinque, me hice varias preguntas: ¿Qué chingados le contaron? ¿Por qué el maricón siempre andaba en grupo? ¿Por qué chingados yo siempre andaba solo? Capaz que le dijeron que me la había cogido y por eso había tanto odio en sus caras. El Atlantic era más veloz que la camioneta, además, yo conocía bien esos rumbos. Llegué a la rotonda del Ángel donde le gané el paso a un LTD. Avancé por Roberto Garza Sada hasta llegar a Gómez Morín, ahí di una vuelta rápida a la derecha, y unos metros adelante di una vuelta en u aunque estaba prohibida, y después volteé a la derecha, para esconderme atrás de la rotonda que tiene un sólo árbol. Me perdieron de vista.

El siguiente fin de semana le llamé por teléfono más de cincuenta veces por día. ¡Pinche sirvienta, parecía que no descansaba jamás! El tono de sus respuestas había pasado de la molestia a la lástima, mientras recitaba la respuesta de siempre: No está. No sé en dónde está ni a qué hora regresará. Me juró que sí le daba mis recados. Incluso, llamé después de las diez de la noche, antes de las diez de la mañana y nunca la encontraba. Mis padres se sonreían entre ellos al ver todos los intentos que hacía en el teléfono.

Si supiera que pelear con esos cabrones sería el pase para encontrarla, lo habría hecho desde la primera vez. Pero pelearme no me aseguraba más que una madriza. Las siguientes semanas fueron similares. No me cansaba de escuchar a Lionel Richie y todas sus baladas, empezando por *Hello*. Vivía huyendo de los ataques del supuesto novio y su pinche banda de maricones. Volvían a mi escuela, pero ahí era mi territorio y nunca me podían encontrar. Hasta que un viernes, después de muchas semanas de no hacerlo, cometí el error de llevar nuevamente mi Atlantic a la preparatoria. A la salida, lo encontré con las cuatro llantas ponchadas, y las puertas y polveras rayadas. Habían sido tan pinches jotos, que ni siquiera me esperaron ahí para ya de una chingada vez agarrarnos a chingazos y resolver el problema, que, por cierto, ya llevaba tanto tiempo que ni parecía que Roberta fuera parte de él.

Después de dos escapatorias más del entrenamiento de beisbol, tuve que dejar de ir a entrenar. Ni siquiera iba a los partidos. Cuando veía la furia de los quince o los diez o los que fueran, no podía convencer a mi cuerpo que no huyera. Muchas veces quería quedarme ahí y ya, terminar la continua huida que ya me tenía hasta la madre; pero no podía, seguía huyendo, y al parecer era bueno haciéndolo, o ellos eran muy pendejos, lo cual también es probable. El caso es que seguía escapando.

Tuve que dejar de ir a fiestas y a eventos sociales, porque el supuesto novio tenía amigos por todos lados. Todos tenían la mirada mamona y la capacidad de identificarme de inmediato; digamos que en estas épocas no hubiera escapado más de dos veces. Al parecer, el supuesto novio era el que me quería madrear. No quería dejarles el placer a los amigos que me veían como si todos fueran hermanos de Roberta y yo me la hubiera cogido. Yo seguía huyendo y buscándola. Incluso tuve el valor de volver a su casa. Caminé; supuse que algún amigo del supuesto novio tendría ahí guardia continua, no vi a nadie más que a la misma sirvienta que una vez más me decía que Roberta no estaba. Parecía una pinche grabadora. Entre más huía de los golpes, menos sentido tenía pelear por ella. Por momentos dudé si aquella joven hermosa realmente había existido. Me cansé de huir. Me cansé de llamar. Me cansé de buscarla. Dejé de usar el Atlantic los viernes. Dejé de ir al beisbol. Dejé de salir con mis amigos. Dejé de ir a fiestas. Dejé todo.

Le pedí a la sirvienta que me mandara decir algo; ni eso hacía, y yo de pendejo, pensaba que ella no se animaba a terminar todo; entonces me daba una mínima esperanza. Pasaron los meses. Yo seguía en mi hibernación. Me cansé de dar excusas a mis padres sobre los cambios en mi rutina y en mis hábitos. Seguro no creían ni una sola. Perdí los pocos amigos que tenía, ya que siempre me negaba a salir con ellos. Me corrieron del equipo de beisbol. En un intento desesperado, le pedí a Ramón que me invitara de nuevo al Club San Agustín cuando hubiera otro torneo de tenis. Estaba hasta la madre de todo, que decidí meterme a la mera boca del lobo y buscarla de nuevo en el club, pero no encontré ni a Roberta ni a Andrea.

Hasta que llegó el día que me harté. Vivía con miedo por una pelea que nunca sucedió. Todo por una mujer que sólo había visto dos veces; aunque esto fuera suficiente para extrañarla una vida entera. Poco a poco retomé mis actividades. Unos meses después tuve el valor de volver a su casa. Me quedé todo el día y toda la noche frente a su domicilio, y el único que llegó fue un policía que dijo tener reportes de un joven sospechoso; creo que vio la tristeza en mi mirada y me dijo que me fuera. Y me fui. Decidí que esa era la última vez que la iba a buscar.

Aún esperaba el inminente ataque, aunque había pasado mucho tiempo sin novedades. Ni Roberta. Ni estos cabrones.

33.

César llegó con una sonrisa en su cara y con el plan listo para ser revelado. Mientras se daban un abrazo, le dijo a José que esa noche tenían que hacer una fogata con leña de mezquite. Durante el día juntaron leña y César cortó varias yerbas. Volteaban al cielo; lo único que veían eran tinieblas. Llegó la noche, y, al lado del mezquite preferido, prendieron la fogata. Las dos caras se iluminaron con la nerviosa luz amarilla del fuego.

César, a veces, se ponía muy serio para decir algo bueno y muy contento para decir algo muy triste. Decía que la actitud debía compensar el efecto de la verdad. Obviamente eran palabras que nadie entendía en el ejido, ni siquiera José. "He visto la primera señal, José". "No me jodas, ¿cuántas son, pues? Yo ya no voy a esperarlo tanto tiempo, vato". Después de varios minutos en los que César sólo sonreía al oscuro cielo, bajó su mirada, gritó dos veces y aventó unas yerbas al fuego. Dio luego dos brincos excitados. En ese instante sintieron el olor de las yerbas quemadas. Algunos habitantes del ejido veían a lo lejos a los dos locos brincando y a los perros correr alrededor del fuego. ¿Quién era tan pendejo como para prender una fogata en medio de las tinieblas? El olor a yerbas quemadas se incrementaba. César brincaba cada diez segundos. Con sus manos se acercaba el humo a su cuerpo; luego hacía lo mismo con el cuerpo de su amigo. Finalmente los dos se sentaron. "Respira hondo, vato. Sienta el olor de las yerbas bien adentro". Los indios le habían enseñado a César que al hablar había que mirarse a los ojos. "Aquí le va el plan, vato".

El plan era salir a la mañana siguiente hacia Estados Unidos; ahí debería estar el futuro de los dos. "¿Qué te pasa, pues? ¿Tanto misterio y tanto pinchi tiempo para esa pinchi idea de mierda? No, no quiero ir". "Para que el plan funcione, vato, tenemos que ir los dos, pues". "¿De qué chingados hablas, pues? Ya estoy hasta la madre de tanto misterio. ¿Qué pinchi pedo con ese plan, cabrón?". "No puedo decirte todo, vato. Tienes que seguir confiando". "Ves, cabrón". "Mañana en la mañana habrá otra señal". "Ya estoy hasta la madre de todo esto, pinchi vato. Vete tú solo y ya déjanos aquí en paz con lo que conocemos". El fuego tronaba cuando César aventaba más yerbas. Normalmente es difícil confiar en alguien que da tan poca información, sin embargo, ellos eran viejos amigos.

José había escuchado, desde chico, historias de personas que se iban a Estados Unidos y a casi todos les iba mal; o morían en el intento de llegar a la frontera, o al intentar cruzarla. o morían ya estando con los gabachos, o bien, morían de tristeza y melancolía. Sufrían discriminación y preferían volver, para muchos terminar muriendo en el intento de regreso. Eran pocas las historias de éxito, y quienes lo alcanzaban eran acusados de abandonar su patria, de malinchistas y traidores. José no quería ser de ésos. Le tenía miedo a morir en el intento; y a enfrentar algo tan desconocido, en el que muy seguramente habría rechazo, críticas y soledad. Bienvenido a esta sociedad, José.

Si hasta hace poco no sabía cómo era la ciudad, ¿cómo iba a imaginar cómo sería Estados Unidos? Temía llegar a un lugar y quedar perdido en la nada. En su ejido, aceptaba que estaba lleno de miseria, pero al menos todos sabían quién era él. Al menos ahí ya sabía qué esperar, por más mal que fuera lo que pasara. Más vale malo conocido que bueno por conocer. "No sé por qué tendría que hacer ese viaje". "Si te cuento todos los beneficios, no me vas a creer. Dirás que estoy loco". José sonrió y dijo: "Ya sé que estás loco; todo el mundo lo sabe. Yo no quiero ser de esos locos que se van. Yo los he visto. Yo no quiero arriesgar lo mío; aunque no tenga casi nada. Yo no quiero ser de los que huyen. Yo sé lo que se les dice a los que se van para el otro lado. Yo los he visto. Yo no necesito esas aventuras". "No todos los que se han ido fallaron, vato". "Me vale madres". "Es un lugar lleno de cosas hermosas; hasta los pájaros cantan más bonito. Hay edificios, carreteras, muchos carros, y lo mejor es que hay millones de metros de jardines verdes". "¿Qué es un jardín, vato?". "Es un pedazo de tierra con zacate verde; imagina como un piso de yerbas verdes, suaves, brillantes, parejas. Para donde voltees hay algo verde: plantas, árboles, brillos, parques, plazas. Todo está en orden y limpio, vato. ¡Limpio!". "Me vale madre, vato. Yo no necesito nada de eso". Aunque, cuando escuchó la palabra limpio, sintió un escalofrío en su nuca. "¿Te acuerdas del pueblo de los beisbolistas, el del agua de la alegría? De ahí se han ido varios güeyes a jugar beisbol con los gringos. Imagínate, a jugar beisbol". "Por eso, pendejo. Nosotros no sabemos ni lanzar la pinche pelota. Estoy hasta la chingada de tus pinches señales, el cielo, los signos, que te espere, que te espere. Ya, pinchi vato, ya estoy hasta la madre de tus misterios. Necesitas contarme todo a la chingada. A ver, ¿qué comeríamos?, ¿dónde dormiríamos?, ¿en qué trabajaríamos? Ni siquiera hablamos lo que allá hablan". "No ocupamos hablar su idioma; allá está lleno de mexicanos. Algo saldrá para trabajar; dicen que ocupan muchos mexicanos para trabajar en el campo. Dicen que allá sí se dan grandes cosechas; que es algo increíble ver enormes campos verdes llenos de frutos, con máquinas cuidando la tierra". "¿Por qué hacer algo tan arriesgado nosotros solos?". "No es arriesgado; no iremos solos. Dicen que no tienes que irte a los campos; que en las ciudades hay tantos jardines que nunca hay suficientes jardineros". "¿Qué es un jardinero?". "Es el que corta el zacate, le echa agua, lo mantiene verde, parejo, lo cuida, lo arregla". "¿Cómo quieres que sea un jardinero si jamás en mi vida he visto un jardín así? Lo más verde que he visto fue un pequeño pedazo medio seco en la plaza de la ciudad, y ahora quieres que sea un jardinero experto y que me dedique a cortar kilómetros de esos jardines gringos. No te entiendo". "Tienes que confiar. Se trata de soñar. Dicen que es muchísimo más bello que Navojoa o que cualquier otro lugar de por aquí. ¿No dijiste que eras muy feliz cada vez que ibas a la ciudad? Dicen que las mujeres son las más hermosas del mundo, que tienen la piel blanca, los pelos amarillos y los ojos verdes". "No mames, vato, eso es imposible". "Dicen que no podrás creer tanta belleza. Dicen que hay gente de todo el mundo. De hecho, dicen que Navojoa es fea comparado con lo que allá puedes ver. Dicen que capaz que el Mario ya anda por aquellos rumbos también porque ya no ha vuelto". "O ya lo mataron". "Sólo los soñadores van". "Yo no soy un soñador". "Imagina tener algo que hacer todos los días. Imagina tener dinero todos los días. Imagina comer algo delicioso todos los días. Además, hay señales que nos dicen que nos irá muy bien. Es cuestión de confiar". "Dale con las chingadas señales. ¿Cómo confiar en algo que no sé qué es?". "Es como creer en la naturaleza o en las estrellas o en Dios". "Yo no creo en nada. Necesitas decirme todo el plan, las señales, los pinchis secretos". "Es que al decirlos se destruyen. Es de mala suerte. Sólo tenemos que irnos y confiar. Habrá señales que nos ayudarán. No podemos aceptar esta condición y quedarnos aquí. No podemos dejar de luchar. Además, da lo mismo que mueras intentando cruzar la frontera a que mueras aquí en este ejido triste". "Yo no creo en esas señales que dices". "¿A no? Y cuando ganamos todas las apuestas ¿qué? Tú ya viste que sí suceden cosas buenas y espectaculares". "¿Y tú cómo sabes todo esto?". "Está escrito en el cielo, en las estrellas; los indios me enseñaron a leerlo. Tú ya viste que no hay ningún otro ejido tan miserable como el nuestro. Lo mejor que puedes hacer es irte y ser diferente a todos los que se quedan, a todos los que siempre has criticado porque no hacen ni intentan nada. Este es tu momento José: te toca intentar. Ve, sal, aprende, intenta, y luego regresas a ayudar. Con tu simple partida empezarás a ayudar. Tanto decías que querías apoyar a tu ejido". "Claro que quiero, pero tú no quisiste sembrar las semillas aquí". "Porque eso no era lo que tocaba ni lo que debía suceder". "¿Cómo voy a ayudar a mi ejido con mi partida?". "No te lo puedo decir". "¡Chingao, César! Eso es lo que te digo, vato. Aquí me quieres traer de tu pendejo con tus misterios y señales".

César seguía tranquilo, aventando leña y yerbas al fuego. "Esa es la verdad; hay cosas que sólo las puedes averiguar haciéndolas. Además, ¿qué tanto tienes que perder? Pensé que ibas a aceptar rápidamente". José miraba las tinieblas y, al siguiente segundo, miraba el fuego. Contrastes de oscuridad y luz. De tristeza y esperanza; de olor a muerte y de olor a aventura. No supo qué contestar. No supo qué tenía por perder; porque, la verdad, lo único que podía perder era su vida. "¿Los indios son los que te explicaron lo de las señales?". "Sí". "¿Ellos saben de este plan?". "Sí". "¿Ellos están de acuerdo con este plan?". "Sí". "Seamos viajeros; nos irá muy bien". José cerró los ojos. Sintió el olor a lumbre, a yerbas, a leña quemada y a pobreza.

Algunos perros empezaron a ladrar como animándolo. En segundos, repasó algunas escenas de su vida, sobre todo de su infancia. Obviamente, ningún recuerdo era agradable, no venía a su memoria ni una sonrisa. El fuego enfrente de ellos parecía que crecía, saltaban chispas que luchaban contra las tinieblas. José quería encontrar un recuerdo que lo mantuviera ahí. No encontraba nada. Aparecieron cientos de luciérnagas que los rodearon. César sonreía. José seguía con los ojos cerrados. Ahora, todos los perros ladraban llenos de éxtasis. José sentía la energía de cada ladrido. Las luciérnagas iluminaban toda su silueta. Los mejores recuerdos, por llamarlos de alguna forma, que pudo encontrar, eran momentos en los que César estaba presente. Dos estruendosas estrellas fugaces rompieron brevemente la oscuridad de las tinieblas. Los perros rodeaban a José, tallaban sus piernas con su cuerpo. Lo único en que pensaba era una habitación totalmente oscura, con malos recuerdos. Abrió los ojos, sintió el brillo de las luciérnagas y, respirando el olor del fuego, suspiró. Suspiró y entendió que no tenía mucho que perder. Levantó su mirada al cielo y vio las estelas de las estrellas que acababan de pasar. Las luciérnagas volaban con más velocidad a su alrededor, como si lo abrazaran. Un abrazo como el que jamás había recibido. Sintió paz, y entendió. Un cosquilleo en su mero corazón le hizo sonreír. César sonreía más. Los perros brincaban cayendo en sus extremidades de un solo lado. Y entonces, el silencio se rompió cuando José dijo: "Está bien". En ese instante, toda la manada ladró de una forma diferente, más felices, como lobos. José los veía con una sonrisa cuando en su pecho le cayó un pequeño costal de tela. "Ahí está su segunda señal". Adentro había una bolsa de plástico con algunas semillas mágicas de maíz. "Mañana en la mañana las tienes que sembrar; yo te diré cuando sea el momento. No podrás decirle nada a nadie. Las regarás con la poca agua de la alegría que tenemos, después de eso, tendremos que irnos. Sólo tenemos diez minutos para sembrar y salir del ejido. Si hacemos todo bien, habrá otra señal a nuestra partida". José no dejaba de sonreír. "Esto es sólo el principio". Aunque para José hubiera podido ser el final. "¿Se las robastes a los indios?". "Claro que no. Me las dieron precisamente para sembrarlas aquí, como una parte del gran plan".

Pasaron las horas lentamente hasta que César dijo que ya era de mañana. Las tinieblas eran tan oscuras que resultaba imposible ver la luz del sol; parecía como una noche eterna. César veía señales que nadie más lograba ver; quizá un perro le avisaba. Caminaron de prisa entre la oscuridad; del mezquite en donde habían dormido al área en donde se hacían los fallidos intentos de siembra. Ahí había restos de hojas secas, pedazos de troncos y piedras. César volteaba al cielo; los perros, excitados, los acompañaban ladrando como si cantaran. José escuchó un gallo y pensó que eso era una buena señal. César le mostró cómo había que patear la tierra; luego, con sus manos, la aflojaba y hacía un agujero. José le copiaba. Sólo tenían unos minutos para lograrlo. Debían formar dos filas de diez metros y encontrar el punto exacto de profundidad y separación de los huecos donde pondrían las semillas. Ni tan profundo que no puedan salir, ni tan afuera que el viento o las víboras se las lleven. Ni tan cerca entre ellas que luego no puedan crecer, ni tan separadas que no se puedan ayudar una a la otra a protegerse del viento o de la tormenta. César sostenía un manojo de yerbas que humeaban, al mismo tiempo que cantaba en un idioma extraño. Los perros ladraban cada vez más fuerte. José escuchó cantar por segunda vez al gallo. Ni siquiera había gallos en ese ejido. Después de manipular la tierra con sus manos, fueron colocando, de forma tan delicada como si fueran diamantes, una por una cada semilla en el punto exacto. Luego, el otro las cubría de tierra. Una fila, luego la otra. Había que regarlas con el único bote que tenían del agua de la alegría, esa del río del pueblo de los beisbolistas. César veía al cielo, como si allá hubiera un enorme reloj digital. Cuatro segundos antes de que cantara el gallo por tercera vez, los amigos terminaron de colocar la última semilla. Ahora tenían que retirarse del ejido de inmediato; sólo tenían unos minutos, no podían voltear a ver el sembradío. Como quiera, unos metros después, aunque giraran, lo único que verían serían las tinieblas.

Caminaron sin voltear. Se dirigieron a la orilla del ejido y siguieron sin parar. Se iban retirando rumbo a la ciudad; ni siquiera los perros volteaban hacia atrás. Después de unos minutos de una nerviosa caminata, César dijo que podían parar y girar para buscar la señal que confirmara que habían hecho todo bien. Desde un pequeño cerro, voltearon a ver su ejido y vieron cómo, poco a poco, las tinieblas se iban desvaneciendo. La luz del sol iba iluminando de nuevo al ejido. Los perros ladraban, los amigos gritaban. "Ahí está tu señal". "¡Que cabrón, pues!". Y cuando miraron a la parte de la izquierda del ejido, descubrieron que los maíces mágicos ya iban creciendo. Caminaron llenos de alegría. Ése, hasta entonces, había sido el momento más feliz en la vida de José. Partieron hacia Estados Unidos, sabiendo que habían dejado una siembra memorable que podría cambiar la historia del ejido de los corazones tristes y las caras iguales.

Caminaban, reían, se abrazaban, jugaban con los perros; con esa alegría podían haber recorrido miles de kilómetros. Llegaron al cruce de los caminos. César se hincó y aplaudió dos veces; de inmediato la manada lo rodeó. Abrazó a cada uno de los perros, les tocó la cara, les sobó la cabeza, se arrejuntaron en silencio durante un minuto. Luego César se levantó, dio dos aplausos y la manada se retiró lentamente. Volteaban ocasionalmente a ver a su líder. "No mames, César". "No se puede, vato. Me gustaría mucho, pero no se puede. Además, irán con los indios, y de ahí algo bueno saldrá para todos". "No mames, vato. Será raro verte sin los pinchis perros". "Todo será raro, vato".

Dos minutos después pasó una camioneta vacía que se ofreció llevarlos gratis a la ciudad, a cambio de compañía y charla. "¿Quería señales, José?". Llegaron a la plaza. Qué fácil era ser feliz. Quizá es sólo atrevernos a darnos permiso. Capaz que sólo se trata de batear la culpa. José recordó las veces que antes había estado ahí. Ahora tenía el dinero suficiente para no preocuparse por el hambre. Entró al supermercado. Recorrió lentamente los pasillos que ya conocía; ahora, sin hambre y sin sed, las perspectivas eran diferentes; sin embargo, aún todo era atractivo. Finalmente, llegó al área de las carnes. Ahí estaba el mismo refrigerador viejo con el vidrio opaco; ahí estaba el mismo carnicero que ya no le preguntaba qué era lo que quería llevar. José se paró de la misma forma que la primera vez. Vio fijamente el montón de milanesas y, en ese instante, ese rincón de su cerebro que sabía soñar emitió una chispa de alegría y de orgullo, y pensó: un día comeré toda la milanesa que quiera. Se dio la vuelta y se retiró mientras sonreía, porque por primera vez no había comprado algo que podía. En las anteriores ocasiones, su boca se había llenado de saliva al ver esas milanesas, ese día que podía comprarlas, y decidió que no lo haría, porque se dijo que podía seguir con esa hambre. Pensó que así tendría un motivo para volver. En esa ocasión, unos tacos de la plaza bastaban.

El mismo día ya iban hacia el norte. Fue más rápido de lo pensado. Nada está tan lejos como lo creemos. Una camioneta. Un camión lleno de personas iguales, con sonrisas amarillas y cabellos duros. Nadie hablaba, sabían que huían y temían lo mismo. El camión avanzaba sobre la brecha del desierto, el cual no estaba tan seco como el ejido de los dos amigos. El vehículo se detuvo. "De aquí pa'ya hay que caminar. A pata. Al tiro con las víboras y con los gringos. Si oyen helicópteros o plomazos, tírense panza al piso, hasta que ya no oigan nada. Ya está bien en corto, unas horas y ya chingaron. Sordos cuando lleguen. Si encuentran una troca roja en el primer pueblo jodido, es que van bien, senifica que ya están en los yunaites. Ese ruco los puede llevar pa' la ciudá, es un paisa". "¿Qué es un helicóptero, César?". "Shh. No sé, no importa". "¿Por qué habla de plomazos?". "Shh. No sé, no importa, tú camina callado".

Era cuestión de caminar, y lo hicieron sin ver hacia atrás. El desierto se veía igual de aquel lado que de éste. César decía que en el cielo estaban todas las señales. Caminaron en la noche fría llena de estrellas, luego, en el día lleno de sol. Nunca habían visto una noche con tantas estrellas ni un sol tan intenso. Finalmente, llegaron al primer pueblo jodido, ahí estaba la troca roja con el ruco fumando un cigarro. "¿Traen baro?". "Sí". "Ora, cabrones, en chinga trépensen y vámonos a la chingada".

La troca se fue hacia el norte, luego al oeste. "Despiértensen, par de cabrones pa' que miren los edificios bien chingones que tienen estos culeros. Esto es Los Ángeles, el eiy, le dicen algunos". "A su pinchi madre", dijo José. "¿Cuánta gente cabe en un edificio de esos?". "Ah, chinga, ¿me vio cara de arquitecto? Sepa la chingada, nunca me habían preguntado esa mamada, pues". La troca roja paró en una gasolinera en las afueras de la ciudad. "Hasta aquí llegó el raite, cabrones. Guáchale con la migra. Cuiden los centavos, hay paisas bien culeros. Si los agarran, ustedes nunca me vieron. Llévense ese cobertor azul, como quiera ya lo dejaron bien apestoso". Los amigos se bajaron modorros y con las piernas entumidas. "No mames, César, huele diferente". "No mames, José, mira esos árboles raros arriba de los cerros. ¿Cómo se llamarán?". "Sabe, tú eres el que quiere ser jardinero".

Hasta ahí les había alcanzado el dinero que habían ganado en las apuestas. Si José hubiera comprado las milanesas en Hermosillo, no hubiera tenido para completar el pago de la última camioneta que los llevó a la gran ciudad. "¿Cómo le hicistes para comprar el café?". "El de la caja es de Michoacán, de un lugar de México. Te dije que había muchos paisanos". Y ahí estaban los dos amigos, sentados en la banqueta, al lado de una gasolinera, viendo hacia la gran ciudad, sin tener mucha idea de lo que debían de hacer después. "Este es el momento en que tenemos que chingarle". "Pues nada más dime a qué y le chingamos".

Y los amigos le chingaron. Que un trabajo allá lavando trastes. "Es un lujo ese jale, vato, en la cocina hay aire frío". Que unas semanas en un lavacoches. "Vato, nos ponen música para estar animados y nos dejan descansar cada hora en un cuarto con comida y televisión". Que había que construir unas casas. "José, no mames. Acá las casas son de cartón, las juntan con grapas". "Le dije que había muchos jardines". "No mames, nos pagan por hora". "Sí hace calor, pero no como el del ejido".

Pasaron los meses, ni cuenta se dieron lo que habían logrado. Rentaban un cuarto sólo para ellos. Habían ahorrado algunos dólares. No habían tenido problemas con la migra. Ya habían hecho mucho más de lo que José alguna vez imaginó. César consiguió trabajo en una clínica veterinaria en donde el propietario era un hispano. Rápido sorprendió al dueño, empleados y pacientes con su habilidad para comunicarse con los perros. El Encantador, le apodó el dueño de la clínica.

José era jardinero en un hotel Gran Turismo de Los Ángeles. Un jardinero que había visto el césped apenas unos meses antes. Por eso siempre sonreía. Pasaba sus días gozando los jardines verdes y las plantas multicolores; deseaba trabajar ahí el resto de su vida. Ganó el título de empleado del mes, del departamento de mantenimiento del hotel. Le tomaron una foto que estaba en la entrada de la bodega y le dieron un certificado de regalo de Walmart con valor de doscientos dólares.

La fama de César seguía creciendo entre los clientes de la clínica. Estaban sorprendidos por su habilidad para controlar y comunicarse con los perros; parecía que se hablaban entre ellos. Los perros del dueño de la veterinaria fueron a los primeros que educó, y su patrón quedó tan sorprendido que le recomendó que ofreciera esos servicios por las tardes, a los mismos clientes del negocio, incluso le asesoró para que cobrara precios adecuados, los cuales eran una fortuna para César. Todas las noches miraba el cielo buscando señales.

La vida de José iba a sufrir un cambio repentino y dramático. Esa tarde, como una de tantas, cortaba el césped del patio central del hotel. En su mente repetía algunas palabras que iba aprendiendo en inglés mientras silbaba una melodía. A dos metros de él cayeron cientos de pedazos de cristal. Eran los restos de la ventana de una habitación del cuarto piso. Recuperando el aliento, volteó y vio el hueco. Un instante después apareció un hombre desnudo. Se veía confundido. Tenía heridas en sus muñecas. José se talló los ojos para disipar la sensación de extrañez que sintió cuando vio que el hombre estaba erecto. El hombre se paró en la orilla, viendo hacia abajo; volteaba también constantemente al interior del cuarto. José apenas logró superar el susto de los cristales y la sorpresa de verlo desnudo y erecto, cuando se dio cuenta que el hombre quería brincar. Apagó su podadora y, como si fuera un experto mediador, corrió para acercarse un poco más al edificio. Para su sorpresa, el hombre gritó en español: "Voy a saltar". "¡No brinque!". Jamás había sentido tanta adrenalina. Ni siquiera en las apuestas más arriesgadas que habían hecho con los perros, ni siquiera cuando apostó unos pesos en la ruleta rusa. "¡No brinque!". Lo único que se le ocurría gritar era eso: "¡No brinque!". El hombre, en el borde de la ventana, estaba llorando y volteaba constantemente hacia el interior del cuarto. No contestaba. "¡Vea las señales!". El hombre desnudo se tomó de la orilla de la ventana para preparar su salto. Sus manos sangraban. "¡No brinque, señor!". El tono de voz de José era intenso. "¡No brinque, no sea joto!". Era lo único que se le ocurría. Se escuchaba el ruido de algunos regadores automáticos. Se olía el césped mojado y el miedo del hombre en el borde. Finalmente, José dijo: "¿Qué pasa? ¿Qué quiere?". Y el desnudo contestó que quería vivir. "Si brinca no va a vivir. ¡No brinque!". ¿Por qué chingados estaba erecto? "¡Voy a saltar!". Balanceaba su cuerpo hacia adelante y hacia atrás, lloraba entre gritos. Tendría que estar sufriendo mucho para a esa edad estar llorando así, pensó José. En su ejido, los hombres sólo lloraban en los sepelios, si acaso. "¡Déjenme!" El desnudo lanzaba gritos llenos de pánico, su voz se escuchaba ronca, como si tuviera meses sin hablar. Entre los llantos y los gritos, de pronto se carcajeaba de forma siniestra. Ya llevaba tres intentos. "¡No brinque! ¡Está escrito que no debe brincar!". El hombre se tallaba los ojos. Escupía. Lloraba desconsolado. Y José gritó de nuevo: "¡No brinque! ¡Vea las estrellas!". El hombre desnudo y erecto contestó: "¿Qué?", y levantó su mirada al cielo. En ese momento algo lo jaló de su bíceps derecho y lo metió al cuarto. Alguien cerró la cortina y no se vio nada más. José respiró profundo, se acostó en el jardín con la cara hacia al cielo y vio dos estrellas. "No mames, cabrón", sonrió. Exhaló fuerte. Cerró sus ojos y no vio cuando se formaron y entraron nubes negras a la habitación del cuarto piso.

Recordó su ejido, en donde nunca pasaba nada. Abrió los ojos y volteó a ver el hueco que había quedado en la ventana de la habitación, y vio la cortina ondeando lentamente. Sonreía orgulloso de lo que había hecho, se retiró a contar su historia a sus compañeros. Nunca pienses que nada puede estar peor.

34.

Roberta jalaba a El Atado de su biceps derecho. Dos jalones bastaron para llevarlo de la orilla de la ventana a la cama. Tres segundos más y ya estaba atado de nuevo. Afuera de la ventana del cuarto piso se formaron nubes negras, como el alma de El Atado. Lentamente, el humo y las nubes negras fueron entrando al cuarto hasta que se llenó de tinieblas, de estruendos, de gritos. Hedía a plomo. Retumbaba música heavy metal, justo la que El Atado detestaba. Aunque, la verdad, en esa situación cualquier cosa era una tortura, y hasta respirar era doloroso. Roberta aparecía y desaparecía por segundos en toda la habitación. Sonaban guitarras con requintos muy agudos, como llantos de niñas asustadas. Aparecían cientos de mujeres con gabardinas negras, con capuchas en sus cabezas, sin rostros. Humo del suelo al techo. Humo con olor a plomo; con olor a dolor. Aparecieron unos ganchos como en los que cuelgan la carne de las reses; parecían flotar entre el humo. El Atado sintió que el corazón se le salía por la boca, y luego sonrió. Estaba hasta la madre. No era mala idea morir asfixiado, intoxicado o colgado, al menos ya terminarían los dolores. El olor a plomo lo penetraba; corría en sus venas junto con su colesterol. Añoraba una partícula de aire, un coágulo, algo que lo matara.

En la esquina izquierda del cuarto ahora había un elefante agachado, encorvado, que lo único que hacía era mirar a El Atado. Llantos de niños. Estaba confundido entre lo que le causaba dolor y placer. Confuso entre querer morir o vivir. Lloraba lo más fuerte posible, parecían más gritos que llantos. "¡Yaa, cabrón! Yaa, no mamen". Estaba débil y deshidratado. Estaba desnudo y erecto. Quería dormir. Se sintió cobarde por lo que había hecho, y ni así se arrepentía, el pendejo. Lloraba mientras el elefante sonreía. "Quisiera estar borracho. Que fuera un sueño, chingadamadre". Había vivido ciego a las consecuencias, sordo a los reclamos, inmóvil ante el dolor. Deseó que ya no hubiera un silencio total. Vomitó tres veces. Contenía la respiración para ya no oler el plomo. Deseó nunca haberse jodido a nadie. Estaba cerca de pedir perdón. Desapareció el olor a plomo. Desapareció Roberta. Las tinieblas seguían remolineando la habitación.

Frente a la cama apareció una turbina soplando aire fresco, fuerte, abundante. Dejó de llorar, empezó a reír, dio grandes carcajadas; como si hacer eso lo fuera a liberar. Reía como bruja. No veía a nadie. Se fue el olor a plomo, se quedó la locura. Un portazo ahuyentó al elefante. Se escucharon unos pasos de tacón, era Roberta en sus plataformas Louboutin. "Me tienes hasta la madre, pendejo". El Atado seguía perdido en carcajadas; no podía parar. No controlaba nada; al fin, así había sido su vida: basada en reacciones, en instintos pendejos, en dejarse llevar por llanos deseos. Dejó de soplar el viento. No podía dejar de gritar, de reír, de llorar, hasta que Roberta le dio una fuerte cachetada. "Ya, imbécil". Se acercó a su cuello para hacerlo recordar, con su olor, cómo había empezado esa aventura. Para joderlo, para que se acordara cómo la había tenido a ella contra la pared a punto de penetrarla. "Bésame. Vamos a bailar". Roberta le regaló una mirada sensual. Era tan pendejo y estaba tan aturdido que eso fue suficiente para confundirlo. Pensó que, finalmente, ella no había resistido a su belleza y a sus ganas de cogérselo. Ves que era un pendejo. Su mirada estaba a punto de causar la esperada eyaculación, cuando ella se fue a la esquina del elefante.

Roberta le vio la cara pálida, triste, confusa, derrotada, como la de muchos que dicen que viven en este mundo. Ella quería una disculpa mientras ejecutaba una venganza. Las damas de las gabardinas negras de nuevo hacían breves apariciones en la habitación. "¡Déjenme!". "Dime que es un sueño, por favor". Segundos después, sólo estaban Roberta y él. Apareció un silencio imponente. Roberta empezó a acomodar su cabello, y mientras se ponía unos guantes negros de piel, dijo: "Me cagan los cobardes orgullosos hijos de puta como tú. Que te lleve la mierda, pendejo". Muy despacio, sacó de una maleta una almohada de seda roja, la puso sobre el rostro de él y apretó con todo el odio que tenía. El Atado gimió y tembló poco, rápido dejó de respirar.

Roberta se dirigió muy despacio hacia la puerta, sólo se escuchaba el fuerte, seco y lento golpeteo de sus tacones. Sonrió con desdén, lento cerró la puerta, y se fue.

35.

Salvarle la vida a alguien es algo extraordinario, sin embargo, José ni se imaginaba lo mucho que ese acto cambiaría su vida. Las cámaras de seguridad que estaban en el jardín habían captado todo lo sucedido entre José y el hombre desnudo y erecto. Alguien del hotel había filtrado esa grabación a los medios de comunicación, y José era el nuevo héroe de la ciudad: Bilingual gardener prevents suicide. Algunas fundaciones para evitar suicidios, otras de hispanos y la policía de Los Ángeles le dieron reconocimientos y premios monetarios, con los cuales se compró una camioneta y puso su propia empresa de servicios de jardinería. A las organizaciones que habían premiado a José, les importó poco enterarse que al hombre a quién José había convencido de no saltar, finalmente lo habían encontrado sin vida, desnudo y atado a la cama de ese cuarto.

Seis meses después, José ya tenía cinco camionetas y veinte empleados, todos ellos mexicanos. En las mansiones más exclusivas de la ciudad, en pleno Hollywood, se le veía a José siempre sonriente, cortando el césped o podando palmeras.

A César también le iba bien. Renunció al trabajo en la clínica para establecer su academia de entrenamiento de perros, en donde había lista de espera para inscribirse. Los artistas y deportistas más famosos de Los Ángeles eran sus clientes. Había salido en varios programas de televisión, y lo estaban convenciendo de que escribiera un libro.

Una tarde de viernes, mientras José cortaba el jardín de una mansión en West Hollywood, vio llegar una camioneta de donde César bajó dos perros. "Mire nomás. Un jardinero que no conocía el zacate". Y José dijo: "No creo lo que miran mis ojos, un mago que encanta a los perros". "¿Qué habido, vato?". "Puro jale". "A huevo". "¿Y qué, es cierto eso que dicen de que para poder ser cliente tuyo tienen que ser famosos, y hasta chulas?". "Mire, mire. Calmado. Que usted no sale de estos rumbos. Que si la casa no tiene palmeras, no le interesa el jale. ¿Ya sabe de quién es este caserón?". "Sabe". "Ande, dicen que es de un mexicano, de un picher que nació en el pueblo de los beisbolistas y el agua de la felicidad, allá por nuestros rumbos, y que hace años se vino a jugar acá". "¿Es al chile? ¿O es pinche mentira?". "Dicen que es verdad". "A hijuesu pinchi madre. ¿Cuánto nos faltará a nosotros para tener una caserona así?". "Ándele, José. Qué chulada es escucharlo así".

36.

Pasaron diez meses, y ya habían dejado de buscarme. Nunca hubo una pelea. Nunca más vi al supuesto novio ni a su banda de amigos. Yo también había dejado de buscar a Roberta. Tuve que acostumbrarme a vivir sin estar tras ella, a tratar de pensarla lo menos posible. Intentaba recordar cómo era mi vida antes de conocerla. Los días pasaban lentos.

Un sábado, Ramón me invitó a pasar la tarde en el Club San Agustín. Llegamos al gimnasio en donde había una cancha de basquetbol que tenía el piso de madera clara y brillante; los tenis rechinaban al caminar sobre ella. También había unos aparatos de gimnasia olímpica, que nos fue muy difícil usarlos, por lo que mejor decidimos entrar a la cancha. Apenas llevaba dos pasos en la duela, cuando una voz femenina me gritó: ¡A ver quién gana! ¿Estás seguro de que quieres jugar basquetbol conmigo? Era Roberta. Ajá. Así de simple, de la nada. Pum. No mames, Santiago. Sí, güey, imagina mi cara, Emilia. Era la tercera vez que la veía. Ahí estaba con sus imposibles ojos color miel. No pude decir nada. Me aventó una pelota de basquetbol que botó dos veces y llegó a mis manos. Para variar, ante su presencia no podía hablar. No podía creer que así hubiera empezado la conversación. No podía creer que no tuviera algo más que decir, sino sólo retarme a jugar basquetbol. Después de tanto. No me quedó otra más que jugar, pretendiendo que todo estaba bien. Ramón nos veía inmóvil desde un lado, con una mano se tapaba la boca.

Le regresé la pelota y me encaró mientras la botaba. ¿Drible por la derecha, o por la izquierda? ¿Qué hará la joven Roberta? Yo por dentro le estaba gritando: ¿Por qué nunca me contestaste? ¿Por qué te desapareciste? No podía decir nada. Tenía la quijada trabada, ni siquiera podía fingir una sonrisa leve. Parecía no importarle. Pasó a mi lado, ni siquiera intenté detenerla, tiró y encestó. Sonrió y me aventó la pelota. Dos a cero, me dijo. Empecé a botar como si planeara mi jugada, pero lo que pensaba era: ¿Por qué no supe nada de ella, y ahora llega aquí como si nada? Sin mencionar una palabra, solté la pelota que pareció que botaba en cámara lenta, y me fui. Caminé despacio, haciendo ruido con mis tenis en cada paso que daba, dejé el gimnasio, dejé el club y caminé a mi casa, tenía como diez kilómetros para pensar. Jamás la volví a ver.

Parece que fui yo el único que sufrió todo ese pasaje con Roberta; por lo visto fue totalmente unilateral. No podía olvidar el brillo de sus ojos miel cuando, bailando, le pregunté si quería ser mi novia. Sentía vergüenza por algunas cosas que hice, coraje por algunas consecuencias. Me arrepentía por no haber hablado cuando tuve la oportunidad, o haber hablado mejor, yo creo que a todos nos pasa así: que cuando tenemos en frente a una persona que hace vibrar tus cuerdas bucales, que te deja mudo, es difícil expresarnos. Creo que lo que más me dejó dolido fue su actitud en la cancha de basquetbol. ¿Cómo era posible que me viera como si nada hubiera pasado? Pues sí, estimado Santiago, sí estuvo muy extraña, quiero suponer que de todo se aprende, ¿no? Pues quiero suponerlo, aunque también todo deja una huella. Por ejemplo, ya han pasado muchos años de esta historia, décadas incluso, y a veces, de pronto, siento esa misma ansiedad como cuando me perseguía el supuesto novio y su banda. A veces en una fiesta volteo sobre mi hombro con la angustia de que ahí estén listos para madrearme. Además, siempre que conozco a una mujer, lo primero que pienso es en Roberta; me da miedo que esté entrando a una aventura como la que tuve con ella. Hay tardes lluviosas que la recuerdo y me siento débil, se me pierden las sonrisas, me falta el aire y cancelo mis planes de ese día. Como que el cuerpo y el espíritu se acuerdan de todo lo que sufrí.

Y aún siento que Roberta pudo ser el amor de mi vida. Me recrimino no haberle dicho todo lo que sentía por ella, en lugar de sólo haberle preguntado si quería ser mi novia. No mames, Santiago, con todo respeto, no creo que el guión que usaste en la declaración haya sido la causa de lo que te sucedió. Ahora como adulto te debe de ser más fácil verlo así. Por un lado, si lo veo así, sin embargo, aún me molesta no haberlo hecho, era algo que merecía que yo lo dijera y que ella lo escuchara. Me arrepiento de no haber peleado, aunque me hubieran madreado. Y, pues, es la mezcla perfecta: tristezas, alucinaciones, recriminaciones, culpas, arrepentimientos, reclamos y soledad, y ¿sabes qué?: lo más sorprendente es que a pesar de todo, a pesar de que han pasado tantos años, aún la extraño. Aunque es probable que no la extrañe a ella, sino lo que ella causó en mí. También me doy cuenta de que es muy doloroso añorar algo que jamás existió. Me da nostalgia lo que fui capaz de sentir por ella, porque jamás lo volví a sentir por nadie. Y, güey, han pasado casi tres décadas, era un pinche huerco cuando pasó eso, y, entonces, ¿qué chingados he hecho con mi vida adulta? Y me pregunto qué habrá hecho ella con la suya. Me la imagino, casi lo pudiera asegurar, que ahora es más hermosa que antes, que tiene una familia unida, que está en paz, viviendo en una mansión con todas las necesidades cubiertas. Me imagino que sonríe fácil y sigue trasmitiendo buena vibra con esos ojos color miel.

A veces me siento cayendo a pozos oscuros, sin fin, y pareciera que la caída ha durado años, y cuando menos veo y más vértigo siento, me empieza a molestar todo. Todo, me refiero a todo. O sea, el pendejo que se vuela un semáforo en rojo, o el puñetas que no hace una fila. Y me aturden estupideces como ver que en un supermercado vendan cuadros con dibujos abstractos, supuestamente pintados con óleo, con un marco de plástico imitación madera. Me molestan los millonarios que condicionan sus donaciones a cambio de que su nombre aparezca escrito en una placa. Me caga la falsedad de la gente.

Empiezo a listar cosas que me molestan, supuestamente como un ejercicio de liberación, y me va peor, porque recuerdo cosas que me molestaban o que temía de niño, o a lo que temía antes de conocer a Roberta. Y de nuevo le temo a morir. Y de nuevo temo que alguien muera por mi culpa. Pero, a lo que más temo es a no volver a sentir, el resto de mi vida, lo que sentí aquella vez; entonces sí, mi vida sería un sinsentido total. No quiero pensar que lo más reconfortante que me va a pasar en esta vida pasó ya hace más de veinte años. Aún tengo un soplo de esperanza de conocer a alguien que, al verla, sienta que la garganta se me cierra, o sienta como cientos de alfileres picándome el pecho, y aunque de inmediato recordaré a Roberta, también sabré que tengo muchos años de no sentir algo así.

Hay tardes que me encantaría vivir siempre en un concierto de Pearl Jam, y no dejar de cantar *Yellow Ledbetter*. ¡Te mamaste con esa canción, Santiago! ¡Es de mis favoritas! Y menear mi cuerpo de lado a lado al ritmo de los platillos. Que un requinto me hiciera brincar, que el ritmo de la batería sincronizara el ritmo de mis pies, que un grito alocado me diera valor para soñar más. Que la bipolaridad de una balada de rock me diera permiso de hacer cosas bizarras. Que una letra, que nadie entiende, me diera la libertad de expresar lo que siento pero no comprendo. Quisiera traer el cabello largo y poder tocar un riff en la guitarra eléctrica, y que con eso tocara algunos corazones, que los pusiera en sincronía de nuevo para causar algún beso que una a parejas quebradas. Que los coros de delgadas y bellas pelirrojas, cuarentonas y con mucha experiencia sexual, me recordaran que el buen sexo empieza a los cuarenta, que los orgasmos no se encuentran, sino se buscan. Que la cadencia del bajo me recordara la constancia del amor. Que la ronca voz que saliera de mis pulmones me diera la oportunidad de cantar canciones de amor, de esperanza o de placeres. Que los chillidos de los platillos vibraran con mis latidos y me animaran a gritar lo que no estoy de acuerdo y me hace daño, y a callar lo que no estoy de acuerdo y no me afecta. Que los sonidos del choque de las baquetas, mientras marcan el ritmo de la canción, me recordaran que la vida es corta, que nos vamos a morir algún día, si no es que ya me morí por no vivir. Que la guitarra sonara sola, deliciosa, que se respetara ese tiempo, a pesar de que casi nadie respeta nada, y que la guitarra causara sonrisas, que los abrazos le siguieran, y todos viviéramos en un mundo de paz, como el mundo de una tarde de concierto de rock and roll. Que el ruido de las chicharras retumbara entre canción y canción. Que los amigos se abrazaran. Que oliera a campo, que oliera a libertad. Que oliera a cannabis. Que no hubiera miedos, que se escucharan silbidos de aprobación, que se escucharan gritos y sonrisas de placer, que los platillos nos marcaran el ritmo de nuestros gozos. Que alguien me diera metáforas con canciones, que las letras me ayudaran a vivir mejor. Que una canción motive a alguien a encontrar el amor, o a dejarlo. Que una canción regañe, que otra declare, que otra haga hablar, que otra haga creer que hay un mundo mejor que esa tarde de placer. Que ayude a encontrar lo que había buscado. Que ayude a dejar lo que les había dañado. Que cause que una sonrisa con un desconocido no sea más que un saludo.

Los mayores dolores son los que te paralizan; los que te cambian, los que te hacen ser una persona diferente, los que te quitan lo valiente, los que te dejan su hedor por siempre, los que evitan que vuelvas a intentar. Me robaste el aliento, no puedo hablar. Así es, Emilia, hay sentimientos tan grandes que nos dejan mudos.

Dallas, Texas, 27 de abril de 2013